ゲーテと異文化

坂田正治

九州大学出版会

はしがき

本書はゲーテの詩作品を通して、彼の広大な文学空間の展開に果たした異文化の意義を考えてみようとするものである。ゲーテが詩、小説、戯曲の主要ジャンルはもとより、自伝、紀行文、日記、書簡に至る広範な文学の領域にわたって、質、量の両面で他の追随を許さぬ成果を残したことについては、改めて断るまでもない。彼の活動領域はそれに止まらず、彼が『植物変形論』や『色彩論』に代表される一連の自然科学関係の論文を物し、その一方ではまた、ヴァイマール宮廷において枢要な地位を占め、政治の実務に携わったことについても、すでに周知の通りである。

こうした彼のマルチ・タレントぶりは、まさにそれ自体が一つの偉大な文化現象であり、ドイツ文学という枠を遥かに超えた、普遍的な「世界文学」の生きた典型と呼ぶにふさわしいものである。多面的で生産的な彼のこの精神活動の所産も、当然ながら、一朝一夕に成ったものでもなければ、彼一己の個別的な天賦にばかり帰せられるものでもない。その背景には、恵まれた家庭環境、多彩な人的交流による恋愛および教養体験、そしてもとより、生涯にわたる彼自身のたゆみない精進があった。中でも、彼が幼少の頃より家庭教師の下で、英語やフランス語の近代語からラテン語、ギリシア語、ヘブライ語といった古典語に至る外国語教育を受け、新旧約聖書の世界に親しんでいたことは、世界の精神文化に対する眼を開かせたという点で、彼に測り知れない恩恵をもたらした。後に詳しく検討するように、こうした早くからの異文化体験が豊かな水脈となって、彼はグローバルな規模で自らの文学世界を存分に展開していくことが出来たのである。

と同時に、ゲーテがいかに多彩な天賦の才に恵まれていようと、それをこころゆくまで開花させるには、永い伝統を誇るヨーロッパおよびドイツの精神文化という土壌が不可欠の前提となっていることもまた、厳然たる事実である。彼の生まれ育ったドイツの文学自体が、異文化との絶えざる接触と、その摂取によって発展して来たのである。

そのような観点から、本書ではまず、ドイツの文学史の記述するところに従って、ドイツ文学における異文化受容の諸相を概観し、また、ゲーテの直接の先行者であるクロプシュトックと異文化との関わりの一端を見た上で、ゲーテ自身の文学創造の源泉としての異文化体験の意義を、幾つかの実作に即して考えてみることにしたい。

目次

ゲーテと異文化

前　史——ドイツ文学と異文化

　例えば、十八世紀のドイツ文学に限ってみても、詩人たちがそれぞれに異文化と接触し、それを理解し、それぞれの資質や問題意識に応じて、その時々にそれを摂取しながら、自己の文学世界を実り豊かなものへと発展させ、同時に、近代以降の日本文学への影響も含めて、世界の精神文化に少なからぬ寄与を果たしてきた実例は、枚挙にいとまがない。それ自体が「世界文学」の一つの典型であるゲーテのイタリア体験は言うに及ばず、クロプシュトック（Klopstock, Friedrich Gottlieb, 1724–1803）の古典文学やイギリス文学に対する関心と理解、ヴィーラント（Wieland, Christoph Martin, 1733–1813）のイギリス及びフランスの啓蒙主義への親炙、レッシング（Lessing, Gotthold Ephraim, 1729–1781）の一連の著作に見られる異文化理解の多様性、ホメーロス（Homeros, B.C. *ca.* 800）やシェイクスピア（Shakespeare, William, 1564–1616）を推奨してゲーテの文学開眼を促したヘルダー（Herder, Johann Gottfried, 1744–1803）、古代ギリシア・ローマの芸術の実質を摂取し、自らの血肉と化そうとした古典主義文学、古代ギリシアに民族の理想的な姿を見て、それに対する熱烈な憧憬を繰り返し表明したヘルダーリン

(Hölderlin, Johann Christian Friedrich, 1770–1843) 等々、殆ど無数と言ってよい程である。しかも、それには、かの「ゲルマン民族の大移動」以来の長い前史があり、また、その伝統は今日に至るまで、絶えることなく受け継がれているのである。

このような事実を踏まえて、ここではひとまず、啓蒙主義から古典主義に至る十八世紀の文学をドイツの文学史上における一つの大きな頂点と見て、それに至る前史と、更に、その後二十世紀に至るまでのドイツ文学における異文化接触の諸相を素描しておくことにしたい。

ゲルマン民族の大移動

三七五年に始まる「ゲルマン民族の大移動」は、以後殆ど五世紀にわたってヨーロッパを空前の混乱に陥れたが、カール大帝（Karl der Große, 742–814）の出現によって、ゲルマン民族は西洋史の上で決定的な役割を演じる結果となった。つまり、ヨーロッパはゲルマン民族によって塗り替えられ、作り替えられ、創り出されたのである。ドイツに限らず、大半のヨーロッパの国々とその文学にとって、この大移動時代がかれらにとっての建国期となったのであるが、この建国時代の記憶は、とりわけドイツ人において生々しく息づいていると言われる。

この民族大移動の最大の精神史的意義は、その主役を担ったゲルマン諸族が「キリスト教」という、かれらにとってそれまで全く未知の世界観と生活形式の浸透を被り、もはや蛮族でも異民族でもない、「新しいヨーロッパ人」へと変貌していったことに求められるだろう。この大移動時代の展開に最も深く関与しているゴート人は、東ローマ帝国との接触を通じて、キリスト教の影響を受けることが最も早かったが、西ゴートの僧正ヴルフィラ（Wulfila, *ca.* 311–383）によってギリシア語から訳された『ゴート語訳聖書』は、ゲルマン民族の残した最古にして唯一の文献として、言語的価値の極めて高いものであると言われる。

八〇〇年、大フランク王国を完成し、名実ともにローマ文化の継承者となったカール大帝は、フランスの武勲詩『ローランの歌』にも歌われている通り、異教徒に対するキリスト教の護持者、地上におけるキリスト教精神の権化として、古代文化の保存や民族文化の涵養に力を尽し、「カロリンガ・ルネサンス」と呼ばれる隆昌期を現出した。以後、歴代の皇帝とローマ教皇との関係は緊密化の度を増し、オットー大帝（Otto der Große, 912–973）が九六二年に神聖ローマ帝国皇帝となってからは、キリスト教的ラテン文化の流入は一層強まった。こうして、文学もまた十世紀にはドイツ語で書かれた作品は一つも見当らないというほどに、完全にラテン語の支配を受け、「オットーのルネサンス」と呼ばれるラテン語文学の隆盛が見られた。このことは一方でドイツ語の貧困化を招き、ドイツ語による文学は極めて幼稚な段階に止まっていたのであるが、こうした事情はひとりドイツに限ったことではなく、フランス、イタリア、スペインの諸国においても同様であった。つまり、これら各国のラテン語文学は、まさにラテン語であるが故に一体のものであり、全体で一つのヨーロッパ文学を形成していたのである。中世文学とは、ローマ世界教会の普遍性の精神の器であるラテン語文学の謂であり、そこでは「国民的」ということは何らの意味も持ち得なかったのである。

それにもかかわらず、各国の「土俗」の文学は、このラテン的ヨーロッパ的伝統に時に著しく、時に微妙に影響を受けながら、徐々に国民文学へと成長していった。例えば、ザンクト・ガレンの学僧ノートカー（Notker III. Labeo, *ca.* 950–1022）は、孜々として簡素で優美な古高ドイツ語を育み、当代随一と言われた学識を傾けて、聖書の『詩編』を初め、ボエーティウス（Boethius, Anicius Manlius Severinus, *ca.* 480–524）やアリストテレース（Aristoteles, B.C. 384–322）をドイツ語に翻訳した。その際、彼は必ずしも原文にとらわれず、美しい流暢なドイツ語を心がけ、抽象的な専門語さえドイツ語に訳そうと試みているが、こうした苦心によるその散文は、古高ドイツ語の発達に大きく貢献することになったのである。

宮廷騎士文学の隆盛

一〇五〇年頃から一五〇〇年頃までの、いわゆる中高ドイツ語文学の重要な担い手となった騎士たちは、とりわけ十字軍遠征という体験を通じて、他の先進的な宮廷や騎士生活と接触し、東ローマ帝国やオリエントの文物の影響を受けながら、教養と洗練の度を高め、独特の道徳理想を持つ騎士文化を形成するに至った。かくして、かれらは「ゲルマン性」と「キリスト教」という異種の文化伝統を体現していったが、これに西洋騎士道の名を高からしめることになった「ミンネ」（婦人崇拝、婦人奉仕）の義務という要素が加わって、騎士文学の隆昌期を現出させることになったのである。この騎士文学の主要分野は、「宮廷叙事詩」と「ミンネザング」と呼ばれる抒情詩、更に『ニーベルンゲンの歌』及び『クードルン』によって代表される「英雄叙事詩」である。

中でも、宮廷叙事詩は殆ど例外なくフランスの模範に従って書かれたが、例えば、その創始者と言われるハルトマン・フォン・アウエ（Hartmann von Aue, *ca.* 1165–*ca.* 1215）は、フランスの詩人クレチアン・ド・トロワ（Chrétien de Troyes, 12 C.）を基に、ケルト系のアルトゥス（アーサー）王伝説から円卓の騎士を主人公にした『エーレク』及び『イーウェイン』を作った。彼の整った平易な文章は落ち着いた優雅さを保ち、その語法は中世宮廷文学の文章語及び文法の標準とされている。また、文章は硬く難解であるが、思想的な深みと表現の豊かさ、力強さを以って、二万五千行に及ぶドイツ中世騎士文学の記念碑的大作『パルツィファル』を物したヴォルフラム・フォン・エッシェンバッハ（Wolfram von Eschenbach, *ca.* 1170–*ca.* 1220）は、ヨーロッパの広い世界を舞台に、アルトゥス王伝説とスペイン系の聖杯伝説と「清らかな愚か者」の童話を見事に結び合わせて、独自の文学世界を作り出した。更に、ゴットフリート・フォン・シュトラースブルク（Gottfried von Straßburg, 1170?–1210?）は未完の大作『トリスタンとイゾルデ』において、流麗で音楽的な文体を以って、妖しく濃艶な悲しい官能の世界を歌い上げたが、その素材がブルターニュ系のものであることとは別に、この物語には何か非中世的あるいは非ドイツ的なものが感じ取られ、中高ドイツ語文学の甘美な爛熟と華麗な夕映えの気配が認められると言われる。

中世盛期の宮廷で行われた抒情詩である「ミンネザング」も、元来、トゥルバドゥールと呼ばれるプロヴァンス宮廷の恋愛詩人たちからドイツへと伝えられたものであったが、この時期最大の抒情詩人ヴァルター・フォン・デア・フォーゲルヴァイデ（Walther von der Vogelweide, *ca.* 1170–*ca.* 1230）は、この宮廷的で非常に形式的な詩に、古代民謡の中に保たれて来た素朴な人生感情を導き入れ、心の奥に発した自由な体験を注ぎ込んで、溌剌たる生命感溢れるものにして、二百篇以上の作品を生み出した。以後、一二五四年から一二七三年にかけての大空位時代を経て、騎士階級の文化創造力も急速に弱まっていったが、その半面、それまで貴族や僧侶のはるか下位に甘んじていた市民階級が、十字軍遠征がもたらした商業の繁栄や技術の発達という時流に乗って、次第に新興階級としての自覚を高め、文化的にも貴族や僧侶の後継者たらんとする意欲を目覚めさせて来た。文学の面では、まだ外国文学の移入や翻訳、宮廷叙事詩や英雄叙事詩の民衆的通俗的改作、特にそれらの散文化といった段階に止まっていたが、一四五〇年頃とされるグーテンベルク（Gutenberg, Johannes, *ca.* 1400–1468）の活版印刷術の発見は、かれらの熾烈な教養や知識に対する欲求にとって最大の恩恵をもたらすことになった。学術の中心をなす大学も、イタリアやフランスではすでに十二世紀から十三世紀に建てられていたが、その流れはドイツにも及び、十四世紀から十五世紀にかけては、ドイツの圏内でも十六の大学が創設されていった。これらの大学はもともと教会から生じたものであり、まだその支配下に置かれていたとはいえ、ドイツ帝国内での自治権を認められ、人文主義の牙城となり、近代精神を養い育てる温床として、ルネサンス文化の開花を準備することとなったのである。

人文主義の開花

西洋近世史の冒頭を飾るルネサンスの運動は、ドイツでは他のヨーロッパ諸国よりやや遅れて十六世紀に、主に学問や思想の分野において、いわゆる人文主義として展開された。その発祥地イタリアに早くから門戸を開いていたプラハの宮廷には、早期人文主義の開花が見られるが、ドイツの人文主義はペトラルカ（Petrarca, Francesco, 1304–1374）やボッカッチオ（Boccaccio, Giovanni, 1313–1375）など、イタリア語やラテン語の文学の翻訳によって糸口をつけられた。東ローマ帝国の滅亡（一四五三）に伴う古代学者の西方移住によってとみに高まった古典研究熱に、キリスト教的世界観への反撥も加わって、新しい人間像の原型をキリスト教以前の古代ギリシア・ローマに求めようとする精神傾向、その意味での人間復興の気運が強まったのである。

フマニストたちの最大の武器はかれらのすぐれた言語理解力であったが、それによって例えば、ロイヒリーン（Reuchlin, Johannes, 1455–1522）の『ヘブライ語文法』（一五〇六）やエラスムス（Desiderius Erasmus von Rotterdam, *ca.* 1466–1536）の厳密な校訂によるギリシア語聖書の出版（一五一六）などの貴重な収穫が得られた。これらの学者たちの活動の場所は、中世末以来各地に生まれた大学であったが、言語学ならびに詩学を専門とするこの新しい型の学者と、神学部のスコラ的伝統にたてこもる権威主義的な旧派との間には、次第に深刻な対立が生まれるに至った。こうした時代の流れの中からルター（Luther, Martin, 1483–1546）の宗教改革の運動も生じてきたのであるが、その最大の功績とも言うべきものは、聖書翻訳（『新約』一五二二、『旧約』一五三四）である。周知のように、彼は聖書を万人のものとするために、それまで無統一に存在していたドイツの諸方言の中から、できる限り多数の人々に通用するような、一つの生きた標準語を選び出し、創り上げることに心血を注いだ。彼の伝道的情熱と生来の言語感覚に加えて、彼が基準とした方言の地理的な好位置とも相俟って、彼の聖書はドイツ全土に広まり、新しい文章語の基となったが、彼がここで創造したドイツ語が今日に至る近代ドイツ語の基本的出発点となったことを思えば、これは特筆大書されるべき偉業であった。ちなみに、イタリアの地で数々のすばらしい建築や絵画に接しながら、それに何らの感動も示さなかったルターが、音楽には神に奉仕する芸術として重要な価値を認め、これを大いに愛好したことは、彼の固有の詩人性もさることながら、ドイツ人の典型としてのルターという観点から見て、極めて示唆的である。ゲーテのイタリア体験との比較も興味ある課題である。

ところで、ここで注目すべきことは、この宗教改革運動の強力な背景となり、基盤となったのが、市民階級であったという事実である。完成した職匠歌人であると同時に偉大な民衆的フマニストであるハンス・ザックス（Sachs, Hans, 1494–1576）は、この近代初期市民文学の代表的芸術家として大きな光芒を放つ存在であるが、彼は新旧訳聖書、ギリシア・ローマの詩人や史家の著作、『デカメロン』や『イソップ物語』、内外の年代記、旅行記、民衆本、時事的問題から自己の日常の見聞や省察に至るまで、ありとあらゆる方面に題材を求め、その博識と才気と筆力を存分に発揮して、実に四千を超える職匠歌、千七百篇に及ぶ説話詩の他にも、六十一篇の悲劇、六十四篇の喜劇、更には八十五篇もの謝肉祭劇を書き残すほどの多産な芸術家であった。

長編小説の分野におけるヴィクラム（Wickram, Jörg, *ca.* 1520–*ca.* 1562）の名も逸することは出来ない。フランスロット物語などの中世騎士叙事詩の変形としてフランスやイタリアに起った散文小説は、その翻訳を通して、すでに十三世紀からドイツにも知られており、外国文学あるいは翻訳文学という独自の分野をなしつつ、同じドイツ語で書かれた高級文学の一種として主に上流階級の読み物として存在し、民衆文学にも影響を及ぼしていたが、ヴィクラムの功績とは、その一連の創作を通して、これら上流文学と民衆文学との橋渡しを促進したことにある。これはいわば小説の市民化、更にドイツ化の企ての最初の現れなのであり、ドイツにおける創作小説の始まりとも言えるものである。「模倣の中からの創造」というドイツ文学の宿命にも似た性格は、この小説の分野において最も顕著であり、ヴィクラム的様式は十七世紀以降のドイツ小説の「創作」に際して、形を変えて絶えず繰り返されていくことになるのである。

更に、劇文学の面では、謝肉祭劇はハンス・ザックスのような作者を得て、ますます民衆に親しまれ、幼稚素朴な形式なりに劇の重要な分野を占めていたが、半面、受難劇や復活祭劇などの従来の宗教劇が衰退していく傾向にあった中で、主に人文主義的教養を目的として新教の学校で演じられていたものに、「学校劇」と呼ばれるものがある。これは、僧侶や学者がローマ時代のテレンティウス（Terentius, Afer Publius, B.C. *ca.* 195–B.C. 159）やプラウトゥス（Plautus, Titus Maccius, B.C. *ca.* 254–B.C. 184）を模範として書いたラテン語劇であったが、これらは伝統的ドイツ劇に欠けていた古典戯曲的構造を備えており、旧教の「イェズイート劇」と共に、十七世紀ドイツ劇へと受け継がれていった。これに加えて、十六世紀後半には、いわゆる「イギリス劇団」と総称されるイギリスの旅回りの俳優たちが、ドイツ各地の宮廷や都市で巡回公演を行った。かれらは広間に作られたイギリス風の舞台で、シェイクスピアやマーロウ（Marlowe, Christopher, 1564–1593）の作品のみならず、幕間狂言やパントマイム、音楽や軽業まで演じたが、このことは新しい劇素材や舞台構造の他にも、俳優の演技効果や演出方法というものの意義を教えることになり、ドイツ演劇の発達に大いに寄与したのである。

遅れたルネサンス——近代文学の胎動

十六世紀前半のヨーロッパに吹き荒れた宗教改革の嵐、それに続く十六世紀後半から十七世紀中葉にかけて急激に高まった反宗教改革という激動の中で、三十年戦争（一六一八—一六四八）の前後を通じてのドイツには、未曾有の勢いと規模で外国文学が流れ込み、絶対主義に染まった各地の宮廷を中心に、外国模倣が全土を風靡し、外国語の氾濫や国語の混乱という由々しき現象をもたらした。これらに対応して、上流貴族や学者文人の間に国語純化の運動が起り、一六三五年設立のアカデミー・フランセーズを模して、ドイツ各地にいわゆる「言語協会」が設立されていった。この言語改良運動は、排他的な国粋主義や性急で画一的な合理主義の気味もなくはなかったとはいえ、国語に対する認識を高め、正書法などの面でドイツ語の発達に寄与した功績は見逃すことは出来ない。

このような激動期の渦中にあった十七世紀を通じて、最大の文化的指導者の実を示したのがオーピッツ（Opitz, Martin, 1597–1639）であった。彼はドイツ語で書かれた文学をヨーロッパ的水準に高めようという意図の下に、ドイツ最初の文学理論書『ドイツ詩学の書』（一六二四）を著した。彼は詩を学習によって習得できるものと考え、ギリシア・ローマの古典作家を初め、諸外国の詩人の作品を模範として、そのすぐれた形式を模倣することを薦めた。この書の重点は特に韻文の技法に置かれたが、ドイツ語にふさわしい詩作のために彼が提唱した独自の韻律法および外国の詩型や詩法の採用は、ドイツのバロック文学の発展に多大の貢献をした。アリストテレスの忠実な踏襲である悲劇の理論を初めとして、彼が紹介し推奨した文学理論は、バロック文学の殆ど絶対的な規範として、ゴットシェート（Gottsched, Johann Christoph, 1700–1766）やレッシングのいわゆる啓蒙主義時代に至るまで、およそ一世紀半にわたってドイツの文学世界を支配したのである。

これと並んで、この時期のドイツ文学の発展に大きな寄与をした人物として、グリューフィウス（Gryphius, Andreas, 1616–1664）がある。シェイクスピアはしばらく措くとして、スペインのカルデロン（Calderón, De La Barca Pedro, 1600–1681）、ロ－ペ・デ・ベーガ（Vega, Lope Félix De, 1562–1635）、フランスではモリエール（Molière, 1622–1673）、コルネイユ（Corneille, Pierre, 1606–1684）、ラシーヌ（Racine, Jean, 1639–1699）等々、この十七世紀のヨーロッパ演劇界は百花繚乱の観があるが、ドイツにおいてもグリューフィウスの出現によって初めて芸術的、本格的な戯曲が書かれることになったのである。彼はローマのセネカ（Seneca, Lucius Annaeus, B.C. *ca.* 4–A.D. 65）を初め、オランダの古典主義の代表者ヴォンデル（Vondel, Joost van den, 1587–1679）や、当時盛んに演じられていたイェズイート劇、更にはフランスの風俗劇やイタリアの小喜劇に至るまで、極めて多岐にわたる外来の諸力の影響を一身に受け、その驚嘆すべき言語理解力と、堅固な新教の信仰心に裏打ちされた倫理性によって、まさに無から有を生じさせる趣で、ドイツ戯曲の分野に新機軸を打ち立てたのであった。彼がしばしば「ドイツのシェイクスピア」と称されるのも故なしとしない。

ところで、バロックは「遅れたルネサンス」と呼ばれることがあるが、文学においてはまさに真であり、外国模倣の風靡によって初めて、ドイツ文学は遅まきながら「近代」を経験したのである。ドイツ文学を諸外国の水準にまで高めるためには、輸入と模倣は絶対的な条件であったと言っても過言ではない。要するに、ドイツ文学はこの十七世紀に至ってようやく、その門戸を大きくヨーロッパに向って開いたのであり、それが上述のオーピッツやグリューフィウスのすぐれた成果を生み出し、次に来る十八世紀の近代文学の黄金時代を迎えるための不可欠な底流となったのである。

近代文学の展開

ルネサンスに萌芽を有する合理主義の潮流は、その後オランダに始まり、イギリス、フランスにおいて確立された啓蒙思潮として引き継がれていったが、ドイツにおいてはプロイセン勃興の時代と呼応して、やや遅れて流入して来た。このプロイセンの啓蒙専制君主フリードリヒ二世（Friedrich II. 在位 1740–1786）による軍国主義と、一七七〇年頃にシュペナー（Spener, Jakob, 1635–1705）によって創始された敬虔主義という独自な土壌に導入された啓蒙主義は、当然ながら、ドイツ固有の特殊な性格を形成することになった。ドイツの啓蒙主義を論ずる場合、ヴォルフ（Wolff, Christian, 1679–1754）の名を逸することは出来ないが、彼はその師ライプニッツ（Leibniz, Gottfried Wilhelm, 1646–1716）の哲学を一種の実用主義と化すことによって、啓蒙思潮前期の支配的な勢力となった。十八世紀前半におけるドイツ文学界に君臨したゴットシェートもその信奉者の一人であるが、彼はコルネイユやラシーヌのフランス古典主義作家の悲劇を模範として、いわゆる「三一致の法則」の遵守を厳しく要求した。彼が当時のドイツで行われていた低級で非芸術的な演劇を追放し、後に来るレッシング、ゲーテ、シラー（Schiller, Friedrich, 1759–1805）への道を開いた先駆的活動、更には、まだフランス語の力が強かった当時において、正しいドイツ語を確立しようとして努力を重ねたことは、彼の大きな功績である。半面、その悟性偏重と感情無視の一面性に対して反撥が起って来たのも、むしろ自然の勢いであろう。

即ち、ボードマー（Bodmer, Johann Jakob, 1698–1783）とブライティンガー（Breitinger, Johann Jakob, 1701–1776）のいわゆるスイス学派は、イギリスの詩人ミルトン（Milton, John, 1608–1674）の『失楽園』における「空想的なもの」をめぐって、ゴットシェートに対して果敢な論争を挑んだのである。「文学における空想の権利」を主張し、イギリスの作家に眼を向けたかれらの勝利は、ミルトンに学んだクロプシュトックに道を開き、シェイクスピアを受け入れる地ならしをする結果となって、啓蒙主義は次の段階に進んで行くのである。つまり、ゴットシェートの権威を捨てて、感情、官能を重んずる方向に向ったドイツ文学は、優雅で軽快なロココ文学におけるヴィーラント、宗教的な感情の脈打つクロプシュトックを生み出したが、啓蒙思潮の発展段階に現れたこの二人のすぐれた芸術家の仕事を引き継いで、ドイツ啓蒙主義文学を完成する役割を果たしたのがレッシングであった。

彼はそのシェイクスピア評価と古代理解、及び、自ら市民悲劇を創作することによって、一七七〇年頃から八〇年頃にかけてのシュトゥルム・ウント・ドラングへの橋渡しをしたが、この文学運動にも大きな影響を及ぼした外国人がルソー（Rousseau, Jean-Jacques, 1712–1778）である。彼はその代表的著作『人間不平等起源論』、『新エロイーズ』、『エミール』その他によって、全ヨーロッパの精神界に強烈な影響を及ぼしたが、ドイツの場合にはその影響が専らこのシュトゥルム・ウント・ドラングの文学運動の上に止まったことが特徴的なことである。これはドイツ市民社会の後進性と特異性を物語るものと言ってよいだろう。

更に、この文学運動を考える際に見落すことの出来ないのが、そのシェイクスピア崇拝である。シェイクスピアはすでに啓蒙主義の時代に、ヴィーラントの散文訳によって紹介され、レッシングの『文学書簡』において称揚され始めていたが、この時代を迎えて、若い情熱的な詩人たちに天才として熱狂的に崇められ、その偶像と化すまでに至った。かれらのこのシェイクスピア崇拝も、もとはと言えば、この文学運動の理論的指導者であったヘルダー、更にはその師ハーマン（Hamann, Johann Georg, 1739–1788）という源流に発するものであった。とりわけ、一七七一年、シュトラースブルクにおけるヘルダーとゲーテとの出会いは、後の世界の文学者ゲーテに文学開眼をもたらしたという点で、極めて重要な意義をもつ出来事であった。厳しい教師ヘルダーの導きによってゲーテはその師ハーマンを知り、ホメーロス、シェイクスピアの読み方を教えられたのである。つまり、ヘルダーはゲーテの天才を解き放つ役割を果たしたのである。こうしてゲーテを中心に自然への愛、感情の重視、天才の崇拝をモットーとする青年たちが集まり、「疾風怒濤」の文学運動が開始されることになったが、この運動を克服して生き残り、真の天才の実を示したのは、わずかにドイツ文学の黄金時代とも言うべき古典主義文学を完成したゲーテとシラーのみであったことは周知の通りである。

もともと古典主義という言葉は、模範と仰ぐべき古代の芸術を意味すると共に、時代を超越して普遍的な価値を持つ芸術という、二重の意味が含まれている。後者の意味における古典主義文学の時代は、ヨーロッパの各国によって異なるが、いずれの場合にしても、それは殆ど常に何らかの意味で古代芸術とつながりを持っているのである。しかも、そのつながりとは、単に外面的な連関に止まらず、むしろ古代芸術の実質を摂取して、それを自らの血肉と化すという内面的な連関が含まれていなければならないのである。一例だけを挙げれば、ゲーテは一七八六年から一七八八年にかけて、かねて憧れのイタリアへ旅行したが、この二年足らずの旅がゲーテに与えたものは測り知れぬほど大きかった。古代の建築や彫刻に直に接して、その精神に味到し、こうして得られたものによって、当時未定稿のままになっていた『エグモント』、『イフィゲーニエ』、『タッソー』などの中期の傑作、断片のまま放置されていた『ファウスト』や『ヴィルヘルム・マイスター』などの畢生の大作に決定的な形式を付与することも出来たし、前々から興味を惹かれていた自然科学の研究に没頭して、多様のうちに潜む原型を捉えることも出来た。この南の空の下で北方人ゲーテは生まれ変り、芸術家としての完成を目指して巨歩を進めて行くのである。

ゲーテ以後

ゲーテの死後も無論、ドイツの文学はさまざまな異文化との接触、その理解を通して、その詩嚢を豊かにし、世界の文化に多彩な彩りを添えて来た。例えばハイネ（Heine, Heinrich, 1797–1856）は、そもそもユダヤ人としてデュッセルドルフに生まれたが、キリスト教改宗に際しての洗礼証書を「ヨーロッパ文化への入場券」と呼んだ一事にも象徴される如く、単にドイツという狭い枠を超えた独自の文学世界を切り開いていった。現実にも彼は大の旅行家でもあったが、一八二四年のハルツ、一八二六年の北海、一八二七年のロンドン、一八二八年のイタリアへの旅行記をまとめて『旅の画像』全四部を著わし、文明批評を展開しただけでなく、一八三三年には『フランス事情』によってドイツ人にフランスの文化事情を紹介し、また逆に同年の『ドイツ・ロマン派』はドイツ文学をフランス人に紹介するという想定の下に書かれたものである。

また、十九世紀末の自然主義の文学運動は、科学者の態度で文学の創造に立ち向い、伝統的美意識を大いに訂正し、人間や人間社会の醜悪な面をもたじろがずに直視するという傾向を生み出して、文壇のみならず、社会にも深刻な衝撃を与えたが、これももとはと言えば、フランスのエミール・ゾラ（Zola, Emile, 1840–1902）の『実験小説論』を初めとして、ノルウェーのイプセン（Ibsen, Henrik, 1828–1906）、ロシアのトルストイ（Tolstoi, Lew, 1828–1910）やドストエフスキー（Dostojewski, Fjodor Michailowitsch, 1821–1881）等からの刺激に由来する。

二十世紀に入れば、ヨーロッパ的規模の文学者として今世紀初頭の文学界に大きく屹立するホフマンスタール（Hofmannstahl, Hugo von, 1874–1929）は、生まれ育ったウィーンのハプスブルク文化はもとより、ギリシア・ローマの古典文学、エリザベス朝文化とラファエロ前派、スペイン・バロック、北欧、独、仏、伊文学の深い造詣に基づいて、その広い精神領域の成果を一身に具現したのであった。プルースト（Proust, Marcel, 1871–1922）、ジョイス（Joyce, James, 1882–1941）らと共に、二十世紀文学の最も重要な開拓者の一人として、今なお多様な解釈を求め続けているカフカ（Kafka, Franz, 1883–1924）の文学活動も、やはりプラハという土地でユダヤ系ドイツ人として生まれたという、その出自と不可欠に結び付いているものと思われる。同じプラハに生まれて、現代ドイツ文学に大きな足跡を残した詩人リルケ（Rilke, Rainer Maria, 1875–1926）の文学もまた、その異文化体験を抜きにしては語れない。そもそも、当時オーストリア・ハンガリー帝国に属していた古都プラハは、ドイツ文化の影響の強いスラヴ的な都市であり、ヨーロッパ文化の各要素を含みながら、しかも東方に向って開かれた都市であったことは、詩人リルケの本質に関わる大きな要素であった。彼が後年、イタリアやロシアや北欧に旅行し、パリに住んで、自ら「世界内面空間」と名付ける独自の大きな詩的空間を切り開いていった経緯については、改めて多言を要しない。

以上、ざっと見ただけでも、古いゲルマンの時代から二十世紀に至るまで、ドイツの文学がその時々に実にさまざまな異文化と接し、それを理解、受容して自らの滋養と化しながら、独自の文学を形成し、世界の精神文化の発展に与って来たことが分るだろう。冒頭にも述べた通り、このような歴史的事実を踏まえて、ゲーテの詩作品を手がかりにして、以下、ドイツ文学と異文化との関わりの具体相を見てゆくことにしよう。

ゲーテの先行者クロプシュトック

前章で見た通り、「模倣の中からの創造」というドイツ文学の性格は、ヨーロッパにおけるドイツの地理的、歴史的条件からして、いわば宿命的な必然であった。そのことは、ドイツ近代文学の発端に位置して、「ドイツ近代抒情詩の開拓者」と称され、ゲーテを初めとする詩人たちに直接、間接に多大の影響を及ぼしたクロプシュトックの場合も無論例外ではなかった。[1] 生涯にわたる詩作活動の当初から、彼はギリシア・ローマの古典古代の文学やイギリス文学を初めとして、絶えず異国の文化に啓発され、その受容を通して、独自の文学世界を切り開いていったのである。そういう観点から、ここでは彼の教養形成の過程における異文化との関わりをひととおり概観した後で、彼が特にミルトンやヤング（Young, Edward, 1683–1765）らのイギリスの詩人たちの作物をどのように受容し、それを自己の詩作の中に定着させていったのか、その独自な異文化理解のありようを考えてみることにしたい。

源泉としての古典文学

クロプシュトックは一七三九年からの六年間、シュール・プフォルタというギュムナジウムで学んだが、未来の神学者や文献学者の養成を念頭に置いたこの学校では、宗教教育と並んで古典語の教育に重点が置かれた。ラテン語は古い校則では日常語として規定されていた程であり、ギリシア語の習得にも熱意が注がれ、ヘブライ語もなおざりにはされなかった。半面、母国語であるドイツ語による著作には殆ど目が向けられず、それどころか、その多くは「誤った書物」とされ、それを読むことも禁じられていたのである。フランス語についても、事情はドイツ語の場合とほぼ同様で、彼がフランス語の教師と近づきになった形跡はなく、ラテン語でなされた彼の卒業スピーチにおいても、それについての言及はない。ただ、そうは言っても、彼はこの学校時代にラ・ブリュイエール（La Bruyère, Jean de, 1645–1696）の『人さまざま』（一六八八）を初め、種々のフランスの文学作品にはドイツ語訳で親しんでおり、それは後々、彼に一定の影響を及ぼした。

ともあれ、彼はこの時期にラテン語やギリシア語には相当に習熟したが、これらの古典語の習得以上に重要なのは、彼がこの学校で古典文学への持続的な関心を植え付けられ、ギリシア・ローマの個々の作家の芸術観に対する眼を開かれたことである。彼は美の独創的な創造者という点で、ギリシアの詩人たちをローマの詩人たちよりも上位に置き、ホメーロスを唯一無比の詩人としてウェルギリウス（Vergilius, Maro Publius, B.C. 70–B.C. 19）より勝るとみなし、古代の悲劇詩人の中ではソフォクレス

(Sophokles, *ca.* B.C. 496–B.C. 406) が彼のお気に入りの詩人となった。彼はピンダロス (Pindaros, B.C. 522または 518–B.C. 442または 438) やサッフォー (Sappho, *ca.* B.C. 612–?) アルカイオス (Alkaios, *ca.* B.C. 620–?) らの作物にも親しんだが、抒情詩人の中で最も親近感を覚えたのはホラーティウス (Horatius, Flaccus Quintus, B.C. 65–B.C. 8) であった。

いずれにしても、これらの古典時代の詩人たちに対する広範な素養と絶えざる接触が、彼の教養形成に不可欠の働きをしたことは事実である。彼は常に古典古代に源泉を求め、それを創造的に継承しながら、独自の詩世界を開拓して、ドイツ人と古代人とを結ぶ役割を果たしていくことになったのである。彼のオーデの処女作が『ギリシア詩人の使徒』と題されたゆえんである。

ホメーロスからミルトンへ

前述した通り、当時この学校ではラテン語やギリシア語の作品はいわば日課として、その種類や形式などあらゆる面にわたって学習の対象になっていたが、ハラー (Haller, Albrecht von, 1708–1777) やハーゲドルン (Hagedorn, Friedrich von, 1708–1754) が全盛期を迎え、祖国の文学の再生の萌芽が見られ始めたこともあって、徐々にドイツ語による詩文にも目が向けられるようになっていた。既にゴットシェートとスイス派の文学論争も始まっており、これまで追求されていたものよりも一段高次の詩の目的についての認識も高まりつつあった。折しも、ミルトンの『失楽園』がボードマーによってドイツ語に翻訳され、豊かな才能を持つ真正の詩人による壮大な芸術作品の意義がドイツの人々の眼前に提示されることになったが、生来の詩人クロプシュトックにとっても、無論、こうした潮流は無縁では有り得なかった。

長い周到な準備を経て、一七四〇年に相次いで発表されたブライティンガーの『批判的作詩法』とボードマーの『詩における不可思議なものについての批判的論考』は、この若き詩人にこれまでとは違う影響を及ぼした。即ち、彼はそれまでゴットシェートの詩学に従って田園詩やオーデなどの詩作を試みていたが、これらのスイス派の著作に触れることによって、叙事詩という文学ジャンルへの思いを掻き立てられることになり、探求と懐疑の一時期を体験することになったのである。そしてその結果、彼は不滅の存在意義を持つものに対する渇望に促されて、ドイツの詩文において未だ到達されていない作物を自ら物しようという大望を抱くに至ったが、それには審美的な課題を真剣に検討することが焦眉の急として浮かび上がってきた。後年のオーデ『友と敵に』（一七八二）の一節はその間の事情を伝えるものである。

Bis zur Schwermut wurd' ich ernst, vertiefte mich
In den Zweck, in des Helden Würd', in den Grundton,
Den Verhalt, den Gang, strebte, geführt von der Seelenkunde
Zu ergründen: Was des Gedichts Schönheit sei?　(XII, 45–48)

うとましくなるほど真剣に　わたしは目的のこと　英雄の品位のこと
基本情調や　態様　歩調のことに思いを潜め

心理学を頼りに　詩の美しさとは何なのか
窮め尽そうと刻苦した

　こうして彼は、自分の目指す叙事詩という器に盛るにふさわしい英雄像の選択に、夜も眠れぬほどに心を砕き、試行錯誤を重ねた末に、突如、天啓の如くに脳裏に閃いたのが「救世主」のことであった。この着想は日夜彼の念頭を離れず、彼は夢の中ですら世界審判の場面や、気高く美しい姿をしたエーファが裁き手に恩寵を乞う情景などを、つぶさに思い描いたのである。これには無論、上のブライティンガー、ボードマーの両者がミルトンを非常に高く評価し、その作品について詳細に論じていたことが背景となっている。とりわけ、ボードマーの頌詩『ドイツ詩の性格』（一七三四）の一節は、彼の若々しい詩心を刺激するに充分であった。

　こうしたことが契機となって、彼もミルトンの作品を是が非でも自ら読んでみたいと思うに至ったのであるが、日ごろから、キリスト者として敬愛する人物を詩という形で歌い称えようと熱望していたこの若者にとって、『失楽園』の世界はそれでなくとも馴染み易いものであった。加えて、ピューラ（Pyra, Immanuel Jakob, 1715–1744）の『真の文芸の殿堂』（一七三七）という詩を読んだことによって、クロプシュトックはいやが上にも宗教叙事詩の巨人ミルトンに対する関心を掻き立てられることになったのである。

　この未来の若き詩人に及ぼしたミルトンの影響は強烈で、それまでホメーロスによって点火されていた灼熱の火は、これによって炎となって燃え盛り、その精神は宗教的な詩作を目指して天翔けったのである。そして『救世主』の構想が細部にわたって検討され、この時期に殆どその全構想が出来上がったのである。一七四五年九月二十一日に行われた精彩に富むラテン語による卒業スピーチで、彼は熱誠を込めて真正の、神自らによって聖別された、自然の最も優れた模倣者たる詩文の持つ高い意義を強調したが、なかんずく、その宗教的内容の故をもって、彼がミルトンをホメーロスの幸運なライバル、自然の忠実な画家、キリスト者詩人として言葉を尽して褒め称えたのは、以上の経緯からして極めて自然なことであった。しかも、彼は勇敢にも、このイギリスの歌びとに追従するだけでは潔しとせず、更に偉大で一層崇高な素材を選ぶことによって、これを凌駕しようという意図まで示唆したのである。これが必ずしも青年客気の大言壮語ばかりではなかったことについても、既に再三触れた通りである。(2)

ギュムナジウム卒業後、彼はイエーナ大学に学籍登録したが、翌年の聖霊降誕祭の頃にはライプツィヒへ移住し、そこで学籍登録した。当時、心ある人々によって、極めて陳腐な卑俗さに堕していたドイツの詩文の質を高めようという努力が為されていたが、折から、美と芸術の本質を哲学的に洞察し、想像力に富むイギリス文学にドイツ文学再生の範を求めようとしたボードマーとブライティンガーの文学論は、フランス文学を範として悟性の鍛錬による形式秩序を専らとしていたそれまでのゴットシェート流の文学観に大きな風穴を開けるものとして、ドイツの未来の詩人たちに歓迎されたのである。こうして一七四四年には、ゴットシェートの文学理論にあきたりぬ若き詩人たちは、『悟性と機知の楽しみのための新寄与』という独自の文芸誌に拠って、新たな文学活動を展開していくことになった。これらのいわゆる「ブレーメン新寄与」の仲間たちとクロプシュトックの交友は、われわれが既に見た『わが友垣に』というオーデとなって結実したが(3)、このオーデの発表された一七四七年頃から、少なくとも形式の面で、それまでの習作とは根本的に異なる独自の抒情詩が生み出されていくことになった。とは言っても、この当時の彼の初期のオーデにおいては、その世界観のみならず、特に表現や形象の面で未だ、日ごろから敬愛する詩人ホラーティウスに拠るところが多かったのは否めぬ事実である。

その間にも彼は聖書やキリスト教の聖人伝、ミルトンなどに拠りながら『救世主』を書き進めていたが、一七四八年に発表されたその最初の三歌章が多大の反響を呼んだことについては、既に周知の通りである。ところで、その頃発表されていたヤングの『嘆きの歌、生と死と永世についての夜想詩』（一七四二―一七四五、以下、『夜想詩』と略記）は、この『救世主』の執筆にも大きな影響を及ぼしたのみならず、生来、抒情詩人の素質を持つクロプシュトックにとって、詩人としての開眼をもたらす契機ともなった。彼は比較的早く、一七五二年頃からヤングの著作を原文によって研究し始めていたが、その結果、その思考法や表現方法との類似性は、『救世主』のあちこちにその痕跡を留めることになった[4]。

更にクロプシュトックは、ドイツ文学に深い影響を及ぼしたリチャードソン（Richardson, Samuel, 1689-1761）とも無縁ではなかった。彼は一七五二年以降になってようやく、原文でリチャードソンの作品に親しむようになったのであるが、人間の感性をその最も深部において追究し、極めて微細な要因に至るまで解析しようとするこのイギリスの感動的な道徳小説の大家の小説技法を、彼はよく理解した。イギリス最初の本格的近代小説とされる『パミラ』（一七四〇）は他のイギリスやフランスの作家たちの作品とともに、クロプシュトックが大学に入る前に既にドイツ語に翻訳されていたが、彼がリチャードソンから影響を受けたのは、当初は専ら形式的な面においてであった。他ならぬこのことによって、彼の抒情詩人としての本性が強化されることになったのは、いかにも彼らしい受容のあり方と言うべきだろう。こうしたイギリス文学からの影響は、彼の一連の恋愛詩にまで及んでいるのである。

イギリス風の愛の歌

彼は一七四八年五月、富裕な商人であり、後に市長になるヴァイス家の二人の息子の家庭教師として、ライプツィヒからランゲンザルツァに移り住んだが、この田園都市で彼の若い心を掻き立てたのは、親友の妹であり、自身の従姉妹に当るマリー・ゾフィー・シュミットへの恋心である。これを契機として、『ペトラルカとラウラ』(一七四八)を初めとする彼の愛の歌が次々と生み出されていくことになるのであるが、当初、彼は自らの感情を胸中に秘して、現実に目の前に感じている恋情を、単にありうべき未来のファンタジーとして描き出し、ドーリスとかクロエーなどの曖昧模糊とした名称で意中を暗示しようと努めた。例えば、彼より以前のギュンター(Günther, Johann Christian, 1695–1723)とか後世の詩人たちが、臆面もなく自らの詩作や書簡で恋人の現実の洗礼名を持ち出すような大胆さは、当時のクロプシュトックは未だ持ち合わせていなかったのである。せいぜい、以前の抒情詩人たちのひそみに倣って、この恋の初期のオーデおよび幾つかの書簡において、自分の恋する従姉妹を伝統的なルネサンス風のダフネーという名前で呼び称えたり、散文的な響きを持つ「わがシュミッティン」という家族名を用いたりした程度であった。

しかるに、ほどなくして彼は当時の一般的な風潮に従って、イギリス風の、あるいは少なくともイギリス風に響く名称を選ぶようになった。例えば、『救世主』では彼は恋人をスィドリと呼び、その抒情詩ではファニーと名づけたし、一七四九年以降の書簡でもこれを用いているが、このファニーという名前も、実は、既に一七四五年ダンツィヒで独訳が出されていたフィールディング（Fielding, Henry, 1707–1754）の最初の小説『ジョーゼフ・アンドルーズ』（一七四二）を読んだことに由来するのである。このフィールディングの描くファニーの、ぎりぎりの瞬間まで愛の告白を控えている恥じらい振りが、従姉妹の優柔不断な態度に直面していたクロプシュトックの心情にぴったり合致したのである。

しかし、ファニー・オーデによって、クロプシュトックが全く新しい軌道へ足を踏み入れたというわけではない。これらのオーデはすべて、報われぬ心情から発したものであるが、恋する相手から期待する応答が得られなかったことによって、彼はその思念と詩作の照準を次第により良き未来の方へと向けていくことになる。いまや待望する恋の至福は、この地上での生を終えた後の、彼岸における永遠の合一によってのみ得られると信ずるに至ったのである[5]。こうして彼の詩作には地上の生に対する一種の無関心が散見されるようになり、彼はむしろ快感を持って自らと恋人の死の瞬間を思い描くようになっていくのであるが、しかし、この死への憧憬には、陰鬱さや戦慄を惹き起こすような要素はなく、キリスト教の明朗な死生観に拠る彼は、むしろ、死をより一層高き生への通過点に過ぎないと見たのである。彼が『ペトラルカとラウラ』において、天上でのラウラとの永遠の合一を果たしたペトラルカが、この至福の世界から現世での生を眺めている様を描き出したのは、その好例である。クロプシュトックは当初、自らの恋の不幸な成り行きを通して、死後の生についてのイメージをふくらませていったのであるが、この点においてもイギリス文学、とりわけヤングからの影響が大きかったのである。

ヤングへの共感

ヤングは既に早くから死について考察を深めていたが、彼にとっては現世における生の終りは、真実の生の始まりと思われ、彼はあらゆる苦しみや疑念からの解脱というこの喜ばしい瞬間をむしろ憧れ求めたのである。クロプシュトック同様、彼にとっても親しい者たちとの別離だけが心残りなのであり、それゆえ、天上で歓喜の報いを受ける死者たちのことは問題にならず、後に残されてひとり地上の苦難を堪え忍ばねばならない者たちのことが、悲しむべき不幸な存在と見えたのである。しかしながら、クロプシュトックがこういったすべてのことを激情的、抒情的に歌い上げようとするのに対して、ヤングはこれを理論的に悟性に照らして検証し、証明し、実例によって解き明かそうと努めたのであり、こういう両者の資質の違いが、それぞれの描写法にも投影されていったのである。クロプシュトックは時として、このイギリスの詩人から表現や形象を借用し、後期のオーデにおいても『夜想詩』中の詩句のことを暗示しているが、それを単に模倣したのではなく、自己の独自の詩世界の中に活用したのである。

いずれにしても、当時の彼は確かに「ヤングの中で読んだ」というに止まらず、「その中で考えた」のである。一七五七年以来、両者は(クロプシュトックはラテン語で、ヤングは英語で)文通を交わすようになったが、これと時期を同じくして、妻のメータも英語によってリチャードソンと文通するようになった。こうしたことが契機となって、クロプシュトックは原典によってイギリスの文学に親しむようになり、それでなくても前々から大きかった彼のイギリス文学に対する関心は、いやが上にも高まっていくことになった。そしてその知識が増すにつれて、当初は彼の賛嘆の念もいや増していったのであるが、次第にそれだけでは飽き足りなくなり、彼の胸中にはドイツの詩人として、イギリスの詩人たちに匹敵する仕事を成し遂げたいという功名心と、自分ならそれが出来るという誇らしい感情も強くなっていった。こうして彼の努力は、ドイツの過去の偉業に思いを馳せることによって拍車をかけられ、数々の「祖国の歌」が生み出されていくことになった事の次第は、既に拙著で見た通りであるが[6]、ここで、当時の彼のそういった心情を窺い知る実例の幾つかを見ることによって、彼の異文化理解の特質を考える手がかりにしたい。

ヤングへの敬愛

An Young

Stirb, prophetischer Greis, stirb! Denn dein Palmenzweig
Sproßte lang schon empor; daß sie dir rinne, steht
  Schon die freudige Träne
    In dem Auge der Himmlischen.
Du verweilst noch? und hast hoch an die Wolken hin
Schon dein Denkmal gebaut! Denn die geheiligten

Ernsten, festlichen Nächte
  Wacht der Freigeist mit dir, und fühlts,
Daß dein tiefer Gesang drohend des Weltgerichts
Prophezeiung ihm singt, fühlts, was die Weisheit will,
  Wenn sie von der Posaune
    Spricht, der Totenerweckerin.

Stirb! Du hast mich gelehrt, daß mir der Name Tod
Wie der Jubel ertönt, den ein Gerechter singt;
  Aber bleibe mein Lehrer,
    Stirb, und werde mein Genius!   (I, 1–IV, 16)

死すがいい　老いたる預言者よ　死に給え！　おんみの棕櫚の若枝は
もう充分に生い茂った　おんみの許から滴り落ちんと
　歓喜の涙ははや
　　天上に住む者たちの眼に溢れ出る

おんみはまだ留まろうというのか？　すでにもう雲間にそびゆる
記念碑をうち建てたというのに！　聖別された

厳粛な祝祭の夜々には
　自由思想の信奉者はおんみと共に　寝もやらずに感受する
おんみの深い歌の　歌い告げる世界審判の予言が
迫りつつあることを　真理の金言が
　死者たちを呼び覚ますラッパについて語るとき
　　その伝えんとすることを　身をもって感じ取る

死に給え！　おんみが教えてくれたので　死という呼び名が
ぼくには義人の歌う歓呼のように響くのだ
　だがいつまでもわが師であってくれ
　　死して　わが守護神となってくれ！

一七五二年の初めの数ヵ月の間に成立したと推測されるこのオーデは、題名そのものから容易に読み取れるように、作者のこの詩人に対する年来の傾倒ぶりを伝えるものである。それにしても、冒頭からいきなり繰り返される“stirb”という命令表現は、彼のこの詩人に対するひとかたならぬ敬愛ぶりを知っているわれわれには、少なからぬ奇異の念を感じさせる。これは実は、キケロの言い回しを模したもので、それによれば、高名なオリュンピアの勝者ディアゴラスの息子が二人揃って同じ日に勝利を得た際、

あるスパルタ人が彼に向って次のように言ったと伝えられる。(7)

Stirb, Diagoras, stirb! Höheres kannst du
Nicht erlangen, ein Gott kannst du nicht
Werden.

死ぬがよい　ディアゴラスよ、死に給え！　そなたはこれ以上
高きものを手中にすることは出来ぬのだから　神と同じ域には
達し得ぬのだから

これを見、また「おんみの棕櫚の若枝は／もう充分に生い茂った」、「すでにもう雲間にそびゆる／記念碑をうち建てた」、「死して　わが守護神となってくれ」などの詩句を見れば、この作者が功成り名遂げた老詩人を敬愛するあまり、いわば、その名を現世の枠を超えた永遠という時空の中で顕彰しようとして、このような表現をせずにはおられなかったことが分る。ヤングの主著『夜想詩』を通して日ごろ親しんでいた死生観が前提になっているのは無論である。「死」が彼にとって「永遠の生への喜ばしき通過儀礼」であったことについても、既に再三触れた通りである。

この作品においても、上の命令表現の他にも、「死者たちを呼び覚ますラッパ」とか「死という呼び名が／ぼくには義人の歌う歓呼のように響く」などの表現が見られて、死の賛歌を歌い、終生の師を称え

ようという作者の心情は、確かにわれわれにもはっきり「感受される」が、しかし、少なくともここでは、作者の熱狂が空転していて、「直接的な感情ではなく、悟性の産物(8)」といった感は拭えないように思われる。従って、われわれもここでは、この詩に表白された作者の当時の関心の所在を確認しておくだけに止め、ヤングに代表されると見えたイギリス文学と、自らが切り開いていこうとする祖国の詩文との比較対照をより鮮明にした、もう一つの作品を見ることにしよう。

祖国の文芸へ

前述したような経緯によって、一七五二年頃から祖国の文芸のありようを主題にしたクロプシュトックの詩作が生み出されていくことになったが、これには総じて二つの側面が含まれていた。即ち、その一つは、遥かな原初の祖国ドイツ、より正確には、ゲルマン民族とそれを率いる英雄の偉大さを称揚することであり、他の一つは、それによって当代のドイツの精神生活を叱咤激励することである。例えば、『ヘルマンとトゥスネルダ』では、トイトブルクの森の戦いから凱旋帰国して来る夫を迎える妻の心情に託して、古代ゲルマンの吟唱詩風の宗教的愛国歌謡を物したクロプシュトックは、『グライムに』では、親友に寄せる友情の歌という形式を装いつつ、フランス文化の流入にのみ心を奪われて、ドイツの文芸の促進には眼もくれぬフリードリヒ二世への幻滅と、それとの対決の姿勢を明らかにし、『ドイツの人々』では、ギリシアやイギリスの人々と名誉を賭けた競争をして、ドイツ人が芸術の分野においてもアルミニウス（Arminius, *ca.* A.D. 17–*ca.* A.D. 20；ゲルマンの一部族であるケルスキー人の族長で、ローマを破った英雄。ドイツでは誤ってヘルマンと呼ばれる）やライプニッツら、自らの誇るべき父祖たちの末裔たるにふさわしい位置を占めるようにすべきだと強調するのである。そういった一連の流れに属する『双つのミューズ』（以上、いずれも一七五二年作）は、聖俗両面にわたるポエジーの目的を見事に果たして、この名誉の戦いに勝利を得ようとするこの詩人の溢れる熱情を、より直接的な形で描き出している。

　　　　　　　　… mit der britannischen
Sah ich in Streitlauf Deutschlands Muse
Heiß zu den krönenden Zielen fliegen.

　Zwei Ziele grenzten, wo sich der Blick verlor,
Dort an die Laufbahn. Eichen beschatteten
Des Hains das eine; nach dem andren
Weheten Palmen im Abendschimmer.　(I, 2–II, 8)

　　　　……わたしはドイツのミューズが
ブリタニアのミューズと駆けくらをして
血潮をたぎらせ　桂冠を戴く目的地目指して　翔けて行くのを見た

　二つの目的地は　視界もきかなくなる

かなたの走路に境を接していた　杜の柏の木々は
一方のゴールに影を落とし　他方には
夕映えに包まれた棕櫚の木々がなびいていた

十八世紀の前半においては、イギリス文学に対する崇拝と、その模倣がしばしば過度にわたるほど一般化していたが、上の詩句を見ただけでも、クロプシュトックがそうした時代背景を基にして、ドイツの文芸がイギリスのそれと渡り合ってそれを凌駕するようになること、少なくとも対等の域に達することを待望している心情が、如実に読み取れる。更には、彼が「柏の木々」という語によって固有の、祖国の詩文を象徴させ、「棕櫚の木々」によって宗教的な詩文と、終局の勝利を暗示し、この「二つの目的地」に同時に到着することによって、より普遍的な広がりを持つドイツ文学の実現を目指していることも、多言を要しない。しかし、それは言うは易しく、行うに難いものであることも、当然ながら作者自身が痛切に実感しているところである。上の詩句に続く第Ⅲ詩節を見れば、そういう彼の心情は明らかである。

Gewohnt des Streitlaufs, trat die von Albion
Stolz in die Schranken, so wie sie kam, da sie
Einst mit der Mäonid' und jener
Am Kapitol in den heißen Sand trat.　(III, 9–12)

試合慣れした態度でアルビオンのミューズは
誇らかに競技場に入って来た　その様はかつてメオニーデスや
カピトールの丘に住むあのミューズと共に
熱い砂地に入場して来た時と全く変らなかった

ここにはドイツのミューズの競争相手であるイギリスのミューズが、百戦錬磨の強者であることが強調されている。グレイト・ブリテンの古称である「アルビオン」という言葉を使っていること自体、イギリス文学の歴史的古さを自ずから印象づけるものであるが、それだけに止まらず、それが世界を代表する、かのギリシアやローマの文芸と「熱い」競争を繰り返しては、それと堂々と渡り合い、いささかもひけを取らなかったという自負に満ちていることが、「誇らかに入って来た」という一句に集約されているのである。そういう自信に裏打ちされたこの古強者は、案の定、このたびの競争相手であるドイツのミューズを、はなから飲んでかかるのである。

Sie sah die junge bebende Streiterin;
Doch diese bebte männlich, und glühende
Siegswerte Röten überströmten
Flammend die Wang', und ihr goldnes Haar flog.　(IV, 13–16)

彼女は戦き震えるこの若き競争相手を見据えた
だが　この戦きは雄々しく　赤々と燃え立つその頬には
勝利を得るに値する熱誠が漲り溢れ
その黄金の髪は風になびいていた

先ほどの「アルビオン」によってイギリスの文芸の古さ、由緒正しさを暗示した作者は、ここで「戦き震えるこの若き競争相手」という語によって、わがドイツ文芸の未熟さ、前途の多難さを言い表している。しかし、それに続く三行の詩句を見れば、作者が未熟さゆえの若々しさ、勝利を目指してまっしぐらに邁進しようとする熱情と活気を以ってすれば、強敵に打ち勝つことも夢でないと確信していることが分る。「赤々と燃え立つその頬」、「黄金の髪」という言い回しは、その象徴的表現と言ってよいだろう。まさに、かつて『失楽園』に優るとも劣らぬ大作を物しようという意気込みを高言した作者にふさわしい心の昂ぶりである。

こうして、「高鳴る胸」を必死に抑えて「息を詰」め、伝令使の吹き鳴らすトランペットを合図にゴールの方へ身を乗り出すドイツのミューズの息遣いと（V）、「勇敢な挑戦者」を余裕の「高貴な目つき」で見下ろす「誇り高いブリテンのミューズ」の自信に満ちた態度（VI）の比較対照を描き出した詩人は、第VI節後半から次節にかけて、ドイツの祖神の娘にして、ドイツのミューズである「トゥイスコーネ」に託した己の心情を表白するのである。

とりわけ、

⋯

Verzeih, o Muse, wenn du unsterblich bist,
Verzeih, daß ich's erst jetzo lerne;
Doch an dem Ziele nur will ich's lernen!　(VII, 25–28)

……

おお、ドイツのミューズよ、おんみが不死であるのなら
今ごろになってそれを悟るわが不明を許してくれ
だがわたしはゴールの所でそれをしかと確かめたいのだ

という一節には、ドイツのミューズの勝利を期待し、信じながらも、現実の勝負を見極めた上で、それを確認したいという思いが率直に語られている。しかも、彼がここで念頭に思い描いているのが、両者の風土から生まれて来る文芸の優劣のみでなく、さらに高い、普遍的な存在価値を持つ詩文の世界であることは、次の二節を見れば自ずから明らかである。

Dort steht es! Aber siehst du das weitere,
Und seine Kron' auch? Diesen gehaltnen Mut,
Dies stolze Schweigen, diesen Blick, der

Feurig zur Erde sich senkt, die kenn' ich!

　Doch wäg's noch einmal, eh' zu gefahrvoll dir
Der Herold tönet. War es nicht ich, die schon
Mit der an Thermopyl die Bahn maß?
Und mit der hohen der sieben Hügel?　(VIII, 29–IX, 36)

そのゴールはあそこに立っている！　だがそなたには更にその先のゴールと
その栄冠も見えるだろうか？　この沈着な勇気
この誇り高い沈黙　熱火の思いで地上を見つめる
このまなざし　これらはわたしにはおなじみのものなのだ！

　だが　伝令使がそなたに危険の合図をする前に
もう一度この意味を考えてくれ　それはこのわたしではなかったろうか？
すでにテルモピュライのミューズや七つの丘に住む
誇り高いミューズと行く手を競い合ったのは

ここで作者は「更にその先のゴール」という語によって、自らの目指す「目標」が国土という枠を超えて、「いっそう広大」で、永遠不変の価値を含む宗教的叙事詩の世界であることを暗示し、その面でミルトンの『失楽園』にも匹敵するような作品を生み出すことによってそれに打ち勝ち、「栄冠」を得たいという意欲を滾らせているのである。それに立ち向う武器が、逸る心をじっと抑えた「沈着な勇気」であり、自己の勝利を確信しながらもそれを表に出さぬ「誇り高い沈黙」であり、熱烈な野心を秘めて足元の「地上を見つめる／このまなざし」だ、と言うのである。しかも彼は、自分がこれまで既にギリシアのミューズやローマのミューズと堂々と渡り合って来た、あるいは、それを手本にして十二分な研鑽を積んで来たのだから、ドイツのミューズにも、「もう一度この意味を考えてくれ」と願うのである。この第Ⅸ詩節は、詩想の点では既に見た第Ⅲ詩節のそれと全く同じであり、その点では新味に乏しく、単なる繰り返しに過ぎないが、逆に言えば、それだけ作者がこの両者の文芸の偉大さを意識せざるを得ず、自己の教養体験における両者の影響がいかに大きかったかを認めざるを得ない、という心境を告白しているものとも受け取れよう。

作者のこうした熱烈な期待を担ったトイトーナ（前出のドイツのミューズ「トゥイスコーネ」の別名）も、その期待に応じて、「ブリテンのミューズよ　わたしは賛嘆の念でそなたを敬愛する」（Ⅹ, 40）という一句によって、当の競争相手に一応の敬意を表しながら、その一方で、「もしかしたらわたしの方がいち早くその高き目的地に達するかも知れぬ」（XII, 46）と言って、満々たる自信の一端を表明するのである。こうして二人は天翔ける「鷲の勢い」で、「濛々たる砂煙を上げ」ながら駆け出していくのであるが、作者がいみじくもこの詩の最後で「わたしの視界は二人を見失った」（XIII, 52）と告白しているように、その勝敗の行方は未だ分らないのである。

われわれも当然ながらここでは両者の勝敗、優劣を論ずるのではなく、ギリシア・ローマの文芸に始まり、ミルトンやヤングに代表されるイギリス文学に大きな滋養と刺激を受けながら、翻って自国ドイツの文芸の来し方、行く末に並々ならぬ関心を寄せているこの詩人の異文化理解の独自性を、改めて確認しておきたいと思うのである。

註

本章のテキストとしては、主として Friedrich Gottlieb Klopstock. Ausgewählte Werke. Carl Hanser Verlag München. 1962（以下、AW と略記）を用い、適宜 Klopstocks gesammelte Werke in vier Bänden mit einer Einleitung von Franz Muncker. Dritter Band. J. G. Cotta'sche Buchhandlung Nachfolger. Stuttgart und Berlin. 1887 を参照した。また、引用の詩句は、本文中に詩節をローマ数字、行数をアラビア数字で示した。

（1）これについては、拙著『クロプシュトックの抒情詩研究』近代文芸社、一九九六年、参照。
（2）同右。
（3）同右。
（4）『夜想詩』二二一三行目と『救世主』第七章、四二一行目を見ただけでも、その類似性は歴然としている。
（5）例えば、『神に寄せる』（一七四八）九三行目以下や、『別れ』（一七四八）三八行目以下の詩句には、彼のこういう傾向が顕著に認められる。
（6）前掲拙著、一三一頁以下参照。
（7）AW. S. 1232.

(8) Muncker, Franz: Friedrich Gottlieb Klopstock. Geschichte seines Lebens und seiner Schriften.G. J. Göschen'sche Verlagshandlung. Stuttgart 1888. S. 275.

ゲーテとギリシア

前の二章でそれぞれドイツ文学と異文化との関わり、および、クロプシュトックの詩作における異文化の影響を概観したところで、以下、本書の主題であるゲーテの文学創造に果たした異文化の意義を、テキストに即して検討していくことにしたい。

さて、「神話はあらゆる文芸の母国」であり、「美と真の理想は永遠の変化の中にあり、それらの理想と共に神話的形式も変化する」ものであるとすれば[1]、ゲーテの場合もその例に洩れなかった。彼もまた、「ギリシア神話の中に人類の象徴を見いだす」ことによって[2]、「ギリシア精神の助けを借りて、シュトゥルム・ウント・ドラングの枠を超えて自己展開を遂げる」ことが出来たと言ってよいだろう[3]。コメレルも指摘するように、ゲーテは早くからギリシア精神をよく理解していたのであり[4]、そのことが後の大詩人としての完成に不可欠の前提となったのである。

ここでは『旅人の嵐の歌』を素材にして、彼のそういう「自己展開」の跡を確認し、ゲーテとギリシア的古代世界との関わりの意義を考えてみることにしたい。この作品は、トゥルンツが「抒情詩の分野でドイツのシュトゥルム・ウント・ドラングの頂点を成す」ものとして位置づけている一連の「大讃歌」の冒頭に置かれ[5]、後のドイツ古典主義を一身に体現する詩人としての発展を暗示しているという点で、重要な意義を持つものであるが、作品の分析に先立って、ゲーテとギリシアとの出会いの概要を整理しておけば、それはおよそ以下の通りである。

ゲーテとギリシアとの出会い

これについては、例えばトレヴェリアンの『ゲーテとギリシア人』やレームの『ギリシア精神とゲーテ時代』に詳しいが[6]、ここでは主として、ゲーテの生涯にわたる詩作活動を決定づけたと言っても過言でない祖国の偉大な先人たち、ヴィンケルマン（Winckelmann, Johann Joachim, 1717–1768）、レッシング、ハーマン、ヘルダーが若きゲーテに及ぼした影響関係について、その大略を素描しておくことにしよう。

「由来ゲルマン人のギリシヤ的南方に対する憧憬は精神史上最も重要な一主題である」[7]ことはすでに周知の通りであるが、ゲーテと「近代西欧における最初の真の古代発見者」[8]としてのヴィンケルマンとの出会いが、ロココ風の浮薄な時代風潮に染まっていた彼のライプツィヒにおける遊学時代であることは、確かに注目に値する事実である。その間の事情は『詩と真実』第八章に詳しいが[9]、ともあれこの出会いによって、「ゲェテの全生涯に亘って、否、近代西欧精神史の全体を貫いてやがて決定的な意味をもつにいたるゲェテ自身の古代的原質の自覚」が目覚めさせられ[10]、彼が「若年にして古典的芸術観に真剣かつ熱狂的に帰依」することになり[11]、後の古典主義的完成へとつながっていったのは、ゲーテ一己の個人史の域を遥かに超えた、文学史上の大きな成果であった。

このヴィンケルマンの『ギリシア美術模倣論』（一七五五）や『古代美術史』（一七六四）に触発されて、レッシングは『ラオコーン』（一七六六）や『ハンブルク演劇論』（一七六七—一七六九）において独自の古代芸術論を展開し、それがゲーテの芸術観にも深甚な影響を与えたことも、『詩と真実』第八章をはじめ随所で言及されている通りである[12]。

加えて、一七七〇年から翌年にかけての冬の間のシュトラースブルクにおけるヘルダーとの出会いが、「ゲーテの天才発現に決定的な重要性」を持ち[13]、ゲーテの文学開眼をもたらして、シュトゥルム・ウント・ドラングの開始へとつながっていったことも、いまや文学史の常識に属することである。世界における創造的活動は、肉体、魂、精神の分かち難い統一による全人的営為によるものであることを強調し、「詩は人類の母語である」[14]と説く、かのハーマンの衣鉢を受け継ぐヘルダーが「真実、感情、自然」を旗印に[15]、ホメーロスとシェイクスピアを推奨し、文学における民族性の重要性と母国語の尊重を強調したことは、ゲーテの生涯にわたる創造活動を大きく規定する原動力とならずにはいなかった。

こうした一連の流れが、当時の世界の時代潮流と密接不可分に関わり合っていたことは言うまでもない。即ち、十八世紀初頭以来、シャフツベリ（Shaftesbury, Anthony Ashley Cooper, 3. Earl of, 1671–1713）、アディソン（Addison, Joseph, 1672–1719）、ヤング等のイギリスの芸術哲学者達が、詩人の自然模倣と学識偏重という古い諸要請に抗して、衝動的で非合理的で独創的な創作者という新しい芸術家像を提示したのを承けて、ドイツの芸術哲学者達はそれを継承、発展させていったのである。

例えば、レッシングがその『ハンブルク演劇論』において、「天才が自分自身の中から、自分みずからの感情から、生み出すことの出来るものこそが、彼の豊穣さの特質なのである」と説き、「意図をもって詩作し、意図をもって模倣することこそ、単に詩作するために詩作し、単に模倣するために模倣する群小の芸術家たちと天才とを分かつものである[16]」と強調するのに対し、ハーマンは神的なものの象徴としての世界、この象徴言語の最良の把握者、新たな象徴の創造者としての芸術家像を提示する。彼によれば、根源的な自己伝達の一つひとつは合理的なものではなく、表出的なものであり、それ故に「詩は人類の母語」となるのである。この表現理論の忠実な継承者ヘルダーは、この「表出的なもの」(das Expressive)をめぐって、配語法、文の抑揚、語形といったものの細部に至るまで検討し、それが民衆的で省察という操作を経ていないもの(Volkstümlich — Unreflektiert)、デモーニッシュで天才的なもの(Dämonisch — Genial)の中に最も完璧な形で発現していることを見いだした。彼がシェイクスピアを「自然の息子、神の信を受けた存在、あらゆる言語と情熱と性格の通訳、人間の心に関わるあらゆる出来事の糸を操り、もつれさせる人物[17]」とするのも、そこに天才の原型を見ているからに他ならない。

上述した天才思想の告知者たちが、理論家としての立場から言を発したのに対し、創造的芸術家としてのゲーテにとって、この天才論はあくまで自己体験(Ich-Erfahrung)と一体化したものであった。前者が天才の本質を記述的に把握したとすれば、ゲーテはそれを自らの詩作行為を通して把握したのである。例えばヘルダーは、この天才について言を費やして、天才と自然との一致、張り溢れる力、その作品の斬新さ、比類なさ、独自性、個々の創作の内的必然性を強調したが、ゲーテの「大讃歌」群にあっては、それがすでに生命と明確な形姿を持つものとして具現していた。つまり、これらの詩群そのものがすでに、漲り溢れる力に満ち、斬新で、比類がなく、独自で、内的必然性を持っていたのである。ここにおいて十八世紀の天才唱導はその頂点に達したのである。

以上、この『旅人の嵐の歌』が生み出されるに至った前史、時代背景を概観したところで、テキストの具体相を見てゆくことにしよう。

旅人の激情

この作品はその題名からしてすでに極めて暗示的である。「旅人」と「嵐」という語自体が、まさに「疾風と衝迫」をモットーとするこの時期の文学の目指す方向を、何よりも雄弁に物語っているからである。一七七二年春に成立したと推測されるこの作品を、作者自身は後年「半ば無意味な歌」と呼んだが[18]、シュタイガーによれば、これはゲーテが、『詩と真実』を書いた当時、この讃歌自体をもはや完全には理解しないようになっていた、あるいは完全には真面目に受け取ろうとはしなくなっていたことを示すものである[19]。いずれにしても、この「極度に大胆な作品[20]」が文体、内容の点で、いかにも若書きの未熟さを内包していることは否めぬ事実である。逆にその分だけ、「ゲーテ自身の古代的原質の自覚」が未成熟なりに鮮烈に息づいていることも確かである。つまり、この作品は、「ヘルダーや、殊にハーマンからの刺激を受けて、昂揚した瞬間に詩人の内面において一体化したものを、出来る限り直接的に表白しようとする試み[21]」というわけである。

その直接の契機は、嵐の中での彷徨という自らの体験、その頃熱中していた「ピンダロスの影響[22]」、詩人の胸に息づいている古代神話、十八世紀においては通例の表象領域といったものに由来するが、この表象領域について付言すれば、例えば、(自らが緑濃く茂るために太陽神アポロの助力を必要としない点で)尊大な偉大さの象徴としての「ヒマラヤ杉」のように古い、バロック的なモティーフと、健全な生の象徴としての「山小屋」のように新しい、感傷的なモティーフとが結び付いている。

一方、この詩の芸術的な迫力は、大部分がそのリズムに存し、それぞれの文章は、ゲーテの他の詩作に見られる場合よりも強度に、このリズムに従属しているのである[23]。詩節はリズム的にはそれ自体で比較的統一が保たれておりながら、各詩節相互の間では甚だしく異なっているのである。天から地に至る広大な空間の中で発せられる「旅人」の声の間隔がこれほど大きいものは、ゲーテにあっては他には殆どどこにも見当らず、彼がこの作品におけるほどに日常的言語から遠く離れたこともなかった。その点でもこの詩は、シュトゥルム・ウント・ドラングの抒情詩において特殊な地位を占めるものである。

さて、脈絡の上でも極めて飛躍的で観念連合的な要素を持ちながら、その一方では、明確な構成と帰結を有しているこの詩は、次のように歌い出される。

Wen du nicht verlässest, Genius,
Nicht der Regen, nicht der Sturm
Haucht ihm Schauer übers Herz.
Wen du nicht verlässest, Genius,
Wird der Regenwolke

Wird dem Schloßensturm
Entgegen singen
Wie die Lerche
Du dadroben.　(I, 1–9)

守護神よ　おんみから見放されぬ限り
雨に遭い　嵐に吹かれても
心を脅かされる者はない
守護神よ　おんみから見放されぬ限り
雨を呼ぶ黒雲にも
霰のつぶてを投げる嵐にも
ひるまず歌い継ぐのだ
天上のおんみの化身たる
ひばりのように

この詩は各行の長さ、ヘーブングの数、各ヘーブング間のゼンクングの数のいずれも不同な自由韻律で書かれているが、この背景には、ゲーテが同時代の他の詩人たちと同様、ピンダロスの詩句を自由韻律と見ていたことがある。つまり、当時のゲーテにとってピンダロスは、「神に陶酔した酒神讃歌の作者、霊感の流れを阻害するあらゆる規則、あらゆる慣例の軽視者[24]」と受け取られていたのである。そして何より、「言語とは単なる道具以上のものであり、言葉と思想はまさに世界知の中で類縁関係にある。（中略）言語を通じてわれわれは明確に考えることを学び、明確で生き生きと思考するに際して、われわれは明瞭で生気ある言葉を求めるのである」と説き、「情熱を表現し、活気ある形象を提示するために、あらゆる言葉は天才の手中に豊かに握られているのである[25]」と強調するヘルダーから直接の示唆を得ていたことがある。この詩においても、彼のこうした試みが、詩人の揺れ動く内的体験を寸分の隙もなく訴えかけて、効果を発揮する結果へとつながっている。

ところで、この詩節において何よりもわれわれの目を惹く特徴は、冒頭の“Wen du nicht verläissest, Genius”という詩句が、四行目で再度繰り返されていることである。この詩句はこの後も、第Ⅱ詩節から第Ⅳ詩節のそれぞれ一行目において、若干形を変えて繰り返されているが、このことは、音響面でのリフレイン効果という以上に、この詩人の内的衝迫を直截に物語るものとなっている。即ち、この「旅人」の精神は、永遠の生の予感に満ち溢れているあまり、崇高な感情を確保することにこだわり、嵐が収まって、太陽神が再び雲間を破って顔を出すのを待ち切れず、敢えて風雨に逆らって押し出して行こうとするのである。従って都合五回繰り返されるこの詩句は、懇願や断念どころではなく、昂揚した彼の誇りはそれを拒絶し、「自分が何者であるか、何を為し得るのか、聖なる温みに満たされることがあるのか否か、今こそ明らかになる[26]」という思いの表出なのである。だからこそ、彼は敢えて、「雨を呼ぶ黒雲にも／霰のつぶてを投げる嵐にも／ひるまず歌い継ぐのだ」と高言するのである。ここで繰り返される“Regen”，“Sturm”という語は、彼のそういう昂然たる気概を浮き彫りにするためにも、不可欠の舞台装置となっているのである。ちなみに、この“Regen”をはじめ、“Schlamm”，“Bauer”，“Hütte”という語に見られるような象徴的なモティーフの多用が、この時期のゲーテの讃歌構成上の特徴の一つとなっていることはトゥルンツの説く通りである。[27]

なお、最終行の“Du”という親称の人称代名詞が誰を指すのか、文脈上にわかには読み取り難いが、ここではおおよそ次のように受け取っておきたい。つまり、一行目及び四行目の“du”が“Genius”を指すものであることは疑問の余地がないのに対し、九行目のそれは、直接的には直前の“Lerche”を指すと取るのが、一応は自然な解だと思われる。その点で、これは頓呼法の一例だと言ってよいだろう。しかるに、この“Lerche”は、詩人の心裡では、いわば荒天の中でもそのさわやかな歌声を絶やさない、「天上」の歌姫と映じているようなのである。ということは、詩人はこの「ひばり」を単なる物象の一つというよりは、「守護神」によって遣わされた使者、その具体的な化身の一つと見ていることにつながるものと思われる。かくして、ここでは Du = Lerche = Genius という等式が成り立つのではないだろうか。「天上のおんみの化身たる／ひばりのように」と訳してみたゆえんである。

こうして「ひばり」という一語によって、自らの目指すものが、天上の「守護神」にも嘉される詩歌の世界であることをさりげなく暗示した詩人は、第Ⅳ詩節以下の詩句によって、「詩神」（ミューズ）、「美神」（カリス）を勧請することになるのである。

守護神との一体化

Wen du nicht verlässest, Genius,
Wirst im Schneegestöber
Wärmumhüllen.
Nach der Wärme ziehn sich Musen,
Nach der Wärme Charitinnen.　(IV, 23–27)

守護神よ　おんみに見放されぬ限り
吹き荒ぶ吹雪の中でも
身は温かく包まれる
その温みを求めて　詩神も集い寄り
その温みに惹かれて　美神も寄り集う

前述もした通り、第I詩節冒頭の詩行のリフレインで歌い始められるこの第IV詩節の眼目は、何よりもまず、"Schnee"（雪）と"Wärme"（温み）の対比にある。前者が寒冷な北方の住人である「旅人」の現在地を示し、後者が南方ギリシアを暗示するものであることは言うまでもない。これに関してシラーは、ゲーテの四十五回目の誕生日に寄せた書簡において次のように述べている。「あなたがもし一人のギリシア人として生まれるか、いや、そこまでいかなくても、せめて一人のイタリア人として生まれ、すでに揺り籠の頃から極上の自然と理想的な芸術に取り巻かれていたならば、あなたの道程は限りなく短縮され、もしかしたら、全く余分なものとされていたかもしれません。（中略）しかるに、あなたは現に一人のドイツ人として生まれ、あなたのギリシア的精神はこの北方的被造物の中に投げ込まれたわけですから、あなたに残された選択肢としては、自ら北方的芸術家になるか、現実世界が出し惜しみしているものを、思考力の助けを借りてあなたの想像力の埋め合わせをして、いわば内部から、合理的なやり方で一つのギリシアを生み出すようにするか、という以外にはなかったのです[28]」。その言わんとするところは、「ギリシヤ人が無意識の深みから成就したことを、ゲェテは幾多の困難な省察を媒介にし、意識的な体験を重ねて、はじめて達成することを許された[29]」というところにあると言ってよいだろう。いずれにしても、シラーのこの一節は、さすがに畏友の本領をよく知る者の言として傾聴に値する。

そう見れば、“Wärme”という語がここで三度も繰り返されていることが、詩文の華咲くギリシアへの北方人ゲーテの心の火照りを示すものに他ならないことも、自ずから明らかとなるだろう。彼の眼前には、九柱の詩神ミューズと三姉妹の美神たちの群れ集う情景が、ありありと思い浮かべられているのである。最後の二行の繰り返しは、そういう「旅人」のひとかたならぬ願望が言わせたものなのである。これによって、「旅人」たるゲーテは、自らの今後の進むべき方向を自他の前に明確に提示したのである。

このようにして憧れの詩神、美神たちの一群を身近に招き寄せた「旅人」が、かれらに向って「わが身ほとりに浮かび漂え」（V, 28）と呼びかけ、かれらを自らの「守護神」にしようとするのは勢いの赴くところである。それを通して、彼がいわば千万力の援護を確保することが出来たのは確かだが、その一方で、彼はその前途が必ずしも平坦な道ではないこともひそかに自覚しているようなのである。「そして水と大地の息子たる泥濘／その上を踏んでおれは進んで行こう／神々の歩みさながらに」（V, 31–33）という一句は、彼のそういう昂揚した気概を反映したものと思われる。とりわけ、詩節最後の「神々の歩みさながらに」という一語は注目に値する。自らの歩み振りと神々のそれとを「同じ」だと断言するのは、一面から言えば、人間の神々に対する思い上がり、ヒュブリスに他ならないが、「旅人」の心中においては、この一語は、自らと神々との同質性を確認することこそ、神々の世界へ直に参入する絶対不可欠の大前提として捉えられていることを示すものなのである。彼のそういう心裡は、次の第Ⅵ詩節の中に見紛いようもなく表白されている。

Ihr seid rein wie das Herz der Wasser,
Ihr seid rein wie das Mark der Erde,
Ihr umschwebt mich, und ich schwebe
Über Wasser über Erde
Göttergleich.　(VI, 34–38)

おんみらは水の芯のように汚れなく
大地の髄のように清らかだ
おんみらはわが身ほとりに漂い　おれは

水の上　大地の上に浮かび漂う
神々の歩みさながらに

ここで「旅人」は詩神、美神の本性を、大自然の根源である「水の芯」、「大地の髄」と同じく「汚れな」いと繰り返し、そのかれらがいまや自分の「身ほとりに漂」っていると強調する。とは即ち、先ほどの「わが身ほとりに浮かび漂え」という命令表現による希求が、少なくとも「旅人」の胸中においては、既に現実のものと化したと実感されたことを意味する。その事実が確認出来たからこそ、彼は「おれは／水の上　大地の上に浮かび漂う」と言い得たのである。それが「神々の歩み」と同じものであることは言うまでもない。そう見れば、この同じ“Göttergleich”という一語も、第Ⅴ詩節では旅人の願望、心逸りに過ぎなかったものが、ここでは明確に彼の確信、自負へと、質的に大きく飛躍していることが分るだろう。

このようにして「旅人」の進むべき行路を定着させることによって、この第Ⅰ詩節から第Ⅵ詩節に至る第一部は序奏としての役割を果たし、われわれを次の展開へと導いていくのである。

詩神と美神の守護

三九行目から五一行目に至る第Ⅶ詩節の主眼は、旅の途上で出会った農夫と「旅人」自身との対比を通じて、互いの生の充足感の由って来たるところを対比させる点にある。即ち、前者は酒神ディオニュソス（またはバッカス）の別名である「父なるブロミウス」の「賜物たるぶどう酒」と、心身の憩いの象徴としての「明るく温かい炉辺の火」だけを「心の頼り」にして、「心勇んで家路につく」ことが出来る点で、自足した世界に生きている（39–44）。

一方、「旅人」は「詩神と美神のすべてに見守られ」て旅の途上にあり、その「詩神と美神から／至福の花環をもって飾られ／生命の讃歌を贈られた／生あるものすべてから帰還を待ちわびられ」ているのである（46–50）。そういう身に余るほどの祝福と期待を一身に担っている者として、「意気阻喪して帰れるだろうか？」（51）と自問せざるを得ないのは、自然な心の動きだろう。その点で、前者を形容する"mutig"と、後者の"mutlos"という語の対比は、両者の置かれた心的状況を簡潔明瞭に浮き彫りにしている。

加えて、前者はいわば天地自然の恵みの象徴たる「ぶどう酒」を享受すれば足りるのに対し、後者は「詩神や美神」に終始「見守られ」て、常に創造的昂揚を余儀なくされ、周囲の万物からその成果を「期待され」ているのである。その重圧が時として「意気阻喪」させるほどのものであるというのは、当事者の立場からすれば無理からぬところである。

その点でこの一節は、前途遼遠たる文芸の旅路を前にして佇む若きゲーテの、当時の心境を率直に投影したものとして興味深いものがある。ただ、そうはいいながら、彼がここでも"Musen und Charitinnen"という語を二度繰り返していること自体、自らの進むべき方向についての自覚と決意にいささかの揺ぎもないことだけは確かである。

このように「詩神や美神に見守られ」て、己の目指すものが文芸の道であることを再確認した「旅人」

だが、その遥かな旅路を導き、守護する主体について、ここで改めてその認識を新たにする。その間の消息を伝えるのが次の第Ⅷ詩節である。

Vater Bromius,
Du bist Genius,
Jahrhunderts Genius,
Bist, was innre Glut
Pindarn war,
Was der Welt
Phöb Apoll ist.　(VIII, 52–58)

父なるブロミウス
おんみこそ守護神
世紀の守護神
かつてピンダロスにとって
内なる熱火であったもの
世界にとっては
太陽神アポロたるもの

この一節は簡潔過ぎるほどの措辞の中に、というよりも、措辞の簡潔さ故に、かえってその文意が容易には辿り難い面がある。しかも、ここには作者一己の文芸観が秘められているだけに、なおさら無視できぬ一節である。

要するに、作者はここで一見、前の詩節で言及した「父なるブロミウス」を「世紀の守護神」として誉め称えることに終始しているように見えるのである。「(おんみは)かつてピンダロスにとって/内なる熱火であった」という一節までは、まさしく作者の酒神讃歌に他ならない。しかるに、最終二行を見れば、その同じ主体の内実が、「世界にとって」の「太陽神アポロ」へと変じているのである。つまり、作者はここで、酒神ブロミウスはこれまで人々にぶどう酒を恵み、ピンダロスに代表される詩人たちに創作の意欲を掻き立てる「内なる熱火」を与えては来たが、それだけでは詩作の完成、成就にまでは至らず、そのためには「太陽神アポロ」に頼らざるを得ない、と考えているようなのである。五六行目の定動詞が過去形、最終行のそれが現在形へと変じているのは、かつての文芸の栄光を現在の世に生きる者としていま一度甦らせ、それを普遍のものとしようとする作者の並々ならぬ意気込みを如実に物語るものである。われわれがここに早くも、後の古典主義の詩人ゲーテの萌芽を見るのは、決して牽強付会とばかりは言えないだろう。

果せるかな、作者は次の第IX詩節で、われとわが心に向って、「ああ!　何たること!　わが内なる熱火/魂の熱/中心点よ/太陽神アポロに向って/熱く燃え立てよ」(IX, 59–63)と叱咤激励するのである。冒頭の間投詞“Weh”の繰り返しが、わが身の拙さに対する詩人の痛切な現実認識を示すものであることは言うまでもない。身を嚙むほどのその自己認識の上に立って、彼はあくまでも「太陽神アポロ」

に向って、まっしぐらに進んで行こうとするのである。この一句はアポロ的人間の典型たるゲーテの、自己の本然に対する激しい希求を端的に吐露したものと言ってよいだろう。そしてこの一句は、この時点における彼が、「アポロ」に向ってゆく唯一にして最大の拠り所として、自らの「内なる熱火」の他にはないと自覚していることを、何よりも雄弁に物語るものとなっている。この第Ⅸ詩節後半の詩句は、彼のそういう心情を明らかにするものである。

Kalt wird sonst
Sein Fürstenblick
Über dich vorübergleiten,
Neidgetroffen
Auf der Zeder Kraft verweilen,
Die zu grünen
Sein nicht harrt.　(IX, 64–70)

さもなくば
彼の王者のまなざしも
冷ややかにおまえの上を滑って行き
彼を待たずとも

緑の葉を茂らせる
ヒマラヤ杉の力を怨みつつ
その上にたゆたうだろう

この一節における文脈上の困難は、人称代名詞“dich”が何を指すかという点にある。トゥルンツはこれを“Zeder”を指すと説くが[30]、われわれはこれをあくまで“Innre Wärme”,“Seelenwärme”,“Mittelpunkt”とさまざまに言い換えられている「旅人(=作者)」自身の熱く燃える心の炎と取りたいと思う。というのも、(一)そうでなければ、先ほども触れた“Weh! Weh! ”という激しい慨嘆の念が、浮き上がったものになってしまうからである。(二)更には、“Glüh' entgegen / Phöb Apollen”という命令表現は、文法の常識からして、“du”に向って発せられたものであり、その“du”の内実とは、自分自身の心でなければならないと思われるからである。(三)文脈の流れという点からして、一般に人称代名詞は、それ以前に言及された名詞に関わって使用されるのが自然だからである。(四)文意の上からも、直前に“Glüh' entgegen”とわれとわが心に向って呼びかけている以上、それが実現されなければ(sonst)、「彼の王者のまなざしも/冷ややかにおまえの上を滑って行」くだろうというのは、当然過ぎるほどの自然な流れである。それであればこそ、“Glüh”と“kalt”の対照がひときわ鮮やかにわれわれの胸に印象づけられるのである。(五)最後に、アポロの立場からして、自らの助力を頼むこともなく、自力で「緑の葉を茂らせる」というヒマラヤ杉の倨傲を不快に思い、その「力を怨みつつ」も、詩人の熱誠に欠けるところがある以上は、その「まなざし」を憎むべきヒマラヤ杉の上にたゆたわせる他にはないのである。そういう危機感を自覚すればこそ、詩人はいやが上にも太陽神アポロに向って、自分の熱意を燃え立たせなければならなくなるというのは自然の道理である。

以上のような根拠からして、この“dich”はあくまでも「旅人」自身に向けられたものと解すべきだと思われるのである。ともあれ、こうしてこの「旅人」の沸き立つ激情（＝嵐の歌）の向うべき方向を確認し、退路を断った作者は、いよいよ自らの歌の根源へと立ち返っていくのである。

詩歌の根源へ

この詩一篇のヤマ場とも言うべき第X詩節の詩句は専ら、風雨を初めとする気象現象を司る神として古くより崇拝されていた「ユピター・プルーヴィウス」に向けて発せられる。

Warum nennt mein Lied dich zuletzt,
Dich, von dem es begann,
Dich, in dem es endet,
Dich, aus dem es quillt,
Jupiter Pluvius!
Dich, dich strömt mein Lied,
Und Castalischer Quell

Rinnt, ein Nebenbach,
Rinnet müßigen
Sterblich Glücklichen
Abseits von dir,
Der du mich fassend deckst,
Jupiter Pluvius.　(X, 71–83)

なぜにわが歌は最後におんみの名を呼ぶのか
わが歌の始まりとなったおんみ
わが歌の終りとなるおんみ
わが歌の湧き出る源たるおんみ
ユピター・プルーヴィウス！
わが歌はただひたすら　おんみをめざして溢れ出る
カスタリアの泉のごときは
せせらぎの傍流に過ぎず
安逸を貪る　束の間の幸福な
詩人たちのために流れるが
おんみとは何のゆかりもない

このおれをしっかりと抱きしめ　押し包む
ユピター・プルーヴィウスよ

「わが歌の始まりとなった」とある通り、この作品の直接の契機は、前述もした通り、ゲーテ自身がダルムシュタットからフランクフルトへ向う途中で激しい雨に遭い、その途中でこの歌を作り、高唱したという現実の体験に基づいている。[31] より内的な動機としては、無論、この神こそ「わが歌の終り」となり、「わが歌の湧き出る源」に他ならないという、作者の基本認識がある。前者の定動詞が過去形、後者のそれがいずれも現在形になっているのは、常に大いなる「自然」との一体化を目指す当時のゲーテの文学観を端的に示す表現なのである。つまり、彼がそれほどまでにこの「ユピター・プルーヴィウス」に対する帰依の念を露わにするのは、ひとえに「わが歌はただひたすら、おんみをめざして溢れ出る」からに他ならない。“Dich, dich strömt mein Lied” という簡潔な措辞の中には、詩人のそういう激しい熱情が込められているようである。それは具体的には、親称の二人称を二回繰り返していること、そして、一般には自動詞として用いられる “strömen” という動詞を、「詩的に昂揚した語法」[32]として他動詞として用いていることから読み取れる。ちなみに、トゥルンツも指摘する通り、[33] このように普通は自動詞として用いられる動詞を他動詞として用いるというような、文法の規則に反した語法は、この「大讃歌」の詩群においてはしばしば見られる現象である。

このような彼の「ユピター・プルーヴィウス」に対する深い思い入れを前にしては、パルナッソスの麓に湧く泉であり、詩神たちの集う場所とされる「カスタリアの泉」もささやかな「傍流」、「安逸を貪る束の間の幸福」に酔う詩人たちのために流れる「せせらぎ」としか映らないのである。この時の「旅人」がそれほどまでに深くこの神に「抱きしめ」られ、「押し包」まれていると実感していることは、「ユピター・プルーヴィウス」という固有名詞が二回、その人称代名詞形が八回も繰り返されているという一事からだけでも如実に見て取れる。そう見れば、冒頭の「なぜにわが歌は……」という一行で言われていた「最後に」という一語の持つ重い意味も、自ずから明らかであろう。即ち、作者はこの一語によって、自らの「最後に」拠って立つところが奈辺にあるかを、自他の前に明言したのである。そういう彼にとって、「つがいの鳩を／ねんごろな腕にとまらせ／うるわしいばらの花冠を頭上に戴いて／たわむれるあの詩人／花さながらに幸せなアナクレオン」（XI, 86–90）とか、「花に集う蜂を歌い／蜜のように甘い歌を口ずさみ／やさしく手招きするテオクリトス」（XII, 97–100）のような、優雅、というよりは柔弱なギリシアの田園詩人は、頼むに足りぬ存在としか見えぬのは無論である。「嵐を吹きつける神」（ユピター XI, 91）がそういう詩人たちを「訪れたことはなかった」（XI, 85）と、彼が一刀両断するのは当然過ぎることである。

こうして烈々たる闘志と野心に満ちたこの「旅人」の心は、頂点を目指して一気に駆け上るのである。

ピンダロスの道へ

Wenn die Räder rasselten
Rad an Rad, rasch ums Ziel weg,

Hoch flog
Siegdurchglühter
Jünglinge Peitschenknall,
Und sich Staub wälzt'
Wie vom Gebürg herab
Kieselwetter ins Tal,
Glüht deine Seel' Gefahren, Pindar,
Mut. — Glühte —
Armes Herz —
Dort auf dem Hügel,
Himmlische Macht,
Nur so viel Glut,
Dort meine Hütte,
Dort hin zu waten.　(XIII, 101–116)

戦車が車輪を接し
轟音と共に目的めざして疾駆し
勝利に燃え立つ
若人の鞭の響きが

空中高くはじけ飛び
霰まじりの突風が山並みから
谷間へとたばしるように
砂塵が濛々と巻き上がるたび
ピンダロスよ　汝の魂は危難にもたじろがず
闘志の炎を燃え立たせた——燃え立たせたのだ——
あわれなこの心よ——
あの丘の上に
わが山小屋がある
天上の霊力よ
せめてそこまで渉り行く
胸の火を掻き立ててくれ

この歌の終章を告げる上の一節には、猛々しいまでに男性的な意力が充満している。それは、冒頭から八行にわたる副文を見ただけでも、一目瞭然である。即ち、ここで展開されるのは、「濛々」と「砂塵」を「巻き上」げて「戦車」の行き交う、戦場を思わせる光景である。その戦場を疾駆する若者達は、天にも届けとばかりに鞭音高く、わが乗る馬を叱咤して、功名を競う。その情景に呼応するかのように、折から、天空からは「霰まじりの突風が山並みから／谷間へとたばしる」かのようである。

作者があえてこのような猛々しい情景を描き出したのは、直接には、ピンダロスがその頌歌の中で、しばしば古代の戦車競技の勝利者を歌っていることを、念頭に思い浮かべていたからだと思われる。[34] そのイメージと、作者自身が現に四頭立ての馬車を駆って、荒天の中を疾駆しているという現実の実感が重なって、このように激しい言い方となって表出したのである。[35] それらが相乗的に作用し合って、彼自身の激しく燃え立つ功名心に火を付けたのである。そのことは、“Siegdurchglühter”、“Glüht”、“Glühte”、“Glut” という「灼熱」に関わる語がここで四度も繰り返されていることから容易に見て取れる。まさに、「灼熱はヘルダーの弟子にとってピンダロスの精髄を示す象徴となった」のである。[36]

しかも、彼のこの熱情は、単に自分一己の心内の事情に由るものばかりではない。即ち、それは直前の二詩節に見られた通り、アナクレオンやテオクリトスに代表される田園詩人たちの自閉的で微温的な詩世界に対する、彼の生理的とも言えるほどの嫌悪感の裏返しの表現ともなっているのである。言い換えれば、作者はこの時自らを、吹きすさぶ前途の嵐を物ともせず、果て知らぬ文芸の旅路に果敢に挑戦する「旅人」になぞらえているのである。それが、この題名に託した彼の思いであったことは言うまでもない。

そういう彼が範とする詩人の典型が、日頃から親しんでいたピンダロスであることは、すでに第Ⅷ節で、「かつてピンダロスにとって／内なる熱火であったもの」と言われていたことからも明らかである。即ち、この名前こそ、作者の胸中から消えることはなく、終始、彼自身にとっての「内なる熱火」として、赤々と燃え立っていたのである。「ゲーテの創造活動において、ピンダロスは二度と繰り返しのきかぬ、特別な意味を持っていた」というわけである。[37] ピンダロスに対するこのひとかたならぬ賛仰の思いが、この詩節後半の主文に見られる「ピンダロスよ　汝の魂は危難にもたじろがず／闘志の炎を燃え立たせた」という詩句となって結晶したのである。

ただ、そういう偉大な詩人を自己の範例として仰げば仰ぐほど、現実のわが身の拙さを痛切に感じ、前途の遼遠さにたじろぐ思いを禁じ得ないというのも、詩文という果てしない大海原に乗り出そうとする若いゲーテにとって、むしろ自然な謙虚さと言ってよいだろう。そう見れば、直前の“Mut”, “Glühte”という男性的で力強い語の後につぶやかれる“Armes Herz”という一語が、そういう彼の屈折した心情を映したものであることも、容易に理解出来るだろう。彼のこの心のたゆたいは、上の一語の前後にダッシュが置かれていることからも読み取れるはずである。

このように、一方では身の拙さを嘆きながらも、それに圧しひしがれてばかりはいないところに、後の大詩人ゲーテの真面目はある。最終五行の詩句は、控えめな措辞の中に、常に向上を求めてやまないこの詩人の本領を示すものとなっている。その点で、とりわけ“meine Hütte”という一語には、思いの他に深い詩人の思いが秘められているように思われる。これが直接には、「自然に親近した生活、健全で質素な生き方、安全な庇護の象徴である」ことは、トゥルンツの解の通りであろう[38]。

しかし、ここまで見て来た文脈に即して考えれば、この語には上の解に止まらない、作者の思いが込められているものと思われる。私見によれば、それは単に、「最後には力尽き、誇りも萎えて、疲労困憊したこの旅人は、天のほんのささやかな恵みを乞い願って、あえぎながら山小屋に近づいて行く[39]」というような消極的、受動的なものではなく、これまでのいささか張り詰め過ぎていた心身の火照りを鎮めるための、「しばしの憩いの場」ということであろう。いつ果てるとも定かではない、長い旅路を辿ろうとする「旅人」にとって、ひとまず身を落ち着け、来し方行く末に思いを馳せようとするのは自然の情である。更に言えば、彼はこの語によって、自己の文芸の拠って立つ拠点を暗示しているものと思われる。即ち、ピンダロスの大に一挙に迫るのは当面無理としても、今のところは、ささやかな「わが山小屋」で心身を養い、他日を期す足がかりを得たい、というのが当時のゲーテの真意ではなかったかと推測されるのである。

以上見てきたように、韻律の不同、同じあるいは類似の表現の多用を初め、未だ十分に熟したとは言えないながら、粗削りなだけに却って真率な、力強い表現によって、自らの進むべき方向をはっきりと見定めたこの詩は、いかにもシュトゥルム・ウント・ドラング期のゲーテの若々しいマニフェストになっていて、まさに一群の「大讃歌」の冒頭を飾るにふさわしい作品となっているのである。

それにつけても、彼がすでに若年にして祖国の先人たちの文芸観に直接、間接に触れることが出来た、その出会いの持つ意義の大きさには改めて感嘆する他はない。中でも、ライプツィヒ時代の師エーザー（Oeser, Adam Friedrich, 1717–1799）を介して、ヴィンケルマンの説くギリシア世界へ眼を向ける契機を与えられたことは、特筆に値する出来事であった。ヴィンケルマンがいわば「ギリシア的なものをキリスト教的に、キリスト教的なものをギリシア的に、そして両者を純粋に人間的に解していた」[40]とすれば、ゲーテはそれを生涯にわたる自らの詩業において実践してみせたのである。この異文化との接触、その吸収が以後のゲーテの歩みを決定づけたことを思えば、この若書きの作品の持つ文学史的意義も自ずから明らかだろう。

註

テキストとしては、主として Goethes Werke. Hamburger Ausgabe in 14 Bänden. Christian Werner Verlag Hamburg. Achte Auflage 1966（以下、GW と略記）を使用し、適宜、他の諸版を参照した。詩句の引用は本文中に詩節をローマ数字、行数をアラビア数字で示す。以下の章も同じ。

（1）Strich, Fritz: Die Mythologie in der deutschen Literatur von Klopstock bis Wagner. Bd.I. Francke Verlag Bern und München 1970. S.VI u. VIII.

（2）a.a.O., S. 304.

（3）a.a.O., S. 324.

（4）Kommerell, Max: Der Dichter als Führer in der deutschen Klassik. Dritte Auflage. Vittorio Klostermann. Frankfurt am Main 1982. S. 82.

（5）Trunz, Erich: GW. Bd. I. S. 462. 但し、これはゲーテ自身がこれらの讃歌を連作と意識してまとめたことを意味するものではなく、トゥルンツが全集編纂にあたって、その内的関連性の点から便宜的に分類したものである。

（6）Vgl. Trevelyan, Humphry: Goethe und die Griechen. Eine Monographie. Marion von Schröder Verlag G.m.b.H. Hamburg 1949.
Rehm, Walther: Griechentum und Goethezeit. Geschichte eines Glaubens. 3. Aufl. Leo Lehnen Verlag GMBH. München 1952.

（7）小野浩『ゲェテの古代的転回』三修社、東京、一九七〇年、九七頁。

（8）前掲書、九七頁。

（9）Vgl. GW. Bd. IX. S. 328ff.

(10) 小野、九二頁。
(11) Rehm: S. 115.
(12) Vgl .GW. Bd. IX. S. 316usw.
(13) Trevelyan: S. 63.
(14) Hamann, Johann Georg: Kreuzzüge des Philologen. In: Sämtliche Werke. II. Band. Schriften über Philosophie, Philologie, Kritik. 1758–1763. Thomas-Morus Presse im Verlag Herder. Wien 1950. S. 197.
(15) Trevelyan: S. 63.
(16) Lessing, Gotthold Ephraim: Hamburgische Dramaturgie. 34. Stück. In: Sämtliche Schriften. 9. Bd. 1968 by Walter de Gruyter & Co., vormals G. J. Göschen'sche Verlagshandlung. S. 324 u. 327.
(17) Herder, Johann Gottfried: Von deutscher Art und Kunst. Sämtliche Werke. V. Georg Olms Verlagsbuchhandlung Hildesheim 1967. S. 238.
(18) Vgl. GW. Bd. IX. S. 521.
(19) Staiger, Emil: Goethe. Bd. I. 1749–1786. Atlantis Verlag AG. Zürich.4. unveränderte Aufl. 1964. S. 68.
(20) GW. Bd. I.S. 463.
(21) a.a.O., S. 463.
(22) Gundolf, Friedrich: Goethe. Wissenschaftliche Buchgesellschaft Darmstadt 1963. S. 114. Trevelyan: S.66.
(23) Vgl. GW. Bd. I. S. 464.
(24) Trevelyan: S. 67.
(25) Herder: Ueber die neuere Deutsche Litteratur. In: Sämtliche Werke I. S. 147 u. S. 151.

(26) Staiger: S. 69.
(27) GW. Bd. I. S.462.
(28) Br. von Schiller an Goethe. 23. 8. 1794. In: Schillers Werke. Nationalausgabe. 27. Bd. Weimar. Hermann Böhlaus Nachfolger 1958. S. 25f.
(29) 小野、一八四頁。
(30) GW. Bd. I. S. 465.
(31) Vgl. GW. Bd. IX. S. 521.
(32) Fischer, Paul: Goethe-Wortschtz. Emil Rohmkopf Verlag Leipzig 1929. S. 609.
(33) GW. Bd. I.S. 461. Vgl. Treveryan: S. 67.
(34) 『世界文学小辞典』新潮社、東京、一九七八年、七二五頁参照。
(35) Vgl. Staiger: S. 71.
(36) Kommerell: S. 108.
(37) a.a.O., S. 107.
(38) GW. Bd. I. S. 465.
(39) a.a.O., S. 465.
(40) Rehm: S. 132.

ゲーテとローマ
――『ローマ悲歌』に見るゲーテの「永遠の女性」

ゲーテの生涯の発展にとって言い落すことのできない、最も重要な体験の一つが、そのイタリア体験であることについては、誰にも異論がないだろう。その詳細については他に譲るとして、一七八六年九月三日未明、誰にも告げず、殆ど逃げるようにしてイタリアへ旅立ったゲーテは、ヴェネツィア、ローマ、ナポリ、シチリアなどを経巡り、骨の髄まで変って、真の再生を体験し、芸術家としての自己を再発見して、一七八八年六月十八日にヴァイマールへ帰り着いたが、このわずか二年足らずの旅行のもたらしたものは、測り知れないほど大きかった。

後にまとめられた『イタリア紀行』(一八一六―一八一七)はその直接の成果であるが、これが世界の紀行文の最高峰とされるのも、それが単なる見聞録などとはおよそ質を異にして、一己の人間としての自己を普遍的な人間へと高め、広めてゆく記録となり得ているからである。イタリア滞在中に完成した『タウリス島のイフィゲーニエ』(一七八七)は、ひとりの女性の中に崇高な人間性の理想を凝縮し、古典的形式の中に近代精神を盛り込んだ記念碑的作品となっている。また、帰国後に完成された『トルクアート・タッソー』(一七九〇)も、激しい情熱と冷静な節度、感覚的な享楽と厳しい義務が対比され、両者の和解によって生まれる、より高次の自由を追求して、ゲーテ中期の傑作と評されるにふさわしいものである。これらはいずれも、イタリア旅行の前から構想されていたものではあったが、イタリア体験によって初めて、彼はこれを完成する力を授けられたのである。

いずれにしても、ゲーテはこのイタリアの地で、自らの全存在を見る眼に変え、「感じ取る眼で眺め、見つめる手で感じ取る」(『ローマ悲歌』V, 10)ことに全力を傾注して、世界を「見る」ことを学んだのである。彼はパレルモにおいて、「原植物」を発見したというが、これは、それぞれさまざまな方向を目指し、多種多様な段階を経て、分化してゆこうとする植物の根源にあるものを把握し、自然の法則を認識しようとする彼の自然研究の基本的姿勢を示すものであるが、それはまた、芸術の中に調和ある人間性の展開と、必然性の法則の発現を見ようとする彼の芸術観と表裏一体のものである。

ゲーテのイタリア体験は、このように彼の人間性と世界観を根底から揺り動かし、比類のない実りをもたらしたが、ここで忘れてならないのは、その官能体験である。イタリアの地で、その地中海的風土、古典的芸術、「官能的な民衆」が、生きた総体として迫ってきたとき、これに対応するには、彼は自らも官能的になり、そのリズムに身を委ねる以外にはなかった。われわれがこれから見てゆこうとする『ローマ悲歌』は、まさにその見事な詩的成果である。これによって彼は、肉体性に裏打ちされた「永遠の女性」を詩的に定着させることが出来たからである。

ローマと恋

二十の歌章から成る『ローマ悲歌』が、自ら「人間というものが本来いかなるものか、わたしが身をもって感じていたのは、ローマにいた時だけと言っていい。あれほどの感情の昂揚、あれほどの幸福な感情には、二度と達することは出来なかった[1]」と言うほどのゲーテのローマにおける教養体験と、彼の母親がむしろ好意をこめて「ベッドのお宝[2]」と呼んだ、クリスティアーネとの官能体験を基にして産み出されたものであることは確かである。加えて、彼が若年の頃から、プロペルティウス（Propertius, Sextus, B.C. *ca.* 50–B.C. *ca.* 16）、ティブルス（Tibullus, Albius, B.C. *ca.* 48–A.D. *ca.* 19）、オウィディウス（Ovidius, Naso Publius, B.C. 43–A.D. 17?）等の古代ローマのエレギー作家たちの作物に親しんでいたことが、大きな素地になっていることは言うまでもない。この三つが不可分の構成要素となって、ゲーテ独自の『悲歌』が展開されることについては異論の余地がない[3]。

しかし、「おおローマよ、そなたはたしかに一つの世界に違いないが、でも恋がなければ／世界は世界でなく　ローマもローマでなくなるだろう」（I, 13f.）と歌われている通り、この壮大な一連の悲歌の主題が、あくまで「恋」であるのは自明のことである。しかも、クリスティアーネによって体現された、「肉体そのもの、感覚的に隣接する現象が、とりわけイタリア旅行を経てようやく、ゲーテにとって一つの精神的なもの、いやそれどころか、一つの神的なものとなった」ことは、グンドルフも強調する通りである[4]。つまり、「肉体を目の当りに注視し、それを保持すること、肉体的なものを手に取り、それを享受することが、彼にとって心を充たすものであり、讃美するに足るものとなった」のである。彼のそれまでの恋愛詩が自らの情熱、あるいは願望を投影したものであったとすれば、彼はこの『悲歌』によって初めて、肉体性に裏打ちされた恋の歓びを、心ゆくまで歌い上げることが出来たのである。その点で、これは確かに、「ヴェルテル的なもの、ファウスト的なものを克服した[5]」ものだと言ってよい。それを可能にしたのが、古典古代のシンボルとも言うべき、ローマの地に自ら身を置き、かの地の文物、風土に直に接し、飽くなき「眼」をもって、それを見極め尽したことにあるのは、改めて断るまでもない。これによって彼は、クリスティアーネとの恋を永遠化することが出来たのである。

およそこのような視点から、ここではこの『悲歌』に見られる愛の秘儀を探ってみることにしたい。

個人的なもの、ローマ的なもの、神話的なもの

この『悲歌』は、一七八八年秋から一七九〇年春にかけて成立したが、その直前、一七八八年六月にイタリアから帰還したゲーテは、その翌月には早くもあのクリスティアーネを「見つけて」いた。一八一三年のその名もずばり『見つけた』と題する小品には、さりげないフモールを湛えた、簡明素朴な措辞の中に、愛する対象を間近かに「見つけ出し」た作者の心踊りがはっきりと聞き取れる。

わたしは森の中を
ただひとり歩いていた

何を探そう
あてもなく

木陰にかわいい花が一つ
咲いているのに気が付いた
星くずのようにきらきらと
お目々のように愛らしかった

それを手折ろうとすると
かわいい声で言ったものだ
「手折られて
しぼんでいくのでしょうか?」

それで根ごと
掘り出して
ささやかな家の
庭に運んでいった

そしてそれを

静かな場所に移し替えた
それが絶えず枝わかれして
咲き継いでいる

イタリアから帰った直後のヴァイマールの人士の冷ややかな視線を痛切に感じざるを得なかった時だけに、帰郷四週間後に結ばれて以来の、彼女との交歓を通じて味わった心身の解放が、ひとしおゲーテの身に沁みたであろうことは想像に難くない。彼は「新たな生の形式、健やかさ、自然らしさ、調和」を求めて、一七八六年九月に、逃亡同然にイタリアへ旅立って行ったのだったが[6]、それが現実のものとして実感されたのがローマ体験であり、ヴァイマールにおけるクリスティアーネとの出会いであった。

その最大の詩的な成果が、この『悲歌』なのである。これがあくまで詩作品として、独自の世界を現出したものであり、現実の体験そのものを忠実に再現したものでないことは、言うまでもない。例えば、第Ⅰの歌からしてすでに、虚構なのであり、そこに暗示されている恋人も、「ファウスティーネ」という名前で呼ばれるのは詩中を通じてただ一回だけで(XVIII, 9)、この名前そのものも、架空のものなのである。これを要するに、この一連の『悲歌』は、「個人的なもの、ローマ的なもの、神話的なもの[7]」という三つの層が渾然一体となって、独自の愛の理想郷を歌い上げた作品なのである。

この『悲歌』は当初、『エロティカ・ロマーナ』(Erotica Romana) と題されたが(この Erotica という語自体、ゲーテが初めて使ったのは、一七八九年四月六日付けのヴァイマール大公アウグスト宛の書簡においてのことである)[8]、後に『エレギー、ローマ一七八八』と改められ、一八〇六年に再度『ローマ悲歌』と改題されて、今日に至っている。

これを見ても明らかな通り、ゲーテは自覚的かつ明確に、「エレギー」という古代の伝統に一方ならぬこだわりを見せ、現実にその形式に則っているが、これは彼の抒情詩創作において初めてのことであった。ちなみに、この「エレギー」という語が、古くから「嘆きの歌、悲歌」という意と共に、「ディスティヒョン」という韻律形式の意で用いられていたことも、すでに周知の通りである。この両義性は、ゲーテの場合も例外ではなく、例えば、エロティックな牧歌詩『アレクシスとドーラ』は、単にその形式の面から「エレギー」と呼ばれ、スタンザ形式で書かれた、あの有名なマリーエンバートの悲しみの歌は、その内容に即して「エレギー」と言われるのである。

ところで、われわれがこれから見ていくこの『悲歌』は、「ゲーテが以前の範例を意識的に模倣し、この模倣を通して意識的に一定の詩ジャンルにおけるドイツの範例を提示しようと努めた、彼の人生における最初の実例である」[9]が、これは、相互に関連し合う複数の主要テーマを結び合わせて、有機的なつながりを持つ一個の連作詩となっているのである。具体的には、第一のテーマが「恋」であり、第二が作者が身を置いている現在、および世界史的背景としての「ローマという都市」、更に第三が古代の神々と英雄たちの息づく「神話的世界」という三層構造になっていて、これらの領域が互いに重なり合い、関わり合っている点に、この作品の芸術技巧の特異性が存するのである。

換言すれば、「恋愛」モティーフは、「ローマ」モティーフに先んじて頂点に達し、この「恋愛」という面から見て初めて、「ローマ」の意義も隈なく明らかにされるのである。逆にまた、その「ローマ」という舞台が背景にあって、この「恋」そのものにも独自の様式が与えられることになり、更に、「英雄」

たちの世界は、上の二つの相乗効果を一層鮮明に浮き彫りにする鏡像として、不可欠の装置となっている、というわけである。つまり、官能的な要素の濃いこの恋愛詩が、単に個人的な体験の枠を超え、時空を超えて展開される基になっているのが、他ならぬこの三層構造なのである。その点でこれは、官能性を精神性へ昇華させることを旨とした、リチャードソンその他による十八世紀的な恋愛観とは、そもそも質を異にするものであり、また、ヴィーラント流のロココ風官能性とも全く無縁のものなのである[10]。

さて、この『悲歌』は、叙事詩の骨法に従って、ストーリーの経過を展開させていくものではなく、単に個々の場面を具象的に描写するだけであり、最初に提示されたモティーフが次第に拡大していくという構成になっている。即ち、最初の三歌章において早くも、「ローマ」と「恋」と「神話世界」という全篇を貫く主題が提示され、続く詩群において、それらの三つの要素を縦横に展開しながら、最終の第XX歌において詩芸術の秘儀、とりわけ、その形式の秘儀が暗示されて終るという構成になっているのである。「だからヘクサーメターよ　またペンターメターよ　きみらの手に委ねよう／ぼくの恋人が昼間どんなにぼくを有頂天にさせ　夜にはどんなに幸せにしてくれるのかを」(XX, 21f.)という詩句は、この「恋」がもはや一個の個人的な事象を超えて、純粋な芸術の領域へ高められていることを示している点で、極めて注目すべき一句となっている。

これは、エッカーマンに語ったゲーテの次の言葉と、同一線上にあると考えてよいだろう。「さまざまな詩の形式には、神秘的な、偉大な働きがあるのだよ。わたしの『ローマ悲歌』の内容を、バイロンの『ドン・ジュアン』のような調子と詩形で書き直したら、わたしの言わんとしたことが、全く冒瀆的に見えるに違いない」[11]。

右の引用句と、エッカーマンに語った言葉を見れば、ゲーテが『悲歌』を盛る器として、エレギー形式の他にないと確信していたことは明らかである。彼は当時、恋愛をテーマとする場合、時として韻を踏まない、例えばトロヘーウスのような形式を用いることも珍しくなかったが、古典詩人のように率直に、自然な、裸のままの心情を形に表すには、この詩形式を活用する以外にないと思い至ったものと思われる。このエレギー形式それ自体が、古典風の効果を発揮するものであり、ローマという古代の神々について歌い上げるのに最適のものであってみれば、彼がこれを用いようとしたのは、当然すぎるほど当然な選択であったと言えるだろう。

ところで、ゲーテはこのエレギーを一人称体で書いているが、その限りでは古代の詩人たちと同様である。但し、彼は可能な限り、個人的な要素を排除し、ひたすら一人の芸術家、一人の詩人をして語らしめるようにして、私的な次元に還元して解釈されることを極力避けようとした。

しかるに、一七九五年、ヘルダーやヴァイマール大公の忠告を押し切り、シラーの要請に応じて、その主宰する『ホーレン』誌上にこの作品が公表されると、果たして、さまざまな方面から非難の声が上がった。それは、例えば、シュタイン夫人の反応に典型的に見られる通り、このエレギーの道義性の欠如を指弾するものであった。一方、シラーは雑誌発行者の立場からも、当然、この掲載を正当化して、「このエレギーは、(……)もしかしたら、余りにも自由な調子で書かれているかもしれませんし、ここで扱われている対象からすれば、この一連の詩を『ホーレン』から排除すべきであったかとも思われます。しかし、この詩の文体のすぐれた美しさが、わたしを魅了しましたので、率直に申し上げてわたしは、因習的な礼儀正しさは損なわれたにしろ、本来の自然な慎ましさは損なわれていないと信じております[12]」と言明している。彼のこの考えは、その後も変わらず、『素朴文学と情感文学』で持論を展開している。

グンドルフを初めとする研究者たちも、異口同音にこの作品の持つ意義を強調しているが、それは「新しい生のあり方」を、「ローマという古典的土壌」で、神話世界から現在に至る「永遠の相」の下に捉え、それをディスティヒョンという「新しい器」に盛って歌い上げている、と見る点で一致している。われわれもこのような視点を受け継ぎながら、以下、具体的な詩句に即して、ゲーテの「新しい恋の歌」を見ていくことにしよう。

序　曲

一読たちまちわれわれは、「告げよ　石よ　おお　語れ　高き宮居の数々よ！／街路よ　一言発してくれ！　精霊よ　動き出さぬのか？」（I, 1f.）という命令文と疑問文の連発に、いささかならず度肝を抜かれる。いきなり、殆ど苛立ちと言ってもいいような、激しい心の衝迫に直面させられるからである。「一言」を聞き出そうとする欲求の強さに、何かただならぬ気配を感じ取らざるを得ないからである。そして、それが当然、作者の異常なまでの期待の大きさの裏返しであることも、容易に推察がつく。彼がそれほどまでにこの永遠の古都に熱い期待を寄せるのも、「永遠のローマよ　そなたの囲壁の内では／全てに霊が宿っている」（I, 3f.）とある通り、「この古典的土壌こそ　過去　現在　未来を通じて　偉大なものが存在する地」であると確信しているからに他ならない[13]。

しかるに、その長年憧れ続けた待望のローマの地に身を置きながら、「このぼくだけには全てがまだ押し黙ったまま」(I, 4)であることが、彼の気持を急き立て、苛立たせるのである。「おお　誰がぼくにささやきかけてくれるのか?　どの窓で/身を焦がすぼくを慰めてくれるかわい子ちゃんを拝めるのだろう?-」(I, 5f.)という詩句から明らかな如く、彼がこのローマの地で成就したいと熱望するものとは、何は措いても、「身を焦がす」ほどの激しい「恋」であることは、いまや見紛いようもない。そして、これが全篇を貫く主題であることも、すでに触れた通りである。

そういう極めて身近で切実な願望を抱いている身にとって、「貴重な時間を捧げて　繰り返しそのひとの許に行き/帰って来る」はずの「その道のことは未だ知る由もない」(I, 7f.)となれば、焦燥は募る一方であることもまた、見易い道理である。冒頭の命令文に始まり、疑問文が多用されるこの前半部の生動するリズムは、作者の心の鼓動を如実に伝えて余すところがない。それを表現する器として、作者がディスティヒョン形式を最大限に活用していることは言うまでもない。

ともあれ、自分の夢の実現までにはいま少しの忍耐が必要だと感じた作者は、逸る心を抑えて、「思慮深い男が旅の時間を無にしない」ことに思いを致し、今のところはとりあえず、あまり面白いとも思えぬローマの町の「教会や宮殿　廃虚や列柱を眺め」て、時の満つるのを待つ他ないと、われとわが心に言い聞かせるのである(I, 9f.)。

それというのも、彼の胸中には、こういう状況も、「ほどなくおしまいだ。そうなればたった一つの神殿/一身捧げたこの男を迎え入れるアモールの神殿だけとなるだろう」(I, 11f.)という確固として揺ぎない信念、あるいは期待があるからである。何しろ、彼が遥か北方から逃げるようにしてこの地へ辿り着いたのも、この古の都ローマこそ、彼の求めてやまない「アモールの聖地」だという確信があったればこそであった。ゲーテにとって、まさに、「ヴァイマールの地から夢見たローマにおいて、今こそ、外的世界は不変の光輝に包まれて、尽きることなく、真実の美しい生を産み出す古典的土壌として立ち現れ」たのである。(14)「おお　ローマよ　そなたはたしかに一つの世界に違いはないが　恋がなくては／その世界も世界ではなく　ローマもローマでなくなるだろう」(I, 13f.)という一句は、彼のそういう心情を表明したものに他ならない。こうして詩人は、早くもこの第Iの歌において、全篇を貫く主題が「恋」であり、その恋の演じられる場が「ローマ」でなければならぬ所以を、簡潔な措辞と生動するリズムによって、われわれの前に明確に提示するのである。

こうして全篇を貫く主題を提示した作者は、続く第IIの歌においては、その待望の「恋人」を得た歓びを具体的に歌い上げる。ローマの地で新たに得たこの「恋人」は、まさに「ローマ女の心意気」(II, 18)で、「身を捧げた／男の望むところに添おうと細やかに気を配」り(II, 19f.)、「この気ままで頼もしい異邦の男の話に興」じ(II, 21)、「男の胸に自ら点じた炎を分かち合」い(II, 23)、「母と娘もこの北方の客人を歓び迎えてくれ」る(II, 27)というのだから、対する彼が「蛮人」さながらに、この「ローマ女の胸と体をほしいままにする」(II, 28)のも自然の勢いというものだろう。

この部分前半の「やんごとない淑女たち」や「上流の紳士諸兄」(II, 2)を初めとして、「しばしばぼくを絶望の淵へ追い込んだ諸君」(II, 6)に対する毒舌を併せ考えれば、まさに「この〈蛮人〉は、もはやいかなる思いわずらいに支配されることもなく、何らの右顧左眄が人生の贈り物を享受することを妨げることもない、新たな生の高みへ一足飛びに達した」[15]と言ってよいだろう。換言すれば、作者は早くもここで、問題の核心に迫ったのである。それは当然、次の第Ⅲ歌へ引き継がれていくが、しかも、ここで注目すべきことは、作者がめくるめく「恋の歓び」を、自分一己の枠を超えた普遍的な世界へと拡大、展開していることである。

「男女の神々が恋し合った雄々しき時代には／まなざしを交わせば思いが募り　思いの後には楽しみが待っていた」（III, 7f.）という一句こそ、まさに詩人の思いの核心なのである。これを契機にして、彼は例えば「アフロディテとアンキセス」、「ヘーローとレアンデル」、「レア・シルヴィアとマルス」などの恋する一対の名前を挙げて、「雄々しき時代」の恋の具体相を描き出していく。それもこれも、この「恋」あってこそ、「ローマは世界の女王と称するに至ったのだ」（III, 18）という一句を強調するための伏線であったのである。

かくして、作者はここまでの詩群において、全篇を貫く主題と、その主題の展開される場を鮮やかに、揺ぎなく設定し終えたことになる。

ローマ女と女神

このような周到な準備作業に基づいて、作者はいよいよ自らの恋愛体験を、神話世界を背景にして歌い上げていくことになる。その点で、「……ぼくらの祈り／日々の務めはただ一人の女神だけに捧げられている」（IV, 9f.）という詩句は、見過ごすことの出来ない重要な意味を持っている。作者はこれによって、愛する相手を得た自らの体験と、神々の世界におけるそれとを、一挙に結び付けることが出来たからである。即ち、彼はここで、絶えず姿を変える半神「プロテウス」と、おなじく千変万化する「テティス」との間に生まれた娘である、「機会」という名を持つ女神を登場させることによって、変幻自在な彼我の恋模様を縦横に現出させるのである。「かくしていまこの娘は初心《うぶ》なはにかみ屋をたぶらかす／眠りこけている者をからかっては　目覚めればやり過ごすのは常のことで／敏捷で行動的な男だけに身を任すのを好む／こういう男には彼女は従順で　軽快で　優しく　愛らしい」（IV, 21ff.）という言い回しに、作者自身の躍動する息遣いは見紛いようもない。

このように、魅力尽きない「女神」の属性を心ゆくまで描き出した上で、作者はいよいよ、「かつてこんな女神がぼくの前にも現れた　栗色のその乙女の髪は／黒々と豊かに額の上に垂れかかり／短い巻毛はたおやかなうなじに渦を巻き／編みもしない髪は分け目のところから逆立っていた」（IV, 25ff.）と言って、クリスティアーネのイメージを念頭に置きながら、自らの現実体験を語り出すのである。その演出の妙はまさにゲーテの独壇場である。

しかも、われわれはここで、「おお　その時の幸せはいかばかりだったろう！」（IV, 31）とある如く、上の体験が、あくまでも過去時称で表現されていることを見逃すわけにはいかない。二一行目から二四行目にかけての「女神」についての描写が、現在時称で言い表されているのと好対照であるが、これはいわば「女神」としての永遠不変の働きという点からして、むしろ当然なことであろう。とは即ち、神々の多様で変化に富む恋愛体験と、作者一己のそれとが時空を超えて融合し、虚実ないまぜになって、同時進行しているかのような印象を与える効果を醸し出しているのである。つまり、作者は自らの過去の体験を往古のそれと比定し、その由緒ある土地で、今また絶好の「機会を見紛う」ことなく、「急ぎ去ろうとするその手をつかまえ」て（IX, 29）、「ローマ女の編み毛にからめ取られている」（IV, 32）というわけである。

その変幻自在な空想力と生彩ある筆致こそ、「体験と思索の関係がその詩的創造に決定的に重大な役割を果」たし[16]、かつまた、この「個人的な体験を言葉に表現した普遍的な精神[17]」の持ち主であったゲーテの面目躍如であるが、それを可能にするためにも、「ローマ」という舞台が不可欠の条件であったことも、いまや多言を要しない。と同時に、ここにはまた、クリスティアーネとの恋の楽しみを、「ローマ」という普遍の世界の中に配置することによって、世間の目を韜晦しようとする作者のしたたかな計算が秘められているものと思われる。ともあれ、こうして自らの現実と神話世界を巧みに結び付けることで、一篇の一大頂点である第Ｖの歌へと展開していくのである。その点で、これまでの四つの歌を一まとめにして、全篇の序曲と見るのは決して不当なことではないだろう。

恍惚の境へ

その序曲に導かれて歌い上げられる第Ｖの歌は、その言々句々が絶妙の和音となって、魅惑的な詩趣を盛り上げるものとなっている。そのことはすでに、「古の土を踏んでぼくの心は歓びに溢れ　恍惚の境にある／往古と現在の世がひときわ声を高め　魅了するように語りかけて来る」（V, 1ff.）という歌い出しからして、あまりにも明らかである。これが古今に輝く「ローマ」という舞台と、絶好の「機会」をわが物にしたという実感に裏打ちされていることは、言うまでもない。これによって作者は、古今という時間の隔たりをいとも簡単に乗り越え、感興の赴くままに、いつしか自らがその世界の主役に座ることが出来たのである。言い換えれば、彼はこれによって、ここで語っている主体が他ならぬ詩人自身であることを、これまで以上に明確に露わにしているのである。つまり、これまでの詩群においては、自らの性愛の歓びを語るにしても、神々の世界に事寄せていささか婉曲に、また、思わせぶりに匂わせるに留めていたものが、ここでは堂々と、何のはばかりもない口調へと転じているのである。その点でも、この第Vの歌は詩人の思いの核心を歌う、大きなヤマ場となっていると言ってよいだろう。

このようにしてヴェールを脱いだ詩人は、自らの体験と思想を巧みに融合させながら、「歓びに溢れる胸の内を次から次へと歌い上げていくのである。それはまず、「この地でぼくは勧めに従って　古人の書をひもとく手も／もどかしく　日毎に楽しみを新たにしている」（V, 3f.）という表現からも如実に見て取れる。これは年来の憧れの地に自ら身を置いて、古典文化の精髄に直に触れ得た歓びを率直に言い表したものと思われる。その成果は『イタリア紀行』を初めとして、この時の見聞を直接、間接に反映した数々の作物に結実している通りである。その意味で、これは彼の所期の目的が見事に実現されたことを証明する一文とも見える。

しかし、作者の真意に即して考えれば、実はこれは、この直後に続く、「だが夜は夜もすがらアモールのおかげで他のことに忙しく／学ぶところは半ばに過ぎなくても　幸せは二倍なのだ」（V, 5f.）という詩句を、一層効果的に印象づけるための伏線に過ぎないことが分る。つまり、詩人の筆はここに至って、臆面もなく、「すてきな胸の形を探」り、「手を腰の方に滑ら」して、ローマの恋人との夜毎の楽しみをリアルに描写することに専念するのである（V, 7f.）。その筆致は、作者の心情をそのまま反映して生動し、躍動しているが、しかも彼はこういう具体的な愛の営みがあってこそ、「大理石の像を正しく理解し沈思したり　比較したり」することが出来ると言うのである。つまり、こういうリアルな体験を前提にして初めて、そのままでは血の通わぬ遺物に過ぎぬ「大理石像」の本然の姿を「感じ取る眼で眺め　見つめる手で感じ取れる」はずだというわけである（V, 9f.）。ここにはまさしく「眼の詩人」、ディルタイ流に言えば「美の詩人」[18]ゲーテの面目が躍如としているが、しかるに、彼のこういう論法は、いわゆる造型芸術に限られるのではなく、詩人としての本領である言語芸術に対しても適用されるのである。

そのことは、「でもぼくたちは口づけばかりしているわけではなく　理知的な言葉も交わすのだ／睡魔が彼女を襲えば／ぼくは寝床の中で思索にふける／時としては彼女の腕に抱かれて詩を作り／そっと指をまさぐりながら彼女の背中で／ヘクサーメタ一の韻律を数えたりもした」（V, 13ff.）という詩句に如実に見て取れる。これを見れば、アモールの加護を得て、絶好の「機会」を物にしたと自負する詩人にとって、このローマ女性とのエロース体験こそ、彼に詩的霊感を与えてくれる不可欠の源泉として捉えられていることは、疑問の余地がない。そう見れば、「彼女が愛らしいまどろみの中で息をつけば／その吐息はぼくの胸の奥処まで燃え立たせるのだ」（V, 17f.）という言葉も、極めて自然で、リアルな実感の表明として発せられたものであることが分る。しかも彼は、ひとり自分一己の世界に自足するだけでは飽き足りず、空想力を飛翔させて、この感興は、はるか昔のローマを代表する恋愛詩人たちにも通じるはずだと確信するのである。いや、これによってようやく、自分もかれらの詩境と並び得たと自負するのである。「そんな折にはアモールは灯火を掻き起し　その昔／三人の詩人たちのために同じ心配りをした日々のことを思い出している」（V, 19f.）という結びの一句は、そのような心情から発せられたものに他ならない。ここにもゲーテ独自の「体験の普遍的な広がりと、融通無碍な感性の柔軟さ[19]」は歴然としている。

ところが、詩人自らが語る主体となって、愛の歓びを心ゆくまで歌い上げた第Vの歌とは一転して、これに続く第VIの歌はその大半が、誠実さを疑われ、誇りを傷つけられた相手の女性の抗弁に筆が費やされる。われわれはこの女性の延々と続く弁舌を耳にし、彼女が幼子に口づけする時の身振りを目にするだけで、詩人の肉声はどこからも聞こえて来ない。一見したところ、これは現実の男女の間にしばしば見られる感情の行き違いの場面を描き出したに過ぎない、と言ってよい底のものである。

しかし、敢えてこういう日常的な場面を挿入した作者の心中を忖度すれば、これはむしろ、なくてはならぬ重要な場面設定だということが分る。つまり、彼は直前の歌において、自らの詩的感興、詩的空想の世界にひとり浸り切っていて、相手の存在すら殆ど念頭にない感すらあったのに対して、ここでは、いわば贖罪の意を込めて、相手の女性の立場、心情への細やかな気配りを表明しているのである。そのことは、彼我を対等なものとして見る彼の公正感、空想と現実のいずれか一方に偏しない絶妙のバランス感覚を証明するものに他ならない。と同時に、ここに見られるような場面転換の妙こそ、この詩全体を生彩あらしめている最大の要素ともなっているのである。

ところが、現世の体験に根差すモティーフを基調にしつつ、併せて、神話的要素も垣間見せていたこれまでの詩群とは再び一転して、第VIIの歌は、専ら後者の方が主となり、前者の部分が背景に退いている点で、重要な転換点となっている。これはむしろ、ひたすら詩的な幻想に彩られていると言っていいくらいである。このように現実と空想の間を自在に飛翔するこの詩的精神こそ、この詩人の本領であることは無論であるが、それもこれも、「北方」の詩人ゲーテが、年来の宿願を果たしたことに由来する。そういう彼の心弾む思いは「おお　ローマに来てぼくはどんなに楽しい思いをしているのだろう！」（VII, 1）という一句を初めとして、「だが今はひときわ明るいエーテルの光輝がこの額を取り巻いて／日の神フェーブスがとりどりの形や色を呼び出している」（VII, 7f.）等々、言々句々に溢れている。その点でこれは、「永遠のローマよ　そなたの聖なる囲壁の内では／全てに霊が宿っているのに　このぼくだけには全てがまだ押し黙ったままなのだ」（I, 3f.）と訴えていた第Ｉの歌と、表裏の関係を成すものともなっている。

このように全体の有機的連関を保持しながら、詩人は「何という至福が無常のこの身に与えられたことだろう！　これは夢なのか？」（VII, 11）と自問しつつも、自ら進んでこの至福の幻想に身を委ねるのである。彼の夢見るその世界とは、「父なるユピテルよ　おんみのアンブロシアの家にぼくは客として迎え入れられたのか？」（VII, 12）という詩句からも明らかな通り、ユピテルの支配するオリュンピアのことに他ならない。ここで「アンブロシア」を食することによって、詩人は自らも不死の神々と同列のものとなったと思い込むのである。ここで注目されるのは、彼がローマの最高神ユピテルを、異邦人を供応し、守護する神とされるクセニウスと同一視していることである（VII, 14）。そうすることによって、彼はこのユピテルに、自らに対する「供応」を心置きなく依頼することが出来るというわけである。そしてその依頼の眼目とは、「おんみが供応の神であるのなら　おお　それならば　どうかこの客人を／おんみのオリュンポスからまた下界へ追い戻さないでくれ！」（VII, 21f.）という一点に尽きる。彼がここで言う「オリュンポス」とは、「あの高いカピトールの丘はおんみの第二のオリュンポスなのだ」（VII, 24）とある如く、「カピトールの丘」に他ならない。つまり、この「丘」は、詩人がいま身を置いているローマの象徴であると同時に、それはかつてユピテルが殊のほかに崇め奉られた事蹟を持つ、この神ゆかりの地ともなっているのである。かくして詩人は、この「丘」を媒介にして、ユピテルと分かち難く結び付くことが出来たのである。ここに至って、詩人の空想はその極に達し、作中の最初の頂点を迎えることになったのである。

神々の登場

「恋の臥所」（IX, 7）、「恋に温められたしとね」（X, 5）に自足した心境を歌う第Ⅷから第Ⅹまでの、いわば間奏曲とも言うべき歌群で呼吸を整えた詩人は、後半の開始を告げる第Ⅺの歌によって、古代ギリシア、ローマの神々を大挙登場させて、「新たな生を昂揚させる」[20]ことに筆を尽すことになる。

「おお　優美の女神たちよ　詩人はおんみらを称えて／数片の詩にバラのつぼみを添えて清浄な祭壇に捧げ／こころ安らかだ　芸術家はそのアトリエが／いつもパンテオンと見えるとき　心楽しむものなのだ」（XI, 1ff.）という歌い出しの詩句から明らかな通り、詩人は自分がいま居住している住まいの一室を、いわば万の神々が一堂に会するパンテオン、詩の殿堂とみなしているのである。そして、そこに飾られている数々の石膏模型に見入りながら、順にその名前を呼び上げることによって、その模型に息を吹き込み、生きて実在する神々の世界を現出させて、自らがその司祭となって、永遠の愛の世界を演出するのである。

ちなみに、ゲーテはローマ滞在中、実際に自室に神々の模型を陳列していたというが、ここではそれを、自らの創造の翼を飛翔させる契機として、存分に活用しているのである。こうして彼はたかだか十二行の詩行の中で、主神ユピテルを初めとして、ユーノー、フェーブス、ミネルヴァ、ヘルメス、バッカス、キテレといった名だたる神々の名前を挙げ、かれらを自らの詩世界の中へ呼び入れて来る。これは、彼がこのローマの地で享受している恋愛体験を、神々のそれに比定するために欠かせない手続きなのである。先に引いた「おお　優美の女神たちよ　詩人はおんみらを称えて／数片の詩にバラのつぼみを添えて清浄な祭壇に捧げ」という詩句は、そのための聖なる儀式なのである。

このように入念な準備をした上で、詩人は終盤四行において、「だがキテレは温和で夢見がちなバッカスを仰ぎ見て／大理石に刻まれてすらまだ濡れそぼつ甘美な欲情のまなざしを向けている／彼女は彼の抱擁を楽しく思い返しては　こう尋ねているように見える／二人のすてきな息子が並んで立つようになってはいけないかしら?」（XI, 9ff.）と歌うのである。これが詩人の思いの核心であることは言うまでもないが、同時に、彼がこうして愛に関わる神々の名を挙げたことは、次の第XIIの歌のセレス（＝デメーテル）讃歌へとつながっていく重要な契機ともなっているのである。計算され尽していながら、しかもその痕跡を留めない詩想の自在な展開もまた、ゲーテならではの見事な筆の冴えという他ない。

詩人はすでに第Ⅳの歌において、「恋するぼくらは信心深い」（IV, 1）と歌っていたが、その言葉通り、第XIIの歌では専ら、豊穣と穀物栽培を司る女神セレス（＝デメーテル）信仰に事寄せて、再び古代の神々と自らの現実が緊密なつながりの中に歌い上げられる。両者を結び付ける共通項が「恋の秘儀」であることは断るまでもない。とりわけ、「きみは耳にしたことがあるだろうか　そのかみエレウシスから／勝利者の後を追ってこの地へ移って来たあの神秘の祭りのことを……」（XII, 9ff.）以下の詩句を見れば、エレウシスの神秘的儀式と、デメーテル祝祭と、ホメーロスやウェルギリウスやオウィディウスに因むヤジオン伝説をひとくくりにして、儀式の持つ本質的意義を把握しているゲーテ独自の世界観が見て取れる。

彼のその世界把握は、「さまざまな試練の後でようやく　この神聖なる一団が秘していた／不思議な画像が彼の前に開示された」（XII, 21f.）以下の詩句によって、具体的なイメージとして提示される。それによれば、その秘密の画像には、「かの大いなる女神デメーテルがかつて一人の英雄にも自ら進んで身を委ねた時の姿／かつてクレタのたくましき王ヤジオンに自らの不死の肉体の愛しき秘所を許した姿」（XII, 23ff.）が描かれていた、というのである。

この女神の名に言い及んだ詩人は、以下、その恋の秘儀を描き出していくのだが、これによって、豊穣を司るこの女神が、「その麗しき務めを怠る」ほどに「恋の悦楽に溺れ」たために（VII, 29f.）、「クレタは大いなる幸に恵まれ」たものの（XII, 26）、「他の国は枯渇してしま」い（XII, 29）、「もはやいかなる祝祭も捧げられない」（XII, 6）仕儀に立ち至った、事の次第が明らかにされる。

その状況を踏まえた上で、「この話を聞いて驚嘆し」た詩人は（XII, 31）、一転してわが身の上を振り返り、「その愛する女性に目配せ」を送るのである（XII, 32）。その目配せの意味とは、「ぼくらが思うさま満ち足りても世に災いを招くことはないはずだ」（XII, 34）という確信、あるいは思い込みに他ならない。これを見ても、古代の神々のエロースの世界に思いを馳せ、翻って、わが身の恋の悦楽を歌い上げるこの詩人の奔放な空想力は、躍如として息づいていることが分る。つまり、彼にとっては、古代の神々も、愛し合っている現実の自分たちも、「恋」という一点においては、常に現在只今の真実として、同一線上のものとして捉えられているのである。クリングナーが、「確かな手応えをもって摑み取られ、感覚的に理解される現在に限定していることが、ゲーテのローマ悲歌の新たな生命を際立たせる基になっている」として、その「現在性」を強調しているのは、[21]全篇について妥当するものではあるが、この一節にはとりわけふさわしい見解だと思われる。そして、詩人の自在な空想力はいよいよその本領を発揮して、次の第XIIIの歌では、待ち望んだ「アモール」讃歌へと展開してゆくのである。

待望のアモール賛歌

七十行に及ぶ第XIXの歌を除けば、五十二行から成る第XIIIの歌は、同じ分量を持つ第XVの歌と並んで、量的にも集中最大の歌群である。内容的な面から言えば、これは要するに、「だが夜は夜もすがらアモールのおかげで他のことに忙しく／学ぶところは半ばに過ぎなくても　幸せは二倍なのだ」（V, 5f.）と歌われていた第Vの歌、というよりも、全篇に関わる重要なモティーフ、即ち、「勉学」と「性愛の歓び」を敷衍拡大して、その二つが緊密に結び付いていた古代の生のあり方は、詩人が現に生きている今の代においても可能だという思想を強調することに主眼がある。その点でこれはまさに、「新たな恋の様式が新たな生の様式を代弁してい[22]」る典型的な実例であると言ってよいだろう。ここでその両者を仲介する役目を担うのがアモールであるのは言うまでもないが、「芸術の真の教師役を買って出」るこの愛の神が、その「詭弁」を駆使することによって、「恋の現実と芸術が一種滑稽味を帯びた緊張関係の中に現出して来[23]」る点に、巧まざるフモールと真実がないまぜになったこの歌の尽きせぬ面白味があると思われる。

さて、二行目から二四行目にわたるそのアモールの長広舌は、例えば次の如くである。「師たるわたしは永遠に若く　若者たちが大好きだ／ひねこびたきみは好きではない！　元気を出して　しかとわが言うことを理解するがよい！／あの幸運な人たちが生きていた頃　古代はやはり初々しかった！／どうか幸せに生きてくれ　そうすれば古き代がきみのうちに甦るだろう！／歌の素材を　きみはどこから持って来るつもりか　それでよければわたしが授けずばなるまい／ひときわ高い格調は恋だけがきみに教えてくれるだろう」（XIII, 19ff.）。

このアモールの呼びかけが、「古き代の建物の廃虚を驚嘆の面持ちで眺」め（XIII, 9）、「無比の匠が刻み上げた貴重な痕跡を／崇め奉ってい」る詩人にとって（XIII, 11f.）、まさにわが意を得た福音とも聞こえたことは疑いない。「誰がこれに反駁出来ようか？　残念ながら／ぼくは主君の命令に順ずることならお手のものなのだ」（XIII, 25f.）という詩句は、その何よりの証左である。言葉の上では一応「残念ながら」と言っているものの、それが決して本意から出たものではなく、唯々諾々とアモールの誘いに乗ることを潔しとしない、というポーズを取って見せたまでのことであるのは、それに続く展開を見れば明々白々である。ともあれ、彼は「歌の素材」、「ひときわ高い格調」と共に、その源泉である「恋」に喜んで身を任せようとするのである。

しかるに、彼は程もなく、この両者が容易には両立し難いものであることを、身をもって悟らざるを得なくなる。「ところでアモールは約束を守るどころか　歌の素材は与えてくれるものの／時間も分別も一気に奪い取ってしまうのだ／恋する男女は口づけや耳ざわりのいい言葉／思いのこもった一言一言を交わし合う／するとささやきは饒舌になり　口ごもる言の葉は愛を語る雄弁となるが／そんな讃歌は韻律の格調のないままにいつしか消え去ってしまうのだ」（XIII, 27ff.）という詩句は、詩人のそういう現実認識を如実に物語るものである。

そうは言いながら、しかし、彼には後悔の念は微塵もないかの如くである。それというのも、彼の胸中には、二者択一に思い惑ういとまもあらばこそ、「恋」を選択しようという決意がいわば自明の前提として揺ぎなく存在するからである。かくして彼は、「曙の女神よ　わたしは以前はそなたをミューズの仲間としてどんなに親しく思っていただろう！」という三三行目以下、最終五二行目に至るまで、むしろ嬉々として「恋」の歓びを歌うことに専念するのである。

「アウローラ」と称される曙の女神は、言うまでもなく、人々に「目覚め」をもたらすものであり、恋の歓楽に酔いしれる恋人たちにとって、本来、最も歓迎されない、招かれざる客のはずである。しかし、詩人はこの女神の到来を、「そなたはいま彼（＝アモール）の伴侶として現れ　その祭壇の傍で／わたしを目覚めさせて再び祝祭の日へと誘う」（XIII, 35f.）と言って、むしろ双手を挙げて歓迎するのである。これは他でもない、この女神の祝福を受けた目覚めによって、彼は一夜を共にした、いとしい恋人の愛らしい寝姿を、心置きなくわれとわが眼で改めて確認するという楽しみが恵まれるからである。

案の定、彼は「あり余る巻毛がぼくの胸にまつわりつく！　そのかわいい頭は／うなじに差し入れたぼくの腕の上に安らっている」（XIII, 37f.）と言って、恋人の寝姿をリアルに描写していくことになる。それは例えば、「まどろみの中で体を動か」し、「寝返りを打って広い臥所に沈み込」みながら、「片手はなおもぼくの手に委ねたまま」の彼女の姿であり（XIII, 41f.）、そういう彼女の様子を詩人は、「この姿形の何という素晴らしさ！　伸ばされた四肢の何という気高さ！」（XIII, 49）と歌い称えて、「純粋な観照という静かな楽しみ」（XIII, 48）にふけるのである。ここにも「眼の詩人」ゲーテの面目は躍如としている。

しかも、詩人はこの官能の歓びを自分一己の狭い枠内に留めておくことを潔しとせず、自明のことの如く、遥かな昔のギリシアの世界へと拡大していくのである。「アリアドネがこんなに美しく眠っていたら　テゼウスよ　そなたは逃げ出すことが出来たろうか？／この唇に一度きりの口づけを！　テゼウスよ　それから別れ行くがいい！／彼女の目に見入るがいい！　彼女は目を覚ます！——もう永久にきみは彼女の虜となってしまう」（XIII, 50ff.）という最終三行の詩句は、詩人のそういう感情の高まりを示すものに他ならない。ここに至れば、彼はもはや現実の時空を超えて、広やかで自在な空想の境地をほしいままにしていると言う他ない。言い換えれば、彼はこれによって、古き代のギリシアの人々の伸びやかな生のありようを、想像の翼と言葉の力を通して自らのものとして同化し、定着させたのである。これはまさに、「他の追随を許さぬ一個の自我が詩の中で十全に自己を言い表し(24)」た典型と言ってよいだろう。

天地にまたがる恋心

第XVの歌の前後に配された諸歌では、酒場で目にした主従のやりとり（XIV）、ぶどう山での若い男女の行き違い（XVI）、隣の飼い犬の吠え声におびえる恋人の心理（XVII）等、具象的な情景が点描される。これによって、この詩にリアリティを付与しながら、詩人は第XVの歌において全篇を貫くもう一つの主導的なモティーフである「北と南の対比」を主軸として、酒場での情景、夕日に映えるローマへの壮大な眺望、この町の歴史に対する展望、そして最後に、わが恋の現状への回帰を歌い上げていく。つまり、具象性、観照性、抒情的感性がない交ぜになって、「恋」と「ローマ」という核心のテーマが二つながらに密接に絡み合い、「ローマ」モティーフは第I歌と連動し、「恋人を待ち望む」というモティーフは上の第XIV、XVI、XVIIの歌を結び付けて、全体の有機的なつながりを浮き彫りにするという仕組みになっているのである。

さて、その第XVの歌は、「シーザーの後ならぼくは遠いブリタニアくんだりまでついて行きはしなかったろう／フロールスにならい易々と飲み屋に引っ張られて行っただろう／ぼくの周りには南国の忙《せわ》しない蚤の一群よりもはるかに忌まわしい／もの悲しい北国の霧が立ち込めているのだもの」（XV, 1ff.）と歌い出されている通り、猥雑さは承知の上で、それでも南の国に憧れて止まぬ北国の詩人の根強い憧憬の念が吐露されている。

そういう詩人にとって、ローマで見聞する一つひとつのことが、殊のほか新鮮な驚きと歓びの思いで受け取られるのであるが、それはなかんずく、「オステリアというローマ人の呼び方は何と似つかわしいことだろう」（XV, 6）という一句に、象徴的に凝集されている。ちなみに、この「オステリア」という語は、もともとラテン語で「賓客」を意味するオステ（oste）に由来し、「客を歓待する所」という意から転じて、「酒場」の意に用いられるようになったもののようである。念願の地ローマで、「だが今

日からはお前たち　酒場の数々を心ゆくまで楽しませてもらおう」（XV, 5）と言う詩人にとって、その「オステリア」という一語を耳にしただけで、心身の昂ぶりを抑え切れぬのも、むしろ自然な反応と言ってよい。逆に言えば、それまで「もの悲しい北方の霧」に封じ込められていた詩人の心が、いかに思い屈するところ大であったかが、この数行の詩句に凝集されているのである。そういう期待に弾む詩人の心に呼応するかのように、おあつらえ向きの情景が展開されていくのだが、いささか出来過ぎの感もあるこの展開も、しかし、この詩人の手に掛かると、さして不自然とも見えないのは、ひとえに、一つひとつの情景描写が具象性に基づいているからに他ならない。

ともあれ、彼は「今日も今日とてきみら（酒場）のおかげで伯父に付き添われたとびきりの美人を拝ませてもらう」ことになったのである（XV, 7）。しかも、その美人は「いつも何食わぬ顔で伯父を欺いてぼくを独り占めしてくれる」（XV, 8）というのだから、彼がこのエロースの化身にわれを忘れるのも当然至極のことである。相手の方でも、彼の本音を見透かしたかのように、「たびたび席をずらして　優雅な身振りをしながら／その横顔と露わなうなじを見せ」ては、「流し目をくれた」まま、「グラスに酒を注いで」くれ、その注ぎこぼした酒をよいことに、「かわいい指先」でテーブルの上に「すばやくローマ数字のⅤを描き／その前に縦の棒線を一本引い」て、今夜の逢瀬を約束するのである（XV, 14ff.）。その意を察した彼の反応は、「このすてきなⅣの字」が「目に焼き付いて離れ」ず、「熱く燃える唇を血の出るほどに噛んだ」（XV, 22f.）という詩句を見ればあまりに明らかである。それだけに、「まず夜まではまだたっぷりあるのに　その上まだ四時間も待たねばならない」（XV, 25）ことが、堪え難い長さに思われるのも自然の情である。しかも、この「待ちわびる」心情こそ、前述もした通り、この場面に止まらず、その前後の歌群を緊密に、有機的に結び付ける不可欠のモティーフとなっているのである。

そういう前提があるからこそ、「中天の太陽よ　そなたは悠長に構えて　そなたのローマを眺めている」（XV, 26）という一文以下で展開されるローマ・モティーフも、壮大な宇宙的時空と、その一隅に生きる一己の人間の生の営みの一つの極致としてのエロースが、融通無碍に、渾然一体となって、しかも、あくまで具象性を失わずに現出される大きな要因となっているのである。つまり、詩人は永遠の時の流れの象徴であるローマの地に立ち、宇宙の最大のシンボルである太陽を相手にして、己の恋の情熱を心ゆくまで吐露することが出来るのである。

その彼が太陽に向って訴えたいことはただ一つ、「今日だけはぐずぐずせず　この七つの丘から／いつもより早く　自ら進んで目をそらしてもらいたい！」（XV, 29f.）ということに尽きる。以下、四六行目に至る間で、詩人は天地のあらゆる事象を照覧して経巡る太陽の運行に、気ままな注文をつけることに終始する。それは一見、自然の理に対する無理難題、神をも畏れぬ倨傲とも見える程であるが、詩人の真意はむしろその逆で、彼はここで万象をすべる太陽と殆ど一体化して、歴史の枠を超えた普遍的な世界をまざまざと思い浮かべているのである。そのことは、「そなた(太陽)はここで一つの世界が生まれるのを目にし　やがて一つの世界が瓦礫となって／その瓦礫の中から新たに更に偉大な世界が甦るのを見た！／この世界が末永くそなたに照らされているのを眺めていられるように／賢い運命の女神よ　どうかぼくのためにゆっくりとその糸を紡いでくれ」（XV, 43ff.）という詩句に、余すところなく言い止められている通りである。

ところが、その舌の根も乾かぬうちに、彼は「だがテーブルに刻印されたこの美しい刻《とき》よ　大急ぎで駆けつけてくれ！」（XV, 47）と言って、再び時刻の歩みを急かせようとするのである。いったんは宇宙的、普遍的高みへ飛翔したかと見えた詩人の心は、一転してここでまた、瞬時のうちに地上的、個人的な圏内に自ら進んで局限されるのである。その緩急自在な変化の妙こそ、生動するリズムを産み出す源泉なのだが、それはともかく、彼がそれほど先を急ぐのも、恋人との逢瀬を「待ちわびる」心情に由来するものであることは見易いところである。「ありがたや！　もうその時刻だろうか？　いやまだだがもう三時を打っているのはたしかだ！／いとしきミューズたちよ　おんみらはこのようにしてぼくが恋人から　離れている無聊の時間を今度も紛らわしてくれたのだ／ではさらば！　今こそぼくが先を急いでも　おんみらが気分を害することはないだろう／誇り高いおんみらも　アモールにはいつも席を譲ってくれるのだから」（XV, 48ff.）という最終五行の弾むようなリズムは、そのまま詩人の生の鼓動を如実に伝えるものとなっている。

以上見てきた通り、この第XVの歌は壮大な広がりの中に深遠な思想を含みつつ、それが詩人の個別的な生の現実と渾然と一体化して、独自の愛の歌を奏でるものとなっている。

恋の本義

前述した通り、第XIV以下の諸歌で具体的な恋の諸相を身近に見聞きした詩人は、いよいよ第XVIIIの歌において、一篇の主題である「恋」の本義を歌うことになる。即ち、それは「わたしは確保された宝物をいつまでも心ゆくまで享受するのが好きだ」（XVIII, 11f.）という一句に典型的に言い表されている通り、恋の成就であり、確かな所有であり、その基となる互いの誠意である。実は、これこそがかつてのローマのエレギー詩人たちに欠けていたものであり、かれらはこの現在の幸福を心ゆくまで享受し、それに心安んずることが出来ず、むしろ、本質的に成就されない恋の不安を歌うのを事としたのである。[25]

さて、詩人はここで、「ぼくには何よりもやるせないことが一つある　また　そう思うだけで／忌まわしく　身の毛のよだつ気のするものもある　友よ　きみらにそれを打ち明けよう／ぼくが何よりやるせないのは夜の独り寝なのだ／だが全く忌まわしいのは　恋の通い路で／蛇と快楽のバラに潜む毒を恐れねばならぬことだ」（XVIII, 1ff.）と歌い出す。改めて断るまでもなく、ここには心ゆくまで官能の歓びを享受したいという願望と、その歓びの内に潜む病毒への恐怖感が、甚だ率直、明快に吐露されている。これは、ローマ滞在時のゲーテのリアルな現実感覚が多分に投影された一句とも考えられる。それだけに、互いの誠意に基づく愛の交歓が成就されたと確信した時の作者の歓びには、尋常でないものがあったものと思われる。「だからファウスティーネがぼくの幸せなのだ　彼女は喜んで／ぼくと寝床を共にして　操には操をもって応えてくれる」（XVIII, 9f.）という詩句には、そういう彼の心情が余すところなく言い表されている。

この「ファウスティーネ」という固有名詞が口に出されるのは、全篇を通じてこの一箇所だけであり、それ自体が架空のものであることもすでに述べた通りである。作者がここで敢えて架空の固有名詞を用いた真意を憶測すれば、名前そのものは架空のものであっても、この恋そのものは決して作り事、作者の空想の産物ではない、真実の感情に裏打ちされたものであることを印象づけようという意図に発するものであろう。その背景として、クリスティアーネとの同棲生活において、病毒の懸念もなく、官能の歓びを共有したことが直接、間接に投影していることも容易に推測されるところである。むしろ、ここでその個別的な歓びを積極的に前面に押し出して、心おきなく歌い上げることこそ、詩人の本意であったと言ってよいかもしれない。「性急な若者なら刺激的な害毒こそよしとしようが　ぼくとしては／確かな宝物を末永く心安んじて楽しむ方が好きだ／これは何という至福だろう！　ぼくは安心して口づけを交わし／互いの気息と生命を心おきなく啜り合い　注ぎ合う」（XVIII, 11ff.）というのは、彼のそういう心情を大胆率直に物語るものに他ならない。

しかるに、彼はここでも、この本来極めて個別的な感情を、自分一己の狭い枠内に封じ込めて自足することに飽き足りず、あくまで「ローマ」という世界の檜舞台で展開させ、自分の歓びを世の人々と共に共有しようとするのである。「おおローマの市民たちよ　この幸福をぼくに許してくれ　そして神よ各人には／この世の財宝を残すところなく恵み給わんことを！」（XVIII, 19f.）という結びの詩句は、その雄弁な証左である。とりわけ、“Aller Güter der Welt erstes und letztes”という表現が印象的であるが、これもゲーテが恋の歓びを文字通り、「この世のありとあらゆる財宝の中の最初にして最後のもの」と捉えていることを示すものに他ならない。そういう彼の見方からすれば、自分一己の恋の歓びが人間すべてに共通する普遍的なものへと拡大されていくのも、異とするに足りない。そのためにも、彼にとっては「ローマ」という舞台装置が必要不可欠だったのである。いかにも「世界市民」ゲーテにふさわしい詩想の展開と言うべきだろう。

愛の神アモールとその敵役ファーマの確執

「ぼくらがいつも良い評判を保つのは難しい　なにしろファーマが／わが主のアモールと仲たがいをしているものだから／どうしたわけでこの両者が憎しみ合うようになったか　御存じだろうか？／それは古い話だが　ここでそれをお話しすることにしよう」（XIX, 1ff.）と歌い出される通り、七十行に及ぶ第XIXの歌は専ら、愛の神アモールとその敵役ファーマとの激しい確執を描き出すことに終始する。とりわけ、人の恋路の邪魔をし、自らの威力を誇示するファーマに対する詩人の筆致が辛辣を極めるのは、見易い道理である。曰く、「このファーマはいつも絶大な力を発揮する女神ではあったが　一場に集う者には／堪え難い存在だった　彼女はいつも牛耳を執りたがるものだから」（XIX, 5f.）、「いつぞやなど彼女は尊大にもユピテルのすてきな息子を／すっかり自分の僕《しもべ》にしたと自慢したものだ」（XIX, 9f.）といった具合である。

これと正反対に、彼がアモールの威力にひとかたならず肩入れしているのは言うまでもない。それは例えば、「この女神（ファーマ）を最高に崇める者がいれば　それを手玉に取るのはお手の物で／品行方正の者にはもっとも危険なやり方で襲い掛かり／その手をすり抜けようとする者がいれば／底なしの泥沼に引きずり込む」（XIX, 55ff.）という一句からも容易に窺い知れる。

こうして詩人はファーマとアモールという二柱の神の争いに名を借りながら、神話世界を舞台にして、「恋」という抗し難い魔力の持つ種々相を浮き彫りにしていく。それは一見、空想に発する虚構の世界に遊んでいる観さえあるが、実は、事は必ずしもそれほど単純ではない。そのことは、「だが一方の女神も目を見開き　耳を欹《そばだ》てて彼（アモール）の後を追いかける／彼がきみの許にいるのを目撃したら　たちまち敵意を抱き／険しい目つきやさげすんだ顔つきできみを脅したり／彼がいつも訪なう家の悪口を言い募る」（XIX, 63ff.）という詩句から読み取れる通りである。しかも、更に見過ごせないのは、これに続く「それはぼくの場合も同様だ　すでにぼくもいささか苦しめられている／嫉妬深いこの女神がぼくの秘密を嗅ぎつけたのだ」（XIX, 67f.）という一句である。

これを見、また、先に引いた冒頭四行の詩句を見れば、この第XIXの主題、モティーフが、自らの恋路を執拗に妨害しようとする「嫉妬」だということは、あまりに明らかである。即ち、恋は常に世間の風評、陰口に曝されているというのが、作者の念頭を去らない固執となっているのである。その点でこれは、先の第VIの歌のモティーフを引き継ぐものであるが、そこではこのモティーフは、あくまでも現実の身近な局面に限定されたものであった。それがここでは、神話の世界にまで拡大されているのである。これを要するに、この風評、陰口は文字通り、神代の昔から厳として生き続ける永遠不変（普遍）の真理だということに他ならない。「だがこれは古くからの掟なのだ」（XIX, 69）という一句は、作者のそういう現実認識を示すものである。そういう動かし難い現実が存在する以上、「ぼくは何も言わず　それを敬うことにしよう」（XIX, 69）というのは、むしろきわめて自然で、賢明な処世法と言うべきだろう。

それにしても、作者がこれほどまでに世の風評、嫉妬にこだわるのは、エロース賛歌とも言うべきこの詩一篇の内容からして、甚だふさわしくないとも見えるが、作者一己の事情に思い及べば、これには思いのほかに深い心情が投影されていることが分る。つまり、ここにはせっかく「見つけた」あのクリスティアーネとの愛情生活が、ヴァイマールの人士から恰好の標的にされたという、周知の事実が重くのしかかっているのである。この世間の非難、中傷が当事者二人にとって、どれほど心の痛手になったかも容易に察しがつく。そういう身を嚙む切実な思いが背景にあるからこそ、彼はここでそのことに言及せざるを得なかったのである。しかも、彼はそれを現実の深刻な重大事として取り上げるのではなく、ユーモアさえ漂わせながら、遠く古い神々の世界に遊ぶと見せて、それを普遍化しているのである。

これを見ても、「自分自身を認識し、他を認識し、その両者の関係を認識し、互いの同質性を認識し、運命を認識することが、ここでも愛の内実となっているのである」[26]というコメレルの言は、直接には「運命よ　何ゆえ汝はわれわれに深いまなざしを与えたのか」という、シュタイン夫人に寄せたあの有名な作品に関して言われたものではあるが、この「自己と対象との関わり」を私心なく、事実に即して、純粋に認識するゲーテ特有の知性と感性は、この作品においても実証されていると言えるだろう。

詩芸術の秘奥へ

長い連作を締めくくる第XXの歌は、「強さと　自由で闊達な心栄えが男の勲章となるのなら／おお　深く秘めた沈黙こそそれにもましてふさわしい／都市の支配者で　もろもろの民である沈黙よ／わが人生を堅固に導いてくれた尊い女神よ！」（XX, 1ff.）と歌い出される通り、冒頭から「沈黙」の意義が強調される。これまで延々と恋の諸相を手を変え、品を変えて歌ってきた詩人の饒舌を知っているわれわれにとって、これはいささかならず意外とも思える物言いである。

しかし、恋する当事者の立場に立って考えれば、これもさして異とするに足りぬ心情というべきだろう。恋が本来、当事者二人の秘め事であり、「秘すればこその花」だとすれば、これはむしろ普遍の真理であるはずである。現にこの作者自身、二人の秘め事が第三者に嗅ぎ付けられる危険について、これまで再三にわたって触れていることは、既に見てきた通りである。しかるに一方、恋の歓びを身をもって知った者にとって、それを何とかして言葉にして表したいという欲求に駆られるのもまた、自然の情である。「これはまた何たる運命の成り行きなのか　詩の神ミューズと／いたずら者のアモールが戯れに堅く閉ざしていたこの口元をゆるめさせるとは」（XX, 5f.）というのは、そういう恋する詩人の心情を巧みに言い表したものに他ならない。「溢れる思いがこの唇からたやすくこぼれ出ようとするのだ！」（XX, 16）と言う詩人にとって、「一つの美しい秘密を守るのが一層難しくなった」（XX, 15）というのも、無理からぬところである。

この二律背反に悩む詩人にとって、「女の友達に打ち明けれ」ば「非難されるだけ」で（XX, 17）、「男の友達に告げれ」ば「危険をもたらしかねない」（XX, 18）からといって、「このうれしさを杜に告げこだまする岩に打ち明けるには／ぼくはもはや若くはなく　それほど孤独でもない」（XX, 19f.）となれば、残された道はただ一つ、それを「詩」という器に託して歌う他はない。「だからヘクサーメターよまたペンターメターよ　きみらの手に委ねよう／ぼくの恋人が昼間どんなにぼくを有頂天にさせ　夜にはどんなに幸せにしてくれるのかを」（XX, 21f.）という詩句は、そういう詩人の自覚と決意を示すものである。

ここに至って初めて、「恋」という個別的な体験が、「詩」という一つの芸術形式と化すのである。そして、その詩が、ここでは「ヘクサーメタ一」と「ペンターメタ一」から成る「エレギー」という確固とした形式を保持しているからこそ、それは純粋な芸術の領域へと昇華され、その秘儀を言語に定着させることが可能となるのである。全篇に通じる優美さと軽快さも、この終盤においてとりわけ鮮やかに、その真価が発揮されている感がある。そう見れば、この連作が結局は、詩芸術そのものの秘奥を歌う詩であり、詩形式のもつ秘儀をさりげなく示唆するものとなっていることが、自ずから明らかとなるだろう。

クリスティアーネとの個別的な体験に発して、それをローマという時空を超えた世界の檜舞台に乗せ、詩芸術の秘儀へと肉薄したことによって、ゲーテは彼女を肉体性に裏打ちされた彼の美神、「永遠の女性」へと高めることが出来たのである。

註

（1）Eckermann, Johann Peter: Gespräche mit Goethe. In den letzten Jahren seines Lebens. Sonderausgabe. Die Tempel-Klassiker. Wiesbaden. S. 297 (9. Okt. 1828).
（2）Seele, Astrid: Frauen um Goethe. Rowohlt Taschenbuch Verlag GmbH. Reinbek bei Hamburg. 1997. S. 81.
（3）Vgl. Gundolf, Friedrich: Goethe. Wissenschaftliche Buchgesellschaft. Darmstadt 1963. S. 426.
（4）a.a.O., S. 423.
（5）a.a.O., S. 427.
（6）Trunz, Erich: GW. Bd. I. S. 550.

(7) Gundolf: S. 431.
(8) Vgl. Damm, Sigrid: Christiane und Goethe. Eine Recherche. Insel Verlag Frankfurt am Main und Leipzig 1998. S. 128.
(9) Gundolf: S. 447.
(10) Vgl. Trunz: S. 551f.
(11) Eckermann: S. 92 (25. Feb. 1824).
(12) Br. An Friedrich Christian von Augustenburg. 5. 7. 1795. In: Schillers Werke. Nationalausgabe. 28. Band. Schillers Briefe 1795–1796. Weimar 1969. S. 2.
(13) Staiger, Emil: Goethe. 1786–1814. Atlantis Verlag AG Zürich. Dritte, unveränderte Auflage. 1962. S. 72.
(14) a.a.O., S. 78.
(15) a.a.O., S. 77.
(16) Dilthey,Wilhelm: Das Erlebnis und die Dichtung. Vandenhoeck & Ruprecht in Göttingen. 14. Auflage. 1965. S. 164.
(17) a.a.O., S. 166.
(18) a.a.O., S. 179.
(19) a.a.O., S. 181.
(20) Klingner, Friedrich: Liebeselegien. Goethes römische Vorbilder. In: Römische Geisteswelt. Essays zur lateinischen Literatur. Philipp Reclam jun. Stuttgart 1979. S. 421.
(21) Vgl. Klingner: S. 422f.
(22) a.a.O., S. 422.
(23) a.a.O., S. 421.

(24) Kommerell, Max: Goethes Gedicht. In: Dichterische Welterfahrung. Frankfurt am Main 1952. S. 23.

(25) Vgl. Klingner: S. 425.

(26) Kommerell: S. 38.

ゲーテとオリエント（一）

――ゲーテの相聞歌

ブルダハは、早くからのイタリアへの憧れ、年少の頃よりの自然への帰依と並んで、オリエントがゲーテの芸術的展開における第三の原動力と見ているが、(1)確かに、『歌びとの巻』から『楽園の巻』に至る十二の巻に加えて「遺稿」から成る『西東詩集』が、その名に違わず、他に類を見ない一つの壮大な詩的宇宙を形成していることはすでに周知の通りである。とりわけ、『酌童の巻』及び『楽園の巻』と共に、いわば三位一体の独自な愛の世界を現出し、この詩集の骨格を形作っている三部作の中でも、ハーテムとズライカの交唱によって紡ぎ出される『ズライカの巻』が、この「西東詩集の核心である」(2)とされることには異論の余地がない。この面についてはすでに小栗氏の精細な論考があるが、(3)ここではまず、この巻を中心にして、この二人の相聞歌によって展開される特異な愛の世界を跡付けてみることを通して、この詩集の広大な世界に迫る一つの手掛かりとしたい。

『西東詩集』における「愛」の位置

詩集の冒頭を飾る「遁走」は次のように歌い出される。

Nord und West und Süd zersplittern,
Throne bersten, Reiche zittern,
Flüchte du, im reinen Osten
Patriarchenluft zu kosten,
Unter Lieben, Trinken, Singen
Soll dich Chisers Quell verjüngen.　(I, 1–6)

北も西も南も砕け
王座は裂けて　国々は震える
逃れ行け　浄らかな東方で
族長の大気を味わうために
愛し　飲み　歌いながら
キーゼルの泉によって若返れ

ここには早くも、この詩集一巻に見られる多種多様なモティーフが、凝縮された形で提示されている。

対韻で一貫したトロヘーウスによるリズムも、詩人の昂揚した心情を読む者の耳に心地よく伝えている。この昂揚したリズムが、世界の東西南北を視野に収めながら、ひたすら「東方」の「キーゼル」の泉を目指して、一目散に「遁走」していこうとする六十歳も半ばを過ぎた詩人の心逸りに由来するものであることは言うまでもない。

折しも、一八〇六年九月に始まり、一八一四年四月のナポレオン退位に至る対仏戦争の余波で、ゲーテもヴァイマール宮廷の高官として東奔西走を余儀なくされていた。そういう時代背景を考えれば、同一八一四年六月、たまたま出版業者コッタから贈られたヨーゼフ・フォン・ハマーによる『ハーフィズ詩集』のドイツ語訳に触れる機縁を得たことが、若年の頃より「たえず忙しく働く私の想像力はさきに述べた童話からも証明されるだろうが、その想像力が私をあちらこちらへ引きずり廻すとき、あるいはまた、寓話と歴史、神話と宗教のごちゃまぜで頭が混乱しそうになったときなど、私は好んであの東方の世界へ逃れて、『創世記』に没頭し、そこで広く散在する遊牧民族のあいだへ心を馳せては、最も深い寂寥の境地と、同時に最も広い社会に身を置いたのだった[4]」と言い、「包まずに言え！　東方の詩人たちは／われら西方の詩人たちより偉大だと」（Buch der Sprüche, XVIII, 1f.）と歌うほどに「東方」の「族長」の世界に並々ならぬ憧憬を抱き、古代オリエントの諸文化の中に普遍的人間性の根本形式を見て、それによって自己を陶冶し、世界文学の未来も東西両文化の精神的出合いの成否にかかっていると予感していたかに見える彼にとって、一種の天の啓示とも見えたであろうことは想像に難くない。イスラム紀元を画した六二二年のマホメットのメッカからメジナへの移住は、時代の激動を身を以って体験したゲーテにとって、ひとかたならぬ衝撃として受け止められたはずである。

そういう彼が、いまや自分も「東方」へ「遁走」する他ないと思い定めたとしても、異とするには当らない。そもそもゲーテにとって、対象からの逃走は殆ど生得の欲求と言っても過言でない程の根強い願望であり、現実にも彼は恋人たちからの逃走を繰り返したことは今や多言を要しないが、ここで言われる「遁走」も、生気潑剌とした自由の天地を目指して発せられた言葉であることは間違いない。『箴言の巻』の「……そして心は遠くを憧れる／天を指すのかどうか　自分でも分らない／だが心は　ひたすら逃れ行こうと欲し／自分の許からさえ逃れ出ようとする……」（Buch der Sprüche, VI, 3ff.）という一節は、そういう彼の心情を率直に語ったものと解すべきだと思われる。そして、そういう彼の日頃の根強い思いは、「浄らかな東方で／族長の大気を味わうために／愛し　飲み　歌いながら／キーゼルの泉によって若返れ」という詩句によって、一層明確な方向性をもって定着されたものと思われる。東方の詩文において言及されることの多い「キーゼル」が、「緑の衣を着て生命の泉を守護」する役目を担い、四十日四十夜の苦行を終えたハーフィズになみなみと満たした盃を持って近づき、その水を飲ませたことによって、彼に詩人としての聖別と不滅の栄誉を授けたとされる一事を考えただけでも、この一語に込めたゲーテの深い思い、即ち、「最も深い意味での積極的なゲーテの世界態度——一切の偏見をこえ、理念と愛によって東と西の和解融和をもたらそうという精神[5]」を見て取ることは、むしろ自然なことだろう。

上の詩節に続く「かしこの純粋な正しい世界で／わたしは人類の／深い源泉へ分け入ろう／ひとびとがまだ神から／天の教えを地上の言葉で受け取って／頭を悩ますこともなかったところへ」（II, 7–12）と歌われる第Ⅱ詩節から、「知るがよい　詩人の言葉は／楽園の門をめぐって漂い／いつもそっと戸を叩きつつ／永遠の生命を乞い求めているのだと」（VII, 39–42）という終章を見れば、詩人の憧れ求める世界がどのように想い浮かべられていたかは、自ずから明らかである。とりわけわれわれの目を惹くのは、「まこと詩人の愛のささやきは／天女たちにさえ欲情を誘うという」（VI, 35f.）という一句である。

ここには東西にわたる壮大な世界観、永遠の若返り、ハーフィズに象徴される東方詩文の精華へのあくなき憧憬、愛、宗教性等々、諸々の要素を渾然と一体化した独自の詩的宇宙を展開し、全体が有機的連関の中に息づいていて、「個々の作品の真価を正当に認識するためには、全体を知らなければならない」[6]と言われるこの詩集一巻の中でも、「愛」こそがその一貫する主題であることがさりげなく、しかも確固として提示されているのである。そのことは例えば、「愛こそは　なべてのものにまして／われらが歌う時の主題としよう」（Elemente, II, 5f.）と歌い、「本の中でも最も不可思議な本／それは愛の本だ」（Lesebuch, 1f.）と言うゲーテにとって極めて自然なことであった。

以下、そういう彼の歌う愛の諸相を、順を追って見ていくことにしよう。

序　曲

ハーテムとズライカによる相聞歌を主とする『ズライカの巻』に至るまでに、詩人はいわばその序曲とでも言うかのように、再三再四「愛の讃歌」を歌っている。詩集の最初に置かれた『歌びとの巻』を見ただけでも、例えば「告白」という作品で、詩人は「隠し難いものは何だろう?·」（Geständnis, 1）と自問し、その自答として「火」、「昼間の煙」、「夜の妖しい炎」を挙げた上で（1ff.）、「更には恋もまた

／隠し難い　どんなにそっと秘められていても／恋はいともたやすく瞳から閃き出るのだ」（4ff.）と極めて率直に明言しているのである。これだけなら、世上一般の普遍的な人間的心情の「告白」として、さして異とするにも当らないが、われわれの目を惹くのは、詩人がこの直後に「とりわけ隠し難いのは詩だ」と断じ、「それは桝の下に置かれることはない／詩人が詩をさわやかに歌い上げるや／体の隅々に至るまでその詩に浸される／それを水茎の跡も美しく書きしるすと／世界中の人々に愛唱して欲しいと思う／誰彼となく嬉々として声高らかに読み上げて／それが苦の種になろうと　はたまた感動の泉になろうと　構いはしない」（7ff.）と宣言していることである。これを見てもわれわれは、この詩人が「恋」という主題を、「詩」という器の中で、「意気揚々」として「声高らか」に歌い上げようとしている心情を見て取ることが出来る。

そのことは、この『歌びとの巻』の掉尾を飾ってその頂点を成しているというに止まらず、この詩集一巻の最も深遠なモティーフ、即ち、「エロティックな要素」と「宗教的な要素」を渾然一体と融合させ、両者の内的なつながりを歌い上げ、前者は『愛の巻』や『ズライカの巻』と、後者は『パルゼびとの巻』や『楽園の巻』と関わり合って、一巻の有機的な結び付きを現出させる要の役割を果たしている「至福の憧れ」を見れば明らかである。

この「官能性」と「宗教性」との一体化は、すでに“Selige Sehnsucht”という題名そのものの中に巧みに暗示されている通りであるが[7]、詩人はここで「賢者の他には誰にも告げてはならぬ／凡俗はあざわらうだけだから／わたしは炎に包まれた死にあこがれる／生命の輝きを称えたいのだ」（I,1ff.）と歌い始める。トロヘーウスと交叉韻で一貫したそのリズムは、定型の枠を超えて、力強くわれわれの耳に訴えかけて来る。この簡潔極まりない詩句の中に込められた詩人の激しい憧憬と生の衝動は、とりわけ“Das Lebend'ge will ich preisen, / Das nach Flammentod sich sehnet.”（I, 3f.）というこの詩節後半の詩行にはっきりと言い留められている。この抑えようとして抑え難い、秘めた情熱を吐露するには、打ち明ける当の相手も同様に激しい熱火に身を焦がし、そういう熱情のありように通じた者でなければならぬとするのも、けだし当然のことだろう。歌い出しの二行は、詩人のそういう心情を大胆率直に言明したものに他ならない。この一節を見ただけでも、われわれにはこの詩人の並々ならぬ激情のありようはあまりにも明らかである。

この激しい憧憬のありようは、しかし、「お前を生み落し　お前が生み付けた／愛の夜々に吹き通う涼気の中で／ろうそくの灯がしずかに瞬くたびに／妖しい思いがお前を襲う」（II, 5ff.）と歌われる官能的な気分を濃厚に漂わせる第二詩節では、思わせぶりに暗示されるだけで、その実体は未だ明らかにされない。それというのも、この愛の営みの中でわれ知らず、しかも執拗に身内から沸き上がって来る「思い」が、自分自身にとってもそれまで「未知」の「なじみのない」（fremd）ものだからである。この未知の欲求を促す「感情」（Fühlung）が、その原義として「接触」の意を内包することも併せ考えれば、詩人がここで「自らは未だ体験したことはないとはいえ、永年密かに憧れ求めていた、生気溌剌とした、愛の糸につながれた、身を焦がすような他者との接触に対する、死をも恐れぬ熱い思い」を抱いていることは容易に推察される。“Das Lebend'ge”, “Flammentod”, “fremde Fühlung”という措辞は、詩人のそういう止み難い思いに彩られたキーワードなのである。「お前はさらに高いまぐわいを求める／新たな欲情に駆り立てられる」（III, 11f.）という一句も、詩人のそういう「感情」を反映したものなのである。

そして、そこに至れば、「夜の蛾よ　お前は千里の道も遠しとせず／飛び来たり　摩訶不思議な力にからめ取られても／挙げ句には　自ら灯を求め／わが身を焼いてしまうのだ」（IV, 13ff.）というのも、極めて自然な勢いというものである。しかも、「死して成れよ！／この哲理をわが物としない限りは／お前はこのうつろな地上をさすらう／悲しい客人に過ぎぬ」（V, 17ff.）というのだから、「光と闇の両極性[8]」の只中にいるこの詩人の目指す理想の楽園が尋常一様のものでないことも自ずから明らかであろう。それかあらぬか、詩人は自らの熱い思いと直に響き合う恰好のパートナーを見いだすに至るのである。こうして、愛の奇蹟とも言うべき魂の共鳴、愛の交唱が高らかに歌い上げられていくことになるのである。

相聞歌の開始

ここでわれわれはいよいよ、ゲーテ自ら「そもそもこの集全体のうちでもっとも強烈なこの書[9]」と言明するこの詩集の頂点を成す『ズライカの巻』を見ていくことになるのであるが、この巻の冒頭には「夜半の夢にわたしはふと／月影を見たように思った／だが目を覚ましてみると／思いがけもなく朝の太陽が昇っていた」という献辞がさりげなく置かれている。その内容にしても、何と言うほどのこともない、至極当り前のありふれた情景を歌っているに過ぎないと切り捨てることも出来そうなくらいのものである。しかし、この巻の華麗にして質実な愛の讃歌の展開を知っているわれわれには、これはやはり簡単には見過ごしに出来ない示唆を含んでいる詩句と見えて来る。「夜半の夢」に「月」を見、朝の目覚めに

「太陽」を仰ぐという把握の背景には、「……青春はもう彼から去っている。その自分の老年、自分の灰色の髪を彼はズライカの愛で飾るのだが、けっして厚かましく、しつこくするわけではない、ズライカの愛情を確信したうえでのことだ。才知ゆたかなズライカは、青春を時ならず豊熟させ、老年を若返らせる詩人の精神を賞賛するすべを心得ている」[10]と言う老ゲーテの自己認識と、同時に、希望に溢れ、愛の予感に満ちた詩人の心情が端的に予告されていると思われるからである。つまり、詩人はここで「月」と「太陽」という光り輝く不変の天体によって、「ハーテム」と「ズライカ」という愛し合う二人の輝く前途を暗示し、その愛を詩という器に定着させることによって、その愛の不変性をも暗示しているように見えるのである。

そう見れば、この献辞のさりげなさは、逆に詩人の期待の大きさを浮き彫りにする働きを担っているものであることが分って来る。この詩人の心憎い演出と言ってよいだろう。それかあらぬか、詩人はズライカとハーテムの対話で進行する無題の詩の中で（GW. S. 67）、早速、「太陽が昇って来ます！　華やかなお出ましだこと！／三日月がそれを囲んでいます／こんな一対を妻合《めあ》わせたのはどんなお方でしょう？／この謎　どうすれば解けましょう？　どうすれば？」（1ff.）というズライカの問いかけに対する「いとしいひとよ　きみはぼくをきみの太陽と呼ぶ／おいで　かわいい月よ　ぼくを包み込んでおくれ」（11f.）というハーテムの応答を通して、[11]ハーテムとズライカ（「月」と「太陽」）による愛の交唱がこの巻の主題であることを明示するのである。

就中、この巻の主題を最も象徴的に暗示しているのは「いちょうの葉」（Gingo Biloba）と題する詩だろう。

Dieses Baums Blatt, der von Osten
Meinem Garten anvertraut,
Gibt geheimen Sinn zu kosten,
Wie's den Wissenden erbaut.

Ist es ein lebendig Wesen,
Das sich in sich selbst getrennt?
Sind es zwei, die sich erlesen,
Daß man sie als eines kennt?

Solche Frage zu erwidern,
Fand ich wohl den rechten Sinn;
Fühlst du nicht an meinen Liedern,
Daß ich eins und doppelt bin?　(I, 1–III, 12)

東の国からぼくの庭に移された
このいちょうの葉には
知者の心を引き立てるに足る
深い意味が含まれている

これは一つの生命が
自ら二つに分れたのだろうか？
二つの生命が選び合って
一体のものと認められるようになったのか？

この問いの答えとしてぼくは
恰好の意味付けを思い付いた
ぼくの歌を聞いて　きみは感じないだろうか？
ぼくが一つでしかも二重になっているのを

各行四ヘーブングのトロヘーウスで交叉韻という典型的な定型詩といった形を取り、簡明な措辞から成り、「この詩は現在むしろ、同一の人間性にねざす西洋と東洋の究極の一致を示唆したものとして理解されている[12]」とされるこの一見ささやかな詩には、詩人ゲーテの生涯をかけた英知が凝縮されていると言っても過言ではない。

まず、冒頭の「東の国からぼくの庭に移された」という一句を見ただけでも、われわれはすでに「東」と「西」という二つの世界が包含されていることが分る。わずか一枚の「いちょうの葉」という形象を通して、これほどの広大な詩的空間をいとも簡単に言い取る詩人の詩的喚起力はまさに驚嘆の他ないが、それはこの「いちょうの葉」が「詩人の全思想および愛の象徴[13]」として捉えられていることに由来する。

詩人はこの取るに足りないわずか一枚の「いちょうの葉」という形象によって、そこに含まれる「知者の心を引き立てるに足る／深い意味」に思いをめぐらすのであるが、彼の思いの核心とは、第Ⅱ詩節に歌われている通り、この「いちょうの葉」が「一つにして二つ、二つにして一つ」という事実に他ならない。即ち、「ゲーテにおいていちょうの葉は、一つのものが二つに分かれ、それらがより高い次元でまた一つになるという、自然の生命の分極性を象徴している[14]」のである。

この現実に改めて思い至った詩人の驚嘆と歓びは、われわれの想像以上に深く、大きいように思われる。それは一つには、冒頭の「遁走」に見られた如く、「東」と「西」の文芸の本質に関わることに由来する。と同時に、それはまた、自らの琴線と直に共鳴し合う、愛する女性を目の当りに見いだした歓びの大きさから来るものである。この二重性こそがこの詩の持つ「深い意味」の眼目であることは言うまでもないが、しかも、それが観念の遊戯に堕することなく、生き生きとしたリアリティを失わずにいられるのは、ひとえに「ぼくの歌を聞いて きみは感じないだろうか？／ぼくが一つでしかも二重になっているのを」という結びの一句に集約されている詩人の「恰好の意味付け」を発見した歓びに依るのである。それというのも、われわれはすでにこの詩の少し前で、ハーテムとズライカによる愛と機知の戯れから成る相聞の歌の存在を知っているからである。

Nicht Gelegenheit macht Diebe,
Sie ist selbst der größte Dieb;
Denn sie stahl den Rest der Liebe,

Die mir noch im Herzen blieb.　(Hatem, I, 1–4)

機会がぬすびとを作るというのは偽りだ
機会こそが最高のぬすびとなのだ
何しろそいつが　ぼくの心に残っていた
恋のおき火を盗み取ってしまったんだもの

と歌い出されるハーテムの歌は、四ヘーブング、トロヘーウス、交叉韻によるリズムと相まって、いまや老境に向いつつある詩人の抑え難い心の躍動を伝えて余すところがない。それは何より、後半の二行を見れば明らかである。ここには、これがもしかしたら最後の恋になるかもしれないという詩人の予感と、同時に、その最後のチャンスを与えてくれた「機会」に対する感謝こそあれ、それを咎め立てようという気など微塵もない。それというのも、彼は「ぼくが生涯に得た全財産を／機会はそっくりきみのところに持ち出した」（II, 5f.）と言いながら、「きみの紅玉のまなざしを見ただけで／ぼくは慈愛の色を読み／きみの腕に抱かれて／新たな出会いを歓んでいる」（III, 9ff.）と断じているからである。これを見れば、「新たな出会いの歓び」に比べれば、「生涯に得た全財産」を盗み取られ、「一文無し」になっても悔いるところはないという彼の心情は余りにも明らかである。

対するズライカの

Hochbeglückt in deiner Liebe,
Schelt' ich nicht Gelegenheit;　(Suleika, I, 1f.)
あなたの愛に恵まれてこんなにうれしいのですもの
機会を咎めようなど思いもよりません

という応答は、上の詩人の心の昂揚とぴったり照応して間然するところがない。とりわけ、われわれの眼を惹くのが冒頭の“Hochbeglückt”という一語である。これによって彼女の「幸福感の高まりとともに、その愛の精神的な高さに対する誇らかな自覚[15]」は、余すところなく言い取られている。この二人の心の共鳴が、何よりも、両者の発語の中に共通して使われている“erfreuen”という一語に由来するものであることも、改めて断るまでもない（Hatem, V, 11f.: “Und erfreu' in deinen Armen / Mich erneuerten Geschicks. — Suleika”, V, 4: “Wie mich solch ein Raub erfreut!”）。即ち、この両者は出会いの「歓び」を共有することによって分かち難く結び合わされ、これによって、それぞれの立場から愛の讃歌を歌おうというこの巻の主たるモティーフは、ここに見紛いようもなく提示されているのである。

こうして、相手の措辞を巧みに取り込みながら、自らの愛の凱歌を歌い上げるズライカの歌には、ハーテムのそれをはるかに凌ぐ真率な息遣いと機知とが渾然と一体になって、生動するリズムを産み出す原動力となっている。それもこれも、

Meine Ruh', mein reiches Leben
geb' ich freudig, nimm es hin!　(Suleika, III, 11f.)

わたしの安らぎも　豊かないのちも
喜んで差し上げます　お受け取り下さい

という全てを委ね切った彼女の真情に由来するものであることは言うまでもない。ここで発せられる"mein reiches Leben"がマリアンネの原詩では"mein ganzes Leben"とされていた事実を考えれば[16]、ここでのズライカ＝マリアンネの詩人ゲーテに対する日頃からの絶対的な帰依の念は、ひときわ印象的に投影されていると言ってよいだろう。そういう彼女の歓び溢れる心情は、"aus freier Wahl"、"gar zu gerne"、"so willig"、"herzlichen Gewinn"、"freudig"、"reich"などの語句に見られる形容詞や副詞の多用と相まって、止まるところを知らないかのようである。

こうして、この二人は互いに嬉々として、相聞の歌を次々に紡ぎ出していくのである。その相手役を務め、時としてゲーテを凌ぐと言っても過言でない力量を示して、この巻に生彩を添える重要な役割を果たしているのが、「詩的結婚をなしとげてい[17]」たマリアンネ・フォン・ヴィレマーという才色兼備の実在の女性であった。但し、この巻に収められている恋愛詩がすべて、ゲーテとマリアンネとの現実世界での恋愛を直截の契機としたものとは限らないことは小栗氏の強調される通りであり[18]、われわれもそのことを念頭に置きながら、以下、この詩集に取り上げられた彼女の作品を主軸にして、この類い稀な相聞の歌の諸相を見ていくことにしたい。

うれしい便り

上に見た「あなたの愛に包まれるこよなき幸の中にいて」(Hochbeglückt in deiner Liebe) という交唱を含めて、マリアンネが直接関わったとされているものとして、少なくとも「このそよぎは何を告げるのでしょう」(Was bedeutet die Bewegung?)、「ああ、おまえの湿ったはばたきが」(Ach, um deine feuchten Schwingen)、「心の底からのうれしさで」(Wie mit innigstem Behagen) という少なくとも四篇の作品が確認されている。

中でも最もよく知られているのが、俗に「東風の歌」と言われる作品である。

Was bedeutet die Bewegung?
Bringt der Ost mir frohe Kunde?
Seiner Schwingen frische Regung
Kühlt des Herzens tiefe Wunde.　(I, 1–4)

このそよぎは何を告げるのでしょう?
東風がわたしにうれしい便りを運んで来るのでしょうか?

そのさわやかな風の動きは
この胸の深い痛みを涼しく癒してくれます

というアレグレット調の歌い出しには、一八一五年九月二十三日、ゲーテと会うためにフランクフルトからハイデルベルクへ向けて馬車を走らせているマリアンネの期待に弾む胸の鼓動が、いかにも軽快に歌い取られている。そのさわやかな躍動感の一つは、“froh”, “frisch” という頭韻を踏んだ形容詞、“Bewegung”, “Schwingen”, “Regung” という動的な意を示す名詞の多用、そして “kühlen” という清涼感を表す動詞を駆使していることに依る。四ヘーブングのトロヘーウス、交叉韻という韻律図式による無駄のない簡明な文体がこの気分を助長していることは無論である。

ただ、その一方で、この詩節の最終行 “des Herzens tiefe Wunde” という措辞が、われわれにとっていささかならず気になるが、これも、数奇な運命を経た上で、ヴィレマーの養女という立場から、ついにはその妻とされた彼女の身の上を考えれば、さして奇とするにも当らないのかもしれない。それよりもむしろ、そういう制約を負った立場からして、ゲーテと親しく歓談し、文芸について語り合う機会がそう容易には恵まれるはずがない、という現実認識の方が大きかったとも考えられる。

いずれにしても、彼女はこの「東方から吹き通って来る風」が、自分の許に「うれしい便り」を運んで来るだけではなく、「道の埃ともやさしくたわむれ遊び／それを巻き上げて軽やかな雲と成」し、「陽気な小虫の群を／安全なぶどうの葉陰へ吹きやって」は（II, 5–8）、「太陽の灼熱をやさしく鎮め／わたしの熱く火照る頰を冷まし／野に丘に誇らかな姿を見せる／ぶどうに　行き過ぎがてに口づけする」

（III, 9–12）様子を、自らも「東風」の翼に乗ったかのように、いかにも楽しげに生き生きと歌い上げていくが、この生動する流れは、次の第Ⅳ詩節に連結するための不可欠の動きだったのである。即ち、

Und mir bringt sein leises Flüstern
Von dem Freunde tausend Grüße;
Eh' noch diese Hügel düstern,
Grüßen mich wohl tausend Küsse.　(IV, 13–16)

この風のひそやかなささやきがわたしにもたらすのは
いとしい友からの千の言伝《ことずて》
まだこの丘々が暮れきらぬうちに
千ものくちづけがわたしに届くのです

というのであるから、先のアレグレットはここでü音の多用と相まってアダージオへと転調し、「東風」に乗って運ばれて来た「うれしい便り」の実相は残る隈なく明らかにされ、ズライカの歓喜はここで頂点に達したと言ってよいだろう。しかるに、この第一三行目から第二〇行目に至る詩節にはゲーテの手が加えられ、結果的にはマリアンネの初々しい心情をいささか損ねたとされることも多いので、ここで両者の詩稿を検証しておくことにしよう。

(Marianne)
Und mich soll sein leises Flüstern
Von dem Freunde lieblich grüßen;
Eh noch diese Hügel düstern,
Sitz ich still zu seinen Füßen.

Und du magst nun weiterziehen,
Diene Frohen und Betrübten;
Dort, wo hohe Mauern glühen,
Finde ich den Vielgeliebten.

(Goethe)
Und mir bringt sein leises Flüstern
Von dem Freunde tausend Grüße;
Eh' noch die Hügel düstern,
Grüßen mich wohl tausend Küsse.

Und so kannst du weiter ziehen!
Diene Freunden und Betrübten.

Dort, wo hohe Mauern glühen,
Find' ich bald den Vielgeliebten.

こうして見比べてみると、両者の詩稿の間に見られる大きな相違としては、（一）一三行目から一四行目、（二）一六行目、（三）一七行目から一八行目、（四）二〇行目の四箇所に大別できるだろう。

（一）ここでは何よりも“sollen”という話法の助動詞の有無がわれわれの目を惹くが、一見すると、ゲーテの簡潔な断定調の方が印象度の点ではより鮮明な感じがするのは事実である。しかし、「ひそやかな風のささやき」にも「いとしい友」からの「言伝《ことずて》」を聞き出したいという彼女のひたむきな心情を考えれば、まさに「話者の心的態度」を表すこの話法の助動詞は、マリアンネの複雑微妙な心の動きを伝えるためには不可欠のものと思えて来る。

そのことは、当然ながら、“tausend Grüße”と“lieblich grüßen”という表現の違いとも連動している。つまり、ゲーテの名詞形の簡明さは、量感と力感を感じさせはするものの、いささか常套的な平板さを免れない。それに比して、「ねんごろにあいさつを送る」というマリアンネの副詞と動詞による表現の方が、やや情緒過多という感じはあるにしても、逆にその分だけ、こころ濃《こま》やかな切実さを醸し出すという点で、彼女の控えめながら、しかも内に情熱を秘めた細やかな心理の揺れをよく伝えていると言えるだろう。

（二）ゲーテが直接的には一四行目の“tausend Grüße”と交叉韻を踏む都合上からも“tausend Küsse”とせざるを得なかったことは言うまでもないが、（tausend という平凡な措辞の重用もさるこ

となが ら） “Grüße” に呼応する “Küsse” という言い方では、あまりに直截的で余情に欠ける憾《うら》みが残るのは否めない。

それに比べれば、マリアンネの「わたしは静かにあの方の足元に跪きます」という言い方の方が、内に熱気を秘めた女性としての慎ましさと思いの深さを伝え、その場の情景を読む者にリアルに思い描かせるという点で数段優っている。ゲーテの改悪の典型と言ってよいだろう。

（三）一七行目は、一言で言えば、“mögen” と “können” という話法の助動詞の相違に過ぎないが、ここでもマリアンネの “mögen” の方が “nun” という時間に関わる副詞の使用と相まって、時間の経過と共に東風の動きを素直に容認しようという話者の心理をより細やかに伝えている点で、“können” というやや突き放したような印象を与える言い方よりも優れているように思われる。

それよりも、ここで目を惹く大きな違いは、マリアンネの “Diene Frohen und Betrübten” とゲーテの “Diene Freunden und Betrübten” である。マリアンネの方はいずれも形容詞の名詞化であり、しかも、正反対の概念を並置している。これによって彼女は「こころ楽しき者」にも「悲しみに沈む者」にも分け隔てなく吹き寄せる、ペルシアで愛の使者とされる「東風」[19]の本質をよく言い得ているように思われる。彼女の人となりまで連想させるようなこの広やかで柔軟な表現の豊かさについては、いまや多言を要しない。

（四）二〇行目は要するにリズムの問題であり、この点に関してはゲーテの改作に見る処理の仕方の方が、四ヘーブングのトロヘーウスという全体の韻律との調和という点からしても、すっきりとして自然な感じになっている。

以上見て来たように、総じてマリアンネの原作の方が彼女の真率な気息を伝えていることは確かであり、それによって、

Ach, die wahre Herzenskunde,
Liebeshauch, erfrischtes Leben
Wird mir nur aus seinem Munde,
Kann mir nur sein Atem geben.　(VI, 21–24)

ああ　まことの心の便り
愛の息吹きよ　よみがえった生命を
わたしに授けてくれるのは
あの人の口から出る息づかいだけなのです

という最終詩節の告白も、無理なくわれわれの胸に響いて来るのである。"nur" という副詞の重用がここではとりわけ印象的であるが、ブレンターノも言う通り、[20] これを見れば先ほどの「盗人の歌」の応酬に見られた機知と戯れが、ここでは明らかに「真剣さ」に変っていることが分る。それがマリアンネの真情を投影したものであることは言うまでもない。この詩の作られた翌日、ゲーテが「有り得ることか！　星々の中の星／そなたをまたもこの胸に抱きしむるとは！」と歌われる「再会」（Wiederfinden）

という詩を以って応じたのも、けだし当然のことであった。しかるに、彼女はこれに止まらず、「東風」の歌に呼応するかのように「西風」の歌も物しているのである。

別離の便り

Ach, um deine feuchten Schwingen,
West, wie sehr ich dich beneide:
Denn du kannst ihm Kunde bringen,
Was ich in der Trennung leide.　(I, 1–4)

ああ　おまえの湿りを帯びたそよぎが
西風よ　わたしには妬ましくてならぬ
おまえはあのひとに便りを持って行けるのだもの
別れに悩むわたしの思いを伝えられるのだもの

と歌い出されるこの「西風」の歌は、マリアンネがヘルマン・グリムに初めて自分の作であると告白したことでも知られるが[21]、前に見た「東風」の歌と対を成すものであることは改めて断るまでもない。ボイトラーも言う通り[22]、わずか三日前のフランクフルトからハイデルベルクへの往路で作られた「東風」

での期待は、その復路では悲愁に変じ、同様に、前者では東からの晴れやかな風、遊び戯れる小虫の群、ぶどうの木、陽光、夕焼けに映える城がその主調であったのに対して、ここでは雨を帯びた西からの風、涙に煙る風景が支配的になって、何から何までが対照的になっている。と同時に、これはこの詩の直前に置かれた『気高い像』（Hochbild）及び『余韻』（Nachklang）というハーテムの歌に呼応するものともなっている。マリアンネがハイデルベルクでのゲーテとの束の間の逢瀬を楽しんだ後の、フランクフルトへの帰還の途上でこの詩が作られたという事情も考え併せれば、この歌の基調が「別離」であることには疑問の余地もない。この詩節最終行の "Was ich in der Trennung leide" という一文は、そういう彼女の心理を極めて率直に投影したものである。そして、それはまた、上の『気高い像』の最終詩節における「このように運命の過酷な定めに従い／最愛のひとよ　きみはぼくから離れていくのだ」（VI, 21f.）という詩句に直截呼応したものともなっている。

これを見ただけでも、両者の心と心とが寸分の緩みもなく、緊密に結び付いていることは明らかだが、そうであればあるほど、この「運命の過酷な定め」がそれぞれの胸にひときわ痛切に感受されたであろうことも想像に難くない。「湿りを帯びたそよぎ」というズライカの言葉には、涙に湿るマリアンネの思いが託されていると取るのはむしろ自然なことだろう。彼女のそういう悲愁の念は、

Die Bewegung deiner Flügel
Weckt im Busen stilles Sehnen;
Blumen, Augen, Wald und Hügel

Stehn bei deinem Hauch in Tränen.　(II, 5–8)

おまえの翼の羽ばたきは
わが胸にしずかな憧れを呼び覚まし
花も眼も　森も丘も
おまえの息吹きに触れて涙にくれる

という第Ⅱ詩節を見れば、いよいよ明確な形象を伴って定着される。これを見れば、彼女の「眼」が「涙にくれる」に止まらず、彼女を見守る周囲の「花」も「森」も「丘」も相共に同悲の「涙にくれ」ているのは一目瞭然であるが、このように自然界の万物をもわが身に引き込む彼女の手法がいささかの違和感も感じさせないのは、ひとえに「ああ　いまひとたびの逢瀬が望めないのなら／わたしは苦しみに滅びゆく他はありません」(III, 11f.) という彼女の心情が、真実そのものの告白となっているからに他ならない。

こうして彼女は抑えようにも抑え難い自らの胸中を、せめて「西風」に託して敬愛する相手に伝えようと、必死になって懇願するのである。

Eile denn zu meinem Lieben,
Spreche sanft zu seinem Herzen;

Doch vermeid' ihn zu betrüben
Und verbirg ihm meine Schmerzen.

Sag' ihm aber, sag's bescheiden:
Seine Liebe sei mein Leben,
Freudiges Gefühl von beiden
Wird mir seine Nähe geben.　(IV, 13–V, 20)

急いでおくれ　わたしのいとしいひとへ
その胸にやさしく語りかけておくれ
でもあのひとを悲しませてはいけません
この胸の悲しみは隠しておいておくれ

あのひとに伝えておくれ　でも控えめに言っておくれ
あなたの愛こそがわが生命だと
二人ながらの喜ばしい思いは
あのひとのそばにいてこそ叶えられるのだもの

命令形の連発が四ヘーブング、トロヘーウス、交叉韻というリズムに乗って、彼女の切実な胸中を余すところなく伝えているのは言うまでもないが、しかし、その切迫した胸中の最中にいても、彼女が相手の心を「悲しみ」に曇らすことのないように細心の心遣いをしていることは、“Spreche sanft”や“sag's bescheiden”を初めとして、その言々句々の中に痛いほどに読み取れる。それもこれも、「二人ながらの喜ばしい思い」をマリアンネその人がゲーテの「そばにいて」、つぶさに体験した、その実感の真実さの裏付けがあったからに他ならない。

ところで、この“Freudiges Gefühl von beiden”に関して、「愛といのち、ふたつながらのよろこばしい想い」という訳が見られるが[23]、若干の疑問なしとしない。前文との関連からすれば、この“beiden”が“Liebe”と“Leben”という頭韻で結ばれる「ふたつ」を受け継ぐものと取るのは必ずしも不自然なことではない。しかし、第Ⅳ詩節に見られる通り、「西風」を急き立てている切迫した律動、彼女の置かれた現実の情況、更には、暗号通信によって互いに意を通じ合っていたゲーテとマリアンネの内的な結び付きなどを考え併せれば、ここでは「愛といのち」という抽象的な概念というよりも、「ハーテムとズライカ」に託された、肉体性を持った「二人ながら」と解する方が、最終行の“seine Nähe”という一語に込められた彼女のひとかたならぬ深い思いとの関連からも、より自然な解釈と思われる。

いずれにしても、「柔らか」で「控えめ」な息づかいのうちに、まさに「愛」と「生命」の歓びをこれほどの情熱を込めて、リアルな形象の中に歌い留めたマリアンネの筆づかいが、機知と戯れを忘れず、一種の余裕をもって詩集全体を統べようとするゲーテの詩作に対して、ひたむきでさわやかな愛の絶唱を産み出し、この詩集に清涼な生彩を添えていることは確かである。

魂の共振

Wie mit innigstem Behagen,
Lied, empfind' ich deinen Sinn!
Liebevoll du scheinst zu sagen:
Daß ich ihm zur Seite bin.　(I, 1–4)

この上もなくうれしい気持で
歌よ　わたしはおまえの意中を感じ取る
おまえは愛情いっぱいに告げてくれるようだ
わたしがあの方のおそばにいることを

と歌い出されるズライカの歌は、「ぼくが自分の歌に眺め入れば／たちまちあのひとがまた姿を見せる」(Abglanz, II, 15f.) と歌われる直前のハーテムの歌、「写し絵」に呼応して作られたマリアンネの作とされる。まさに打てば響くような魂の共振を見せるこの歌の応酬は、文字通り相聞の歌の典型と言ってよい。この二人の共鳴を導き出すための不可欠の媒体となっているのが「鏡」であることも疑いない。この鏡をめぐる両者の応酬は、例えば次の如くである。

Wenn ich nun vorm Spiegel stehe
Im stillen Witwerhaus,
Gleich guckt, eh' ich mich versehe,
Das Liebchen mit heraus.　(Abglanz, II, 9–12)

さて　人気のないやもめの家で
鏡の前に立つと
それと思ういとまもなく
いとしい恋人もこちらを見返している

Ja! Mein Herz, es ist der Spiegel,
Freund, worin du dich erblickt;
Diese Brust, wo deine Siegel
Kuß auf Kuß hereingedrückt.　(Suleika, III, 9–12)

そうなのです　友よ　わたしの心こそ
あなたがお姿を映して見た鏡なのです
この胸には口づけに口づけを重ねて
印した封印が刻み込まれているのです

トゥルンツによれば[24]、マリアンネはこの鏡モティーフをハーフィズによって知っていて、ハーフィズにおいては鏡は心を意味しているが、彼女はそれを踏まえて、ここでもこの鏡が自分の姿形を映すというよりも、自と他の「心」を曇りなく映し出す道具として、自らの詩の中に定着させている。上の両者の応酬を見れば、この鏡が時空の隔たりを瞬時のうちに克服して、まさに「それと思ういとま」もあらばこそ、たちまちのうちに両者が一体化する重要不可欠な契機となっていることが分る。それにしても、ハーテムの差し出す鏡に直ちに反応して、まさに手に取るように自らの心をまっすぐに映し出して見せるズライカの歌いぶりは見事の一語に尽きる。簡潔この上ない措辞のうちに、両者の間に「口づけ」が重ねられ、それが不滅の「刻印」として彼女の「胸中」に深く刻み込まれた事の次第を、読む者の胸にリアルに、鮮やかに「刻み」つける筆の運びは、これまで見てきたマリアンネの作品の中でも出色と言っていい。

但し、われわれがここで留意しなければならないのは、この「口づけ」が必ずしも二人の間の現実の体験に基づいたものではなく、むしろ、あくまで彼女の内的真実に発する詩的創作ということである。そのことは自ら、

Süßes Dichten, lautre Wahrheit
Fesselt mich in Sympathie!
Rein verkörpert Liebesklarheit
Im Gewand der Poesie.　(IV, 13–16)

心地よい歌　汚れなき真実が
わたしを捉え　共鳴させるのです！
曇りなき愛が歌の衣を借りて
清らかに具現されるのです

と歌っている通り、「汚れなき真実」に基づく「曇りなき愛」に依る「共鳴」が「歌の衣を借り」て言わせたものなのである。ここでは“lautre”,“Rein”,“(Liebes) klarheit”などの措辞が彼女の清澄な心境を効果的に印象づけているが、それにしても、詩集全体を貫く「機知」と「戯れ」という基調にぴったり呼応した彼女の感性と詩才は、やはり見事と言う他ない。こうして、一人の親切な聖職者からわずかな教育を受けただけに過ぎないというズライカ＝マリアンネは、[25]名伯楽ゲーテの指導よろしきを得て、数あるゲーテの恋人の中でもひときわ輝く才知を実証したことによって、この詩集一篇に不滅の光を点じる美神となったのである。愛の奇蹟がもたらした類い稀な詩的成果と言うべきであろう。

以上見てきた通り、いまや老境に向いつつあるゲーテは、マリアンネという恰好の詩的パートナーを得たことによって、再び詩心を呼び覚まされ、愛と英知と機知が渾然一体となった広やかな詩的空間の中で、「一つにして二つ、二つにして一つ」(「いちょうの葉」)という特異な愛の世界を見事に現出して見せたのである。われわれもそれを確認したことによって、愛と酒と生の歓びを心置きなく歌い上げる「東方」の詩文の世界に触発されて展開される、彼の新たな詩世界の核心に迫る一つの手がかりを得ることが出来たように思われるのである。

註

（1）Burdach, Konrad: Goethe und sein Zeitalter. 2. Bd. Max Niemeyer / Verlag / Halle / Saale / 1926. S. 282.
（2）Friedenthal, Richard: Goethe. Sein Leben und seine Zeit. Ein Gelbes Piper Buch. München 1963. S. 610.
（3）小栗浩『「西東詩集」研究』郁文堂、東京、一九七二年。
（4）Dichtung und Wahrheit. GW. Bd. IX. S. 140.
（5）小栗、一六一頁。
（6）Trunz, Erich: Anmerkungen des Herausgebers. In: GW. Bd. II. S. 549.
（7）トゥルンツによれば、この "selig" という語は、ゲーテ及びその時代の語法では今日以上に宗教的な領域に関わり合っていたという。Vgl. Trunz: a.a.O., S. 558.
（8）Trunz: a.a.O., S. 559.
（9）GW. Bd. II: Noten und Abhandlungen zu Besserem Verständnis des West-Östlichen Divans. S. 201.
（10）a.a.O., S. 202.
（11）GW. Bd. II. S. 67.
（12）木村直司『ドイツ精神の探求――ゲーテ研究の精神史的文脈』南窓社、東京、一九九三年、一三六頁。
（13）木村、一三六頁。

（14）木村、一三六頁。
（15）小栗、三六頁。
（16）Vgl. Trunz, S. 594. 小栗、三五頁。
（17）小栗、二一三頁。
（18）小栗、一七頁。
（19）小栗、四五頁参照。
（20）Brentano, Bernard von: Goethe und Marianne von Willemer. Die Geschichte einer Liebe. Werner Classen Verlag Zürich. 1945. S. 67
（21）Vgl. a.a.O., S. 11f.
（22）Beutler, Ernst: Essays um Goethe. Vierte, vermehrte Auflage. Band 1. In der Dieterich'schen Verlagsbuchhandlung. Wiesbaden 1948. S. 341f.
（23）『ゲーテ全集2』潮出版社、東京、一九九八年、一五六頁。
（24）GW. S. 609.
（25）Brentano: S. 19.

ゲーテとオリエント（二）
――ゲーテの少年愛

前章でも見た通り、『酌童の巻』は『ズライカの巻』、『楽園の巻』と共に、『西東詩集』の核とも言うべき愛の三部作である。『ズライカの巻』がハーテムとズライカとの間の男女の愛、『楽園の巻』が文字通り天上の愛を歌っているとすれば、この『酌童の巻』で歌われているのは、少年と老人との間の同性愛である。加えて、この巻の不可欠の要素として、「酒の讃歌」が東方的な大らかさで、高らかに奏でられ、絶妙な効果を発揮している。その点でこれは、恋愛詩の名手としてのゲーテの詩作の中でも、特異な位置を占める詩群である。

と同時に、これはやはり、ハーフィズという東方の詩人の先例があって初めて生まれて来た詩群である。ハーフィズのその名も同じ『酌童の巻』は、「酌童よ　ぶどうの液汁を持ってきてくれ／それこそがわれらを大らかに完成させるのだ」と歌い出され、「酌童よ　皇帝の盃をくれ／それがこの心を　この魂を喜ばせるのだ／ぶどう酒と盃とは／至純の愛のことなのだ」という詩句も見られる通り[1]、ゲーテとハーフィズが「少年愛と陶酔という本来別個の二つの精神要素の混和[2]」という共通の主題で結ばれていることとは確かである。

以下、本章では主としてこの少年愛と東方的要素という二つの視点から、この詩群の特異性を考えてみることにしたい。

ゲーテの少年愛の特質について

ハーフィズの詩集で一定の役割を果たしている若々しく、愛らしい酌童の姿形を、ゲーテはすでに一八一四年の秋、ヴィースバーデンでハーフィズに倣って作り上げていたようであるが[3]、ともあれ、この巻の主題である老人(＝詩人)の少年(＝酌童)に対する愛の性質については、作者自身が次のように語っている。


「なかば禁じられている酒に対する過度の愛着も、成長途上の少年の美しさに対する愛情も、『ディーヴァン』に欠かすわけにはいかなかった。但し、後者はわれわれの良俗に従って、可能な限り汚れない形で取り扱おうとしたつもりである。

少年と老年の相互の愛着は元来、真に教育的な関係を示している。子供が老人に対して抱く情熱的な好意は決して稀なことではないが、めったに利用されない現象である。このことについては、孫と祖父、遅く生まれた後継ぎと予想外のことに喜ぶ優しい父親との関係に留意してもらいたい。このような関係においては、もともと子供たちの利発さが伸長するものである。彼らは年長者の持つ品位、体験、力に対して注意を払っている。その際、純潔無垢に生まれついた魂は、畏敬に満ちた愛着の欲求を感ずる。老年の方はそのことによって心を揺すぶられ、がんじがらめにされる。少年が無邪気な目的を叶え、子供っぽい慾求を充たそうとして、自らの優位を感じてそれを利用する時、その愛らしさは早熟なやんちゃぶりとなってわれわれの心を和ます。だがやはり極めて感動的なのは、老年の高貴な精神に刺激された少年が持つ向上しようとする感情である。少年はわが身の内に驚きを感じ、その驚きは自身の内部にも老年のそれに似た精神が育ち得るはずだと予感させるのである。

われわれは『酌童の巻』の中でかくも美しい関係を暗示しようと試みたが、いまなおそれを解き明かそうと思っている。だがサアディーが入手したいくつかの実例は、世に広く認められるその繊細さによって、完璧な理解の手掛かりを与えてくれる。(後略)[4]」

一般的に言って、このような「少年の美」と「酒の讃歌」を結び付けることが、決して自明のことでないのは確かだが[5]、ゲーテの心情に即して考えれば、逆にこの二つこそ、「至純の愛」を保証し、「魂を喜ばせる」源泉であることは、先のハーフィズの詩句やゲーテ自身の言から見て殆ど自明のことである。いずれにしても、この「品位、体験、力」を兼ね備えた「老人」と、「純粋無垢に生まれついた魂」の持ち主である「少年」との間の「かくも美しい関係」によって、「天賦の才に恵まれた者たち」の典型であるゲーテは、「繰り返された思春期を体験し」たのである[6]。しかも、われわれが見逃してならないのは、ここで「サアディー」の名が挙げられ、これに続く一節で「世にもうるわしい体つきと容貌を持つ少年」の例が「解き明か」されていることである。

ムシャッリフ・ウッ・ディーン・サアディー（Muscharrif-Ud-Dīn-Sa'dī, *ca.* 1184–1291）とは、ペルシア文学史上に不朽の名を留める二大代表作『果樹園』と『バラ園』で知られるペルシアの詩人で、特に抒情詩の分野では、この道の最高詩人ハーフィズの先駆者と目されている。ちなみに、十一世紀から十五世紀にかけての偉大なペルシア文学の中で、サアディーはドイツにおいて最もよく知られた詩人であり、ことにその教訓詩はバロック時代のオレアリウス（Olearius, Adam, 1603–1671）や後のヘルダーの詩心を刺激して、そのドイツ語への翻訳を試みさせた程であったが(7)、いずれにしても、ハーフィズと並んでサアディーが『西東詩集』の成立に深く関わり合っていることは疑いない。

以上、われわれはこの巻におけるゲーテの少年愛の特質を確認した上で、テクストに即してこの少年愛の具体相を見てゆくことにしよう。

序　曲

『西東詩集』中の他の巻に比べても、相互の結び付きが格段に緊密かつ有機的なこの巻の総計二十二にのぼる詩群の開始を告げるのは、次の詩である(ここでは便宜上、各詩にローマ数字で通し番号を付して引用する)。

Ja, in der Schenke hab' ich auch gesessen,
Mir ward wie andern zugemessen,

Sie schwatzten, schrieen, händelten von heut,
So froh und traurig, wie's der Tag gebeut;
Ich aber saß, im Innersten erfreut,
An meine Liebste dacht' ich — wie sie liebt?
Das weiß ich nicht; was aber mich bedrängt!
Ich liebe sie, wie es ein Busen gibt,
Der treu sich einer gab und knechtisch hängt.
Wo war das Pergament, der Griffel wo,
Die alles faßten? — doch so war's! ja so!　(I, 1–11)

そうだ　俺も酒場に座っていた
他の連中と同じように酒を注いでもらった
連中はしゃべり興じ　わめき散らし　今日のことでやりあった
その日の成り行き次第で且つは浮き立ち　また沈み込んで
だが俺は内心の歓びをかみしめながら座っていた
最愛のひとのことを考えていたのだ――あの人の胸の内は？
それは知りようもない　それにしてもこの胸の切なさよ！
俺はあのひとがいとしくてならぬ　さながらひとりの女人に

誠の限りを尽し　恋の僕《しもべ》と化す胸の思いのままに
心の丈を洗いざらい打ち明けた羊皮紙はどこ　鉄筆はどこへ行った？
――だが事実はこの通りだった！　たしかにそうだった！

一八一五年九月二十六日にマリアンネと別れた直後に作られたと推測され、『ズライカの巻』の直後に置かれているこの詩には、小栗氏も指摘されている通り、[8]「明朗さ」とか「喜ばしい心の高まり」どころか、複雑微妙な、屈折した詩人の心情が投影されているように思われる。それは例えば、五行目の“im Innersten erfreut”（「内心の歓びをかみしめながら」）と七行目の“was aber mich bedrängt!”（「それにしてもこの胸の切なさよ！」）という詩句の対比に最も如実に見て取れる。即ち、それは一つには、ズライカ＝マリアンネと心ゆくまで相聞の歌を交わし合ったという事実から来る「内心の歓び」である。他の一つは、そうであればあるだけ、いわば心を鬼にして彼女との別離を決意し、今もなお「あのひとがいとしくてなら」ず（8）、しかも、「あのひとの胸の内は？／それは知りようもない」（6f.）という現実に由来する「この胸の切なさ」なのである。そういう相反する二重に屈折した心情が凝縮されて、「心の丈を洗いざらい打ち明けた羊皮紙はどこ　鉄筆はどこへ行った？／――だが事実はこの通りだった！　たしかにそうだった！」という最終二行の詩人の叫びとなったのである。

そう見れば、これは確かに、酒を楽しみ、未だ少年の酌童を半ばからかいつつ、生の讃歌を歌おうとするこの巻の冒頭に置かれるにはふさわしくない、むしろ深刻な内容を含んだ詩と言う他はないように思われる。[9] 作者がそれを敢えてこの場所に配置したのは、冒頭の四行で描き出されているような、町の酒場で「しゃべり興じ　わめき散らし　今日のことでやりあって」いる人々の猥雑ながら活気に満ちた雰囲気に誘われて、自らもそれに同化して、心の憂さを晴らそうという無意識の心理があったものと思われる。と同時に、作者はここで、この詩群の欠かすべからざる主題の一つが酒による「陶酔」であることをさりげなく暗示し、その陶酔に自ら心地よく身を委ねつつ、マリアンネとの恋の余韻に浸っているものと思われる。そう取れば、この詩がここに置かれているのも、むしろ自然なことと言ってよいのではなかろうか。

詩人の酒神讃歌

ともあれ、詩人はこれに続く第Ⅱから第Ⅸまでの詩においては、ひたすら酒を称えることに言葉を費やすのである。それは例えば次の如くである。

コーランが書物の中の書であることは
回教徒の務めとして信じもしよう
だが酒が永遠のものであること
こればかりは疑いようがない
酒が造られたのが天使たちに先んじていたこと
これもまた作り事ではないだろう

いかにともあれ　酒飲みは
ひときわ瑞々しい眼で神のお顔を拝むのだ　(IV, 5–12)

われらはみな酔い痴れなければならぬ！
青春は酒抜きの酩酊
老年が酒を飲んで青春に返るなら
それはこの上なき徳というものだ
憂いを気遣うのはいとしい命の役柄
そして憂いを払うのはぶどうの房だ　(V, 1–6)

しらふでいる限り
悪しきものでも心に叶う
酔い痴れてこそ
正しきものが見えてくる
とは言いながら
つい度を越すのも酒の常
ハーフィズよ　どうか言ってくれ
きみはどう思っていたのか！

というのも　わたしの考えは
決して大げさではないはずだから
「酒も飲めぬ奴に
恋する資格もないはず」というわけだ
だがきみら酒飲みが
うぬぼれてもいけぬから
「恋することさえ出来ぬ奴に
酒飲む資格はない」と言ってもいい　（VII, 1–16）

ここには、いかにも幼年の頃から父の家の酒倉のぶどう酒の香りに親しみ、長じては他の人が一杯の盃を傾ける時には二杯をもってこれに応じたというゲーテにふさわしく[10]、気ままで大らかな酒神讃歌といった趣が見られ、われわれもそれを気楽に楽しめばいいだろう。

しかし、そうは言いながら、戯れの中にもやはり、ゲーテ独自の世界把握は如実に見て取れる。例えば、第Ⅳの歌の中で彼は「コーラン」の永遠性に疑問を呈する一方で、「酒が永遠のものであること／これればかりは疑いようがない」と断言し、「いかにともあれ　酒飲みは／ひときわ瑞々しい眼で神のお顔を拝むのだ」と言って、あたかも「酒」こそが、「神」の許に直接参入するために不可欠のものだと言わんばかりの物言いをしている。これを酒飲みの身勝手な屁理屈と片づけるのは簡単だが、ここにはそういう世上一般の酒飲みの自己弁解とは異なる、詩人の深い思い入れがあるようにも思われるのである。

その点で、とりわけわれわれの注目を惹くのは、「青春は酒抜きの酩酊／老年が酒を飲んで青春に返るなら／それはこの上なき徳というものだ」（V, 2ff.）という一句である。これを見れば、彼が「酒」こそ「青春へ返」る唯一の手立てと考えていることは明らかである。そして、彼のそういう発想が、「酒も飲めぬ奴に／恋する資格もないはず」（VII, 11f.）という一句に直結していくと見るのは、むしろ自然な受け取り方と言ってよいだろう。つまり、いまや老境に向いつつあるという現実を痛い程に認識しているゲーテにとって、「酒」こそが「青春」の輝きを実感させ、その「青春」の華とも言うべき「恋」の思い出を蘇らせてくれるための唯一の手掛かりと見えているようなのである。

そう見れば、彼が次の第Ⅷの歌において、「ここでズライカが登場するのはいかにしてもふさわしくない[11]」と思われる形で、再度ズライカとハーテムとの間に交わされる問答歌を配置した真意も、自ずから明らかだと思われる。私見によれば、これは「作者自身がかなり無造作にこのような編集をしてしまったのであろう[12]」というようなことではなく、むしろ反対に、作者としてはその思考の自然な流れ、当然な連想の一環として、何の抵抗もなく、この詩をここに配置したと見えるのである。

確かに、『ズライカの巻』がいったん閉じられた後で、ここでズライカが再び登場するのは、いかにも唐突であり、ここでは「彼女はむろん重要な役割はもたない[13]」のは事実である。しかし、他ならぬこのマリアンネ＝ズライカが詩人に青春の蘇り、いわば理想の恋の再現をもたらした経緯を見てきたわれわれにとって、ズライカの名前がここで再び言挙げされるには、それなりの必然性があったものと思われる。

これを要するに、第Ⅶの歌において「酒」と「恋」を密接不可分のものとして結び付けた当時の作者にとって、「青春」の華としての「恋」と言えば、ごく自然な発想の流れとして、「ズライカ」の名前が発せられたのではなかろうか。即ち、この巻においても、かすかながら未だに『ズライカの巻』の余熱が残っていると取れば、ここでズライカとハーテムが登場して来るのもさほど不自然なことでもないと言ってよいだろう。

ともあれ、この二人は次のような問答を交わす。

Suleika
Warum du nur oft so unhold bist?

Hatem
Du weißt, daß der Leib ein Kerker ist;
Die Seele hat man hinein betrogen;
Da hat sie nicht freie Ellebogen.
Will sie sich da- und dorthin retten,
Schnürt man den Kerker selbst in Ketten,
Da ist das Liebchen doppelt gefährdet,
Deshalb sie sich oft so seltsam gebärdet. (VIII, 1–8)

ズライカ

どうしてあなたは時々そんなに不機嫌な顔をなさるのかしら？

　ハーテム
知っての通り　肉体は牢獄だ
魂は騙されてそこに連れ込まれたが
そこでは肱を動かすのもままならぬ
そこかしこへ抜け出ようともがくなら
肉の牢そのものが鎖につながれて
そうなれば　いとしい魂は二重の危難にさらされる
魂が事ある毎に奇妙な振る舞いを見せるのは　そのせいなのだ

　このやりとりにおける老詩人ハーテムの発言の中で注目すべき点は、「肉体は牢獄だ」という言葉である。この考え方自体はゲーテの独創ではなく、ギリシア・ローマ以来の思想を借りているもののようであるが、[14] 彼はそういう古来の思想を借りながら、「魂は騙されてそこに連れ込まれたが／そこでは肱を動かすのもままならぬ」と言って、自らの日頃からの心情を吐露しているのである。そこには、マリアンネとの一件を初めとして、いかなる天賦の才や努力をもってしても抗し難い、「老齢」という過酷な現実を直視せざるを得ない老詩人ゲーテの自己認識があったものと思われる。そのことが、ズライカが鋭く指摘する「不機嫌な顔」の拠ってきたる真因なのである。その点でも、ここでの二人のやりとりは、この詩群全体に深い陰影を与えるために必要不可欠な一場面だと思われる。
と同時に、これは次のⅨの諧謔を引き出し、暗（＝厭世）から明（＝現世肯定、酒神讃歌）への鮮やかな転換を印象づけるための心憎いばかりの演出ともなっているのである。

Wenn der Körper ein Kerker ist,
Warum nur der Kerker so durstig ist?
Seele befindet sich wohl darinnen
Und bliebe gern vergnügt bei Sinnen;
Nun aber soll eine Flasche Wein,
Frisch eine nach der andern herein.
Seele will's nicht länger ertragen,
Sie an der Türe in Stücke schlagen.　(IX, 1–8)

肉体が牢獄だとしても
その牢獄がこれほど渇くのはなぜだろう？
魂はその中に安住し
心も満ち足りて座していたがるのに
肉体はワインのびんを
一本　また一本と流し込めと言う

こうなると魂はもう我慢しきれず
牢の戸口でそのびんを粉々にしたくもなろうというものだ

この詩は平行韻で一貫し、最初の一行目に行内韻を配しているが、そのこと自体がすでに、一種の言葉の遊戯性を暗示している。そして、「肉体は牢獄だ」という直前の詩におけるテーゼを盾に取って、「詩人」はここではその「牢獄」の「渇き」へと結び付け、その「渇き」は自然の生理として、「一本の酒びん」を求めるという論理へと展開してゆく。こういう我田引水の論理の展開を、「詩人」は百も承知の上で、自ら「心も満ち足り」た思いで楽しんでいるのである。その点でこれは、言葉と論理の二重の遊戯性を内包した詩なのである。その自由奔放な遊戯の精神が、「一本　また一本」と酒びんを求めるのは自然の勢いである。ここに至れば、「魂」が堪忍袋の緒を切って、その酒びんを「粉々」に叩き割ろうとあがいても、いささかも意に介することはない。「詩人」はこうして豪気な酒神讃歌を声も高らかに吟じながら、われわれを朗らかな酩酊の世界へと導き入れるのである。

このような前奏に迎えられて、いよいよこの巻の主題である少年＝酌童の登場とはなるのである。

酌童の登場

酒場で最初に出てきた給仕に対して「詩人」は、「おい無礼者　おれの鼻先に／酒びんをそんなに無作法に置くものではない！／おれに酒を供する者は　愛想よい目つきをするものだ／さもないと折角のアイルファーもグラスの中で濁ってしまう」（X, 1–4）と毒づく。この「アイルファー」という一八一一年産のぶどう酒は稀にみる美酒として、一八一四、一五年頃のラインの遊客を喜ばせ、ゲーテ自身もこれを称えるガゼールを物している程だが[15]、それほどの名酒も、給仕人の「無作法」で台無しになってしまうというわけである。「詩人」がここでこの給仕人を「無礼者」呼ばわりするのも、実は、次の酌童の登場をより効果的に演出するための呼び水なのである。

果たして、「詩人」は打って変った穏やかさでこの酌童に向って、「かわいらしい少年よ　入っておいで／どうして敷居際に突っ立っているのだ？／これからはきみをおれの酌童にしてやろう／きみの酌ならどの酒も美味で　見た目も美しい」（X, 5–8）と呼びかける。この好対照によって、この詩の眼目である「少年」と「酒」に対する詩人の愛は鮮やかに定着させられたのである。

このような場面設定を準備した上で、作者はいよいよ問題の少年の肉声を響かせることになる。「酌童は語る」と題するその詩句は次の通りである。

Du, mit deinen braunen Locken,
Geh mir weg, verschmitzte Dirne!
Schenk' ich meinem Herrn zu Danke,
Nun, so küßt er mir die Stirne.

Aber du, ich wollte wetten,

Bist mir nicht damit zufrieden,
Deine Wangen, deine Brüste
Werden meinen Freund ermüden.

Glaubst du wohl mich zu betrügen,
Daß du jetzt verschämt entweichest?
Auf der Schwelle will ich liegen
Und erwachen, wenn du schleichest.　(XI, 1–12)

とび色の巻き毛をしたあばずれ女
おまえなんか　とっとと消え失せろ！
ぼくが旦那様にお礼のお酌をすれば
あちら様は額にくちづけをして下さる

でもおまえは　賭けてもいい
それくらいでは満足しない
おまえの頬や乳房は
ぼくの大切な方を疲らすだけだ

おまえが恥じ入って逃げ出す素振りをしても
この眼をごまかせると思っているのか?
ぼくは敷居に横になって
おまえが忍び込めば　目を覚ましてやる

これらの詩句を見れば、たとえ「あばずれ女」が相手とはいえ、直前に詩人から「かわいらしい」と言われた、初々しさを感じさせる「少年」のイメージとはおよそ似つかわしくない、荒々しい、礼をわきまえぬ言葉遣いのように思われる。それはひとえに、自分に先んじて「詩人」の寵を得ているかに見えるこの女性に対する嫉妬心から来る、初心な、少年らしい独占欲と潔癖感の表れと言えるだろう。少年の「詩人」に対する呼び掛けが“Herr”から“Freund”に変わっている一事を見ても、彼のこの「詩人」に寄せる親愛の情は一目瞭然である。ただ、それにしても、この第Ⅺ詩節に見られる詩句は、いかにも訳知り顔のこましゃくれた物言いと言う他ない。これを作者の真意に即して考えれば、「詩人」はそんなことは百も承知の上で、この少年に敢えてこのような大人びた口をきかせているものと思われる。即ち、「詩人」は心地よい酔いを楽しみながら、意識的にこの一見場違いと見える表現をすることによって、少年の背伸びした忠誠心を浮き彫りにし、それによって自ずから醸し出される一種の滑稽感を現出しようとしているのである。と同時に、これは、この詩群全体を色濃く彩る官能性を、さりげなく演じ出す効果を果たしているのである。その点でこれは、プラトン的な少年愛とは本質を異にする、ゲーテ独自の官能性の表出なのである。

ともあれ、作者は「詩人」と「酌童」の位置関係をこのようにユーモラスに規定した上で、快い酔いにまかせて、この詩群の一つの大きな頂点とも言うべき第Ⅻの詩で、いよいよその真意を吐露する仕儀となる。

至高の酔い

Sie haben wegen der Trunkenheit
Vielfältig uns verklagt,
Und haben von unsrer Trunkenheit
Lange nicht genug gesagt.
Gewöhnlich der Betrunkenheit
Erliegt man, bis es tagt;
Doch hat mich meine Betrunkenheit
In der Nacht umher gejagt.
Es ist die Liebestrunkenheit,
Die mich erbärmlich plagt,
Von Tag zu Nacht, von Nacht zu Tag
In meinem Herzen zagt.

Dem Herzen, das in Trunkenheit
Der Lieder schwillt und ragt,
Daß keine nüchterne Trunkenheit
Sich gleich zu heben wagt.
Lieb-, Lied- und Weines Trunkenheit,
Ob's nachtet oder tagt,
Die göttlichste Betrunkenheit,
Die mich entzückt und plagt.　(XII, 1–20)

世人はおれたちを酔っぱらい呼ばわりして
あれこれとけなして来たが
おれたちの酔いっぷりの
本領を言い当てるには程遠い
並みの奴が酔っぱらったら
夜明けまで前後不覚に陥るが
おれが酔っぱらったら
夜どおしのお付き合いというわけだ
したたかにおれを責めるのは

他でもない　愛の酩酊というわけだ
そいつが昼夜を問わず　夜となく昼となく
心の中にわだかまって離れない
心は歌に酔い痴れて
ふくらみ高まる一方で
なま酔いなんどが背伸びをしても
及びもつかぬ程なのだ
日が暮れようと　夜が明けようと
愛と歌と酒に酔うこと
これこそが神に通じる至高の酔いというものだ
それがおれの至福　おれの悩みというわけだ

この詩は一言で言えば、内容と形式の融和の典型となっている。ゲーテが一八一一年産の名酒を称える詩をガゼール形式で物したことはすでに述べた通りだが、彼はここでも、東方起源の同じ形式を物の見事に自家薬籠中のものとしている。これはいかにも『西東詩集』の名にふさわしい、彼の東方熱を証明するに足る処置と言ってよいだろう。

ところで、この詩形式の最大の特徴はその押韻にあり、それは《aawawa...》という形を取るのを原則とするが、ゲーテのこの詩の場合は、《abab...》という交叉韻で一貫し、唯一、一一行目の孤韻によって全体の調和を破る形になっている。これが作者の意識的な処理であることは言うまでもない。

つまり、作者は前半十行の奇数行においては、《Trunkenheit》と《Betrunkenheit》の押韻を繰り返すことによって「酩酊」に対する世人の反応と、自らの「酔いっぷり」の違いを際立たせ、自分の場合は単に「酒」による酩酊というに止まらず、その本領はむしろ「愛」に由来するものであることを強調しているのである。こうして、この漸層法によって「愛の酩酊」という一語を詩の中に定着させた以上、それが「昼夜を問わず　夜となく昼となく／心の中にわだかまって離れない」というのは騎虎の勢いというものであろう。

換言すれば、彼は前半の単調な押韻において、酔っ払いの繰り言を巧みに詩中に取り込みながら、健全な酒の飲み方を強調しているカブル（Kabul）の書を意識して、[16]「昼夜を問わ」ず酔い痴れているわれとわが身を冗談めかして断罪しつつ、同時に、一一行目の破調によって、酔っ払いの足取りの乱れを暗示させ、その転調を通じて「愛の酩酊」という主題をさりげなく浮き彫りにしているのである。しかも、これを境にして、彼は後半でも相変らず同じ“Trunkenheit”の語を繰り返すと見せながら、「愛と歌と酒の陶酔」という三位一体を現出しているのである。それによって彼はこれを心置きなく、「なま酔いなんどが背伸びをしても／及びもつか」ぬ、「神に通じる至高の酔い」だと断言することが出来るのである。

こうして見て来ると、この詩は「酩酊」という一語を繰り返すことによって、その生態を巧みに写し取りながら、詩行の進行に従って次第に調子を高め、「至高の酔い」を高らかに歌い上げていく趣向になっていることが分るだろう。大らかな東方精神に遊びながら、その東方の詩形を自在に駆使して、この詩の主題を浮き彫りにしていくその手練の技は、まさにゲーテの面目躍如である。こうして彼は全篇に漲るユーモアのうちに、形式技巧と精神の高みを間然するところなく調和、融合させて見せたのである。

ともあれ、ここで快い酔い心地のままに日頃の真情を吐露した「詩人」は、再び酌童の方に目を転じ、以下、この二人の対話を軸にして後半の詩群が展開されていくことになる。

詩人と酌童の応答

さて、「詩人」は少年に、「酔ってはいるが／おれはおまえが目の前にいてくれるのが／うれしくてならぬのだ／かわいい奴め」（XIII, 4ff.）と言って、酔いにまかせた冗談と見せかけながら、われわれが冒頭に見た日頃からの少年愛をさりげなく垣間見せた後、昨夜に続く今朝の酒場の喧騒、狼藉振りをリアルに描写して見せる。それは例えば、「何という喧嘩沙汰　罵り合いだ！／笛はピーチク　太鼓はドンドン！／乱痴気も極まれり――」といった具合である（XIV, 4ff.）。

これだけを見れば、「詩人」はこの酒場の猥雑さを口を極めて非難しているように思われるが、事実は正反対で、その真意は、「だがこのおれもうれしさ　いとしさいっぱいで／その場に居合わせたのだ」（XIV, 7f.）というところにある。そういう彼の心情は、“Lust und Liebe voll” という頭韻による表現効果を見ただけでも一目瞭然である。そしてそのことが、「おれが礼儀作法を身につけなかったと言って／どいつもこいつも非難するが／そんな道学者連の小うるさい論争からは／超然としているのがおれの英知というものだ」（XIV, 9ff.）という後半の詩句につながっていく不可欠の伏線となっているのである。これによって彼は口舌の徒によるいたずらなお説教よりは、酒場の喧騒こそが人間の活力の源泉であり、その活力をもたらすものこそが酒の徳だという年来の心情を、ユーモラスに、生き生きと活写し得ているのである。まさに東方の詩境に悠然と遊ぶゲーテならではの酒神讃歌であるが、しかし、過度の飲酒によるツケが回って来るのも自然の理である。

「何というお顔付き！　旦那様　今日はこんなに遅くなって／お部屋からお出ましですね／ペルシア人ならそれをビダマグ・ブデン／ドイツ人なら猫の難儀と申します」（XV, 1-4）という酌童の言葉は、二日酔い（Bidamag buden, Katzenjammer）のために仏頂面をして、陽も高くなった頃に、足音を忍ばせるように部屋を出て来た「詩人」を、半ばからかいつつも、親身になって介抱しようという真情と、無意識の優越感まで感じさせて、少年の言動を巧みに写し取っている。

彼のその親愛感は、「ほっておいてくれ　かわいい奴め」（XV, 5）という詩人の応答にもいささかも動ずることはなく、駄々っ子を懐柔する親のような鷹揚さを見せて、ここでは老幼の立場が逆転しているかのような感さえある。とりわけ、

Schau! Die Welt ist keine Höhle,
Immer reich an Brut und Nestern,
Rosenduft und Rosenöle;

Bulbul auch, sie singt wie gestern.　(XV, 17–20)

ご覧なさい！　この世はがらんどうなんかじゃありません
いつだって鳥の巣やひな鳥
ばらの香りやばらの油に事欠かず
ブルブルだって　昨日に変らず歌っています

という、トロヘーウス、交叉韻で一貫した彼の言葉は、年若い少年とは思えぬ老成した物言いである。これが直前の「おれには世の中が気に食わぬ／陽の光り　ばらの香り／小夜鳴き鳥の歌声　何もかもが気に入らぬ」（XV, 6–8）という「詩人」の言葉を踏まえて言われたものであることは無論である。

それにしても、この酌童のいささかならず背伸びした言い回しには、われわれは少なからず違和感を覚えずにはいられない。察するに、これは老熟した「詩人」に対する少年のひとかたならぬ敬愛の念が昂じて、無意識の内に相手と同化しようという意識と化して、自ずからこのような老成した口振りになったものと思われる。「あなたをじっと見つめていると／あなたはこの酌童にくちづけを返して下さいます」（XV, 15f.）という一節は、そういう彼の心情を率直に物語るものである。

そう見れば、先ほどからの彼の一見世慣れした、大人びた言動も、無理なくわれわれの腑に落ちるのである。即ち、彼は自分に対する「詩人」の愛顧に応えようとして、持てる限りの熱誠をもって、詩人の心を慰めようとしているのである。

しかるに、少年のこのけなげな努力にもかかわらず、「世間」に対する「詩人」の憤懣は一向に収まらず、むしろ激化する一方である。彼のその怒りのすさまじさは、例えば次の如くである。

Jene garstige Vettel,
Die buhlerische,
Welt heißt man sie,
Mich hat sie betrogen
Wie die übrigen alle. (XVI, 1–5)

あの胸くそ悪い鬼ばばあ
媚びを売るくされ女
それが世間と呼ばれるのだ
おれはそいつに欺かれた
他のみんなと同じように

「世間」のことを「あの胸くそ悪い鬼ばばあ」、「媚びを売るくされ女」と極め付けている一事を見ても、われわれはいやでも「詩人」の常軌を逸した激情の暴発に驚かざるを得ない。ここには単に二日酔いの不興から来る暴言とばかりは片づけられぬ、日頃から積もりに積もった「詩人」の不満が凝縮されていると感じざるを得ないからである。彼が「世間」に対してこれほどまでの敵意を抱くに至ったのも道理、それは彼から「信じる心を取り上げ／それに次いで希望／今度は愛に刃を向けようとした」（XVI, 6–9）からに他ならない。いずれも、「詩人」にとって何にも換え難い重要な徳目であるが、中でも、愛の詩人ゲーテにとって、「愛」が最後の命綱であることはいまや多言を要しない。

この「辛くも守り抜いた宝を／永遠に保護するため」に、彼はそれを「智恵をしぼって／ズライカとサーキーの間に分かち合っ」た結果（XVI, 11ff.）、「おれは以前よりも豊かになった」（XVI, 18）と断言するのである。この自負の拠ってきたるゆえんを、「詩人」は次のように歌ってこの詩を締めくくる。

Den Glauben hab' ich wieder!
An ihre Liebe den Glauben;
Er, im Becher, gewährt mir
Herrliches Gefühl der Gegenwart;
Was will da die Hoffnung!　(XVI, 19–23)

おれは信ずる心を取り戻したのだ！
ズライカの愛に対する信頼を
サーキーは盃になみなみと酒を満たして
この世にあることの有難さを与えてくれる

この上　希望が何を欲することがあるだろう！

上の詩句における“ihre Liebe”,“Er”がそれぞれ誰のことを念頭に置いて言われているのかをめぐっては、種々の議論があることは小栗氏の紹介の通りであるが、[17]われわれはあくまで、ihre＝Suleika, Er＝Sakiとして受け取りたい。序でに言えば、ここで言われている“Glaube”という語も、一般的な宗教的な意味での「信仰」というよりも、むしろ「愛を信じる心」という意味に解したい。

というのも、「詩人」は先に「世間の刃」がいよいよ「愛」に向けられた時に、辛うじて身をかわして「逃げ出し」、やっとの思いで「救い出したこの愛という宝物」を「永遠に保護するため」に、それを「ズライカとサーキーに分かち与えた」と歌っていたからである。この時期の作者が「愛」と言えば、それは「ズライカ」に対する愛を意味するものに他ならないことは、われわれがすでに前章で見た通りである。つまり、ここでは未だに直前の『ズライカの巻』における情念が、彼の胸中に根強くわだかまっていたものと思われるのである。彼の論理から言えば、ズライカとの愛を断念せざるを得なかったのも、ひとえに「世間」という名の常識、現実世界の制約なのである。そう見れば、「おれには世の中のことが気に食わぬ」という先ほどの厭世観が、われわれの想像以上に根深いものであったことも自ずから明らかであろう。

その根深い怨みの念が、このEr＝Sakiという酌童の存在によって、「この世にあることの有難さ」を改めて身にしみて感じさせられるという幸運によって、残る隈なく癒されたのである。それが“Den Glauben hab'ich wieder!”という一文に見られる“wieder”という一語と感嘆符に込められた「詩人」

の真意だったのである。そこに至れば、「この上、希望が何を望むことがあるだろう！」と言うのも、ごく自然な心理の動きであることも理解出来るだろう。

要するに、彼はここで初めて女性への愛と酒という、二つながらの楽しみをわが物にすることが出来たのである。Suleika と Saki はこの二つを象徴するのに不可欠の名辞なのである。そして、これによって彼は、「信」と「愛」と「希望」というキリスト教的な基本的徳目さえも乗り越えて、「東も西も一つである人間肯定の境地に通じ」るに至ったのである。まさに、「既成宗教の立場をフモリスティッシュにのりこえることは、一層深い意味で宗教的といってさしつかえない[18]」のである。われわれはここにも、東方の世界に遊びながら、自由で普遍的な世界を現出して見せるゲーテの柔軟で広やかな精神を認めざるを得ない。

酌童の純情

これに続く第XVIIの詩は、食後の戯れに作られた軽い機会詩と見えながら、意味深長な機知を潜めていて、興味深い作品となっている。

Heute hast du gut gegessen,
Doch du hast noch mehr getrunken;
Was du bei dem Mahl vergessen,

Ist in diesen Napf gesunken.

Sieh, das nennen wir ein Schwänchen,
Wie's dem satten Gast gelüstet;
Dieses bring' ich meinem Schwane,
Der sich auf den Wellen brüstet.

Doch vom Singschwan will man wissen,
Daß er sich zu Grabe läutet;
Laß mich jedes Lied vermissen,
Wenn es auf dein Ende deutet.　(XVII, 1–12)

今日はたんとお食べになりましたが
それ以上によくお飲みでしたね
御食事の折にお飲み忘れの分は
この鉢に沈んでおります

御覧下さい　満腹のお客様でも手が出るこの逸品を
ぼくらはちっちゃなスワンと呼んでおります

ぼくはこれを波間で胸を張る白鳥に比すべき
先生に差し上げたいのです

でも歌う白鳥といえば
自ら弔いの鐘を鳴らすという話です
それがあなたのご臨終を指すのなら
そんな歌は一切御免に願います

この詩については、特に Schwänchen と Schwan をめぐって、種々の意見のあることがすでに小栗氏によって指摘されている[19]。それによれば、この語には、（一）食卓の余り物で、家族への手土産にもなる、（二）現実の白鳥、（三）死に臨んで鳴くと言われる白鳥、（四）食後の飲み物、という意味がある由だが、われわれはこの Schwänchen を「食後の飲み物」、Schwan を白鳥のイメージに託した「詩人」の意に解したい。

まず、最初の Schwänchen についてであるが、第一詩節四行目の "Ist in den Napf gesunken" という措辞からして、これはやはり「液体が鉢の底に沈澱している」情況と解する他ないと思われるからである。しかも、それは「満腹のお客様でも手が出る」ほどの逸品であるというのだから、これが仮にも食卓の余り物だとしては、文意を損ねるのも甚だしいと言わざるを得ない。酌童はこのおいしい飲み物を、敬愛おく能わざる、白鳥に比すべき「詩人」に賞味してもらいたい一心で、"Dieses bring' ich meinem Schwane" と言っているのである。従って、この "Dieses" という指示代名詞が、文字通り直前の Schwänchen という中性名詞を指示することは文法上、文意上から至極当然のことであり、結果的には同じこととはいえ、これをわざわざ、"Was du bei meinem Mahl vergessen" を指すと取るまでもないと思われる。[20]

更には、この Schwänchen という語に触発されて、その自然な連想から Schwan という語が導き出されたものと考えられる。この語が詩人を意味することは、フィッシャーの語解にも出ている通りであり[21]、酌童の胸中ではこれが神話の白鳥と結び付けられているのである。これによって、彼の連想は更に展開して、辞世の歌へとつながっていくのである。それが最終詩節の "Singschwan" という語に込められた真意だと思われる。そう見れば、「それがあなたのご臨終を指すのなら／そんな歌は一切御免に願います」という結びの一句も、酌童の純情が言わせた自然な思いを伝える言葉だということも分るだろう。

以上見てきた通り、この詩は諸家が思弁的な解釈を誇るほどの複雑な性格を内包するものではなく、酌童の「詩人」に対するひたむきな親愛の情を、極めて率直明快に歌い上げた一篇なのである。そして、彼のそういう心情は止まることを知らず、次の第XVIIIの詩では一層はっきりした形を取ってわれわれに訴えかけて来るのである。

Nennen dich den großen Dichter,
Wenn dich auf dem Markte zeigest;

Gerne hör' ich, wenn du singest,
Und ich horche, wenn du schweigest.

Doch ich liebe dich lieber,
Wenn du küssest zum Erinnern;
Denn die Worte gehn vorüber,
Und der Kuß, der bleibt im Innern.

Reim auf Reim will was bedeuten,
Besser ist es viel zu denken.
Singe du den andern Leuten
Und verstumme mit dem Schenken.　(XVIII, 1–12)

あなたが市に姿を見せると
みんなは大詩人とほめそやします
あなたが歌えば　ぼくは喜んで聞き入ります
でも沈黙されると　じっと耳を澄まします

けれどもっと好きなのは

思い出のよすがにと　くちづけして下さる時です
言葉は移ろい行きますが
くちづけ　これだけはいつまでも心の奥に残るからです

韻に韻を重ねることにも何がしかの意味はありますが
もっとよいのは思いを重ねることです
他の人には歌ってやって下さい
そして酌童のぼくといる時は何も言わないで下さい

第一詩節の奇数行を除いて交叉韻という「韻に韻を重ね」、各行四ヘービッヒのトロヘーウスで一貫したこの詩の眼目は、そのアンチテーゼの妙にあり、それによって「詩人」に対する酌童の思いが漸層的に高まっていく点にある。

これを具体的な詩句に即して見てゆくと、まず第一詩節では、後半の "singest" と "schweigest" が対比され、それに応じて "hör'" と "horche" という動詞が対置されている。とりわけ、最終行の "Und ich horche, wenn du schweigest." という措辞が目を惹くが、これによって「詩人」に対する酌童のひとかたならぬ思い入れが、さりげなく暗示されていることは言うまでもない。

この序曲に続く第二詩節は、いわばこの詩のヤマ場とも言うべき部分であり、これだけを取り出して読めば、まるで男女間の睦言かと思われるほどの濃密な感情が横溢している。それはひとえに、"ich liebe dich", "du küssest", "der Kuß" といった詩句に由来するものである。これはまさしく、酌童が「詩人」に寄せる熱烈な愛の歌なのである。中でも注目されるのは、ここで "die Worte", "der Kuß" という語が対置され、前者が「移ろい行」くのに対して、後者は「いつまでも心に残る」と断じられていることである。これを見れば、この酌童が「詩人」に求めているものが、肉体的接触を通じた、確固とした愛の証であることは一目瞭然である。その点でこれは、危ういばかりの官能性を秘めた歌となっている。

これに続く最終詩節は、当然ながら前節の余韻を響かせつつ、これを更に詩的に昇華させたものである。即ち、作者はここで先ほどの "Worte" の典型としての "Reim" という語を導き出し、「韻に韻を重ねることにも何がしかの意味はある」と言いながら、「もっとよいのは思いを重ねることです」と結論づけているのである。これが酌童に託した「詩人」自身の思いの核心であることは無論である。そう見れば、"singe" と "verstumme" という最後の対比に込められた作者の深い心情も自ずから明らかだろう。

このように、一見軽い装いに見えるこの詩は、その構成美、官能性、思想性が渾然一体となって愛の真実を歌い取った、巻中有数の作なのである。しかるに、作者は年甲斐もなくむきになって、愛の真実を歌おうとした自らのナイーヴさを隠すかのように、次の第XIXの詩では再び肩の力を抜いて小休止するのである。この緩急の妙は、まさに手練の技と言う他はない。

詩人の酩酊

「おい　小僧！　もう一杯だ！」と言って、斗酒なお辞せずといった趣の「詩人」の要求に対して、「ご主人様　もうたらふくお召しです／底無しの飲んべえと言われますよ！」とたしなめる酌童の応答で始まるこの軽妙な二人のやりとりは、一場の幕間劇といった態を装いながら、少年に対する「詩人」の深い親愛と、同時に、マホメットに対する作者の反撥をさりげなく潜ませていて、極めて暗示的である。「詩人」の少年に対する愛情は、その言々句々に見て取れるが、中でも、「かわいい奴め！／誰も聞いていなければ　おまえだけに教えてやろう」（6f.）という一文は、掌中の孫息子に向って大事な秘め事を打ち明ける老人のような口調である。ここには老詩人ゲーテの、自らの孫息子に対する日頃の親しい感情も投影されているようであり、彼のくつろいだ遊び心も垣間見られて興味深いが、その実、このさりげなさの裏には、思いのほかに激しい彼の不満が隠されているのである。そのことは、「マホメットがそれ（飲酒）を禁じています」（5）という少年の言に触発されて、「詩人」はマホメットに対する日頃からの不満を一気に爆発させるのである。

Horch! wir andren Musulmannen
Nüchtern sollen wir gebückt sein,
Er, in seinem heil'gen Eifer,

Möchte gern allein verückt sein.　(XIX, 9–12)

いいかい！　おれたち　並みの回教徒は
しらふで腰をかがめていろというのだ
あの預言者だけがひとり気違い水を飲んで
聖なる気分に浸っていたいというのだ

トゥルンツの註によれば、ゲーテはエルスナーのマホメット伝中の「酩酊の特権を独り占めにするために、預言者は信徒に飲酒を禁じたと思われる」という一節を読んでいた由であるが[22]、あれほど東方世界に傾倒していた彼も、ここではその西東的人間の装いをかなぐり捨てて、激情を露わにしている。それは、預言者に“verrückt”の一語を投げつけている一事からも明らかに見て取れる。その点でこれは、われわれが先に見た第Ⅳの歌におけるコーランに対する彼の疑念と相通じるものがある。出来る限り回教世界の本質に迫ろうとするゲーテではあるが、その一方で、彼はマホメットとの間に越え難い溝があることも痛感せざるを得なかった。彼のそういう心情は例えば次の言にも明らかである。

「……彼は言う、自分は預言者であって詩人ではない、それゆえ、コーランも神の掟とみなされるべきであり、間違っても教育または娯楽のための人間の書などと見てはならない、と。……しかるに詩人は神から授かった才能を享楽のうちに浪費することによって享楽を生み出し、その生み出されたものによって名誉を、場合によっては安楽な生活を手に入れようとする。他の目的はすべてなおざりにして、多様であろうとし、志向においても表現においても無際限であることを見せようとする。それに対して預言者は唯一の定まった目的のみに意を用いる。その目的を達するために、最も簡便な手段を用いる。何らかの教義を告げ知らせようと願い、その教えによって、軍旗の周りに集めるように諸民族を教えの周りに集めようとする。……」[23]

ここには「詩人」と「預言者」の本質的な相違に対するゲーテの深い洞察が提示されているが、彼のマホメット批判は止まるところを知らず、「文学に対して、マホメットはきわめて一貫した嫌悪を示し、あらゆるお伽噺を禁じている……」と断ずるに至る。[24]「多様性」と「無際限」の自由な精神活動こそが至上であるとする「詩人」にとって、「唯一の定まった目的」を事とする預言者の姿勢が、許し難い偏狭さと映るのは見易い道理である。そして、「詩人」によれば、彼にとって不可欠の精神の自由な飛翔、詩的霊感をもたらすものこそ、酒による酩酊の徳なのである。そういう彼が、その機微を解せぬ道学者的な俗人に対して厳しく反論するのも、当然な成り行きであろう。「詩人」は次の第XX歌において、Saki＝酌童とHatem＝老詩人の対話という形を取りながら、彼の日頃の思いを吐露するのである。

未熟の英知

この詩における二人のやりとりには、相互の親愛の情と「詩人」の人生知が満ちている点で、全篇の白眉と言っても過言ではない。

まず、少年は「千の火花が飛び散」り、「テーブルを叩いて／思いの丈をぶちまけ」て、「隅にいる坊さんたちが／偽善者らしく身を隠す」（XX, 1-8）ほどの、傍若無人といった観の「詩人」の酔いっぷりを見て不安にかられ、その身をいたわり、かつは自らの成長ぶりを認めてもらう好機とばかりに、師と頼む「詩人」に忠告の言葉を発するのである。

Sag' mir nur, warum die Jugend,
Noch von keinem Fehler frei,
So ermangelnd jeder Tugend,
Klüger als das Alter sei.　(XX, 9–12)

どうぞ言って下さい　どうして若者は
まだどんなしくじりをするかも知れず
美徳の一つも身につけていないのに
老人よりも賢いのでしょう

これは見ようによっては、自らの賢さを誇る、小生意気で鼻持ちならぬ少年の言辞だとも見える。だが少年の心情に即して考えれば、これはむしろ、自分がここまで成長出来たのも他ならぬ「詩人」のお蔭なのだという感謝の念と、それを相手にも認識してもらいたいという、少年らしい初心《うぶ》な功名心に由来するものと解する方が、作者の真意に近いだろう。

それというのも、これを聞いた「詩人」は、少年の出過ぎた言動をたしなめるどころか、「まさにそのゆえにこそ　かわいい少年よ／きみはいつまでも若く　賢いままであるがよい」（XX, 17f.）と応じているからである。これが Kabus 第九章の「わが息子よ　おまえは若年とはいえ　老人に劣らぬ思慮と賢明さを持つがよい」という一節と符節を合わせるものであることは、モムゼンの指摘する通りであるが、[25] いずれにしても、ここには「天がはらむもの　地が抱くもの／その全てを知り尽し」た（XX, 13f.）老「詩人」のゆとりと、未熟ながら確かな成長の道を進む少年に対する限りない愛情が充満している。と同時に、この老「詩人」の胸中には、自らの過ぎた青春に対する万感の思いが去来しているものと思われる。彼によれば、未熟ゆえの英知にこそ、世慣れた老人の世間知のはるかに及ばぬ真実が秘められているのである。それが "Eben drum, geliebter Knabe, / Bleibe jung und bleibe klug." という一文に込められた真意なのである。しかも、作者はそれを徒な感傷に陥ることなく、むしろ、少年に対する無限の愛情を、フモールの衣に包んで提示しているのである。対する少年が、「詩人」のそういう愛情に応えて、成長の無限軌道を進んで行くであろうことも想像に難くない。

　ところで、「詩人」は上の如く、少年に対する愛と励ましを与えた上で、「詩を作るのは天の恵みには違いないが／この世ではまやかしなのだ」（XX, 19f.）という、注目すべき言を発する。これはわれわれが先に見た『歌びとの巻』の中の「告白」と題する詩と、相通ずる「詩人」の心情の表白と思われる。即ち、作者はそこにおいても、「火」、「昼間の煙」、「夜の妖しい炎」にまして、「恋」を「隠し難い」とした上で、「とりわけ隠し難いのは詩だ」として、「詩人が詩をさわやかに歌い上げるや／……／誰彼となく嬉々として声高らかに読み上げて／それが苦の種になろうと　はたまた感動の泉になろうと　構いはしない」と、「詩人」としての本能的とも言うべき真情を「告白」していたが、上の詩句も実質的にはこれと同じであることは疑いない。ここには、「詩」が世人からはたとえ「まやかし」として退けられようと、心の真実を訴えるには「詩」という器を借りるに如くはない、という「詩人」の昂然たる自負がある。なぜなら、「詩を作ること、それ自体がすでに心の内を明かすこと」なのだからである。まさに『詩と真実』の作者たるゲーテの面目躍如である。そしてこれは、「神の掟」としてのコーランをも超え、東西という地理的制約をも脱却した、自由の天地に羽ばたく精神の躍動こそよしとするゲーテ晩年の詩境を物語るものである。そういう境地にある「詩人」の言葉が、自ずから少年の精神を高い境地へ導く原動力ともなることは、改めて断るまでもない。こうしてわれわれもいよいよ、この巻の頂点を成す「夏の夜[26]」に辿り着くことになる。

詩人と酌童の友情

巻中で最大の五十六行にわたって、二人の間で交わされる対話体という形で展開され、「両者の友情が最も情愛深く表れている[27]」とされる「夏の夜」と題される詩は、次のような「詩人」の言葉で歌い出される。

Niedergangen ist die Sonne,
Doch im Westen glänzt es immer;

Wissen möcht' ich wohl, wie lange
Dauert noch der goldne Schimmer?　(XXI, 1–4)

陽は沈んだが
西空はまだ明るい
あの金色の輝きはいつまで続くのか
知りたいものだ

日没になっても「西空はまだ明るい」という冒頭の詩行、及び直後の少年の応答から見て、この「夏の夜」が日照時間の最も長い夏至の頃の夜であることは間違いない。多くの論争を呼んでいると言われる後半二行についても、[28] われわれはテキストの流れに即して、酔いで上機嫌の「詩人」が、盃からふと目を上げた視線の先にある明るい西空に気付き、自然の神秘に改めて心を打たれて発した軽いつぶやきと解したい。そのことが目の前の少年に対する巧まざる問い掛けともなって、五行目から三六行目に至る酌童の熱弁を導き出す誘い水ともなっているのである。この極めて自然でスムーズな対話の流れこそ、両者の緊密な心の結び付きをさりげなく暗示する作者の演出の妙なのである。

　果せるかな、少年は「詩人」の思惑通りに、間髪を入れずといった感じで、「先生がお望みなら　ぼくはこのままここにいて／天幕の外で待っていましょう／夜の闇が陽の光を征したら／すぐにお知らせにまいりましょう」（XXI, 5ff.）と応じて、敬愛する「詩人」の期待に応えようと、嬉々として夜の見張りを引き受け、勢い余って彼なりの宇宙観まで得々として弁じたてるに至るのである。

「神の前ではすべてが壮麗です／神は至上の存在だからです」（XXI, 17ff.）という一言などは、「詩人」から聞きかじった考えをそのまま引き継いだ生硬な言だと片づけられもしようが、少年一己の心情に即して考えれば、それもこれもすべて、「これまで先生からお聞きしたことは／この胸から消え去ることはないでしょう」（XXI, 27f.）という通り、彼の無垢な純情に由来する。未熟であればこそ、彼は「詩人」の教えを自分なりに吸収した、その成長の跡を証明してみせたいのである。「先生のお供をして万有を称えられれば／これにまさる光栄はないでしょう」（XXI, 35f.）という締めくくりの言は、そういう彼の全的な帰依の念の表白に他ならない。こうして彼は、「詩人」と共に壮大な宇宙の神秘に心ゆくまで感じ入り、創造主への讃歌を歌い上げることが出来たのである。

しかるに、「詩人」は少年に向って、「さあお入り　数ある中でも最愛の息子よ／天幕の奥に入って戸を閉めなさい」（XXI, 53f.）と言って、寝に就くよう促すのである。彼がそう言うのも、一つには、夏至の今夜は容易に漆黒の闇とはならず、「夜がさまざまの不可思議を見せるまでには／長いこと待たされるやもしれぬ」（XXI, 39f.）ことを知っているからである。それよりも注目すべきことは、「詩人」がここで少年に “lieblichster der Söhne” と最上級の形容詞をもって呼びかけていることである。この一事を見ても、その心情の程は容易に察せられるが、それだけに「詩人」は、少年を女性から守らなくてはならぬと思うのである。それというのも、「一時やもめのアウローラが／ヘスペルスへの思慕に胸を焦が」し（XXI, 43f.）、「太陽と共に逃れた愛人に／追いつこうと取り乱し」た挙げ句に（XXI, 50f.）、「おまえの美しさをヘスペルスと見紛って／かどわかすかもしれない」（XXI, 55f.）と危機感を募らせているからである。官能の魅力だけを頼りにして、男心を惑わす女性に対する警戒感については、作者はすでに第XIの歌において酌童の言葉という形を取って表明していたが、それがここでは、「夜になったら悪魔にさらわれぬように子供を家に入れて戸を閉ざしなさい」というイスラムの伝承と、ギリシア（ローマ）の神話世界とを自由に結び付けて、一層広やかな形象のうちに想像の翼を飛翔させているのである。東西の世界を自在に飛び越えるこの変幻自在な精神こそ、西東的人間を自負するゲーテの面目躍如である。[29] こうしてこの「詩人」の言葉は、先ほどの酌童の言と表裏一体の絶妙なハーモニーを奏でつつ、両者の緊密な結び付きを揺ぎなく定着させてみせるのである。ここまで来れば、少年がこの「詩人」の言葉に満ち足りて、眠りにつこうとするのも自然の理と言うべきだろう。最後の第XXIIの歌はそういう安息の思いを伝えて余すところがない。

少年は「四大のうちに神の現前を見る」という「待ち焦がれてい」た真理を、「詩人」の口から「こんなにも優しく授けられた」ことを喜び、「とりわけうれしいのは、あなたに愛されていること」と言って、満腔の感謝を示しつつ、安らかな眠りに入る（XXII, 1–4）。

「詩人」はその愛らしい寝顔に見入りつつ、更に盃を傾けようとする。しかし、彼がここで口に含む酒は、巻中冒頭の騒々しい酒場で飲む酒とは一転して、「静かに、静か」に、彼の心身に沁みて来る神酒のようである。“Ich trinke noch, bin aber stille, stille.”（XXII, 11）という一文は、そういう彼の「静か」な充足感を伝えるものである。ここに至れば、第Iの歌で歌われていた地上の酒が天上の神酒へ変じていることは言うまでもない。彼はまさに自ら「四大のうちに神の現前」を肌身に感じつつ、ひとり静かに盃を重ねるのである。

以上見てきた通り、作者はこの巻において西から東、地上から天上へ自在に精神を飛翔させ、プラトン的な少年愛を契機にして、酒の徳を称えつつ、「神の現前」に肉迫する崇高な精神のドラマを演じて見せたのである。

註

（1）Vgl. GW. Bd. II. S. 611.
（2）Gundolf, Friedrich: Goethe. Wissenschaftliche Buchgesellschaft Darmstadt 1963. S. 648.
（3）Burdach, Konrad: Vorspiel. Gesammelte Schriften zur Geschichte des Deutschen Geistes. 2. Bd. Goethe und sein Zeitalter. S. 303.
（4）GW. Bd. II. Noten und Abhandlungen zu Besserem Verständnis Des West-Östlichen Divans. S. 202f.
（5）Vgl. Staiger, Emil: Meisterwerke Deutscher Sprache aus dem neunzehnten Jahrhundert. Atlantis Verlag AG Zürich. 4. Aufl. 1961. S. 123f.
（6）Johann Wolfgang Goethe. Gedenkausgabe der Werke, Briefe und Gespräche. Artemis-Verlag Zürich. 28. August 1945. Bd. 24. Gespräch mit Goethe. S. 677.
（7）Vgl. GW. Bd. II. S. 538.
（8）小栗浩『「西東詩集」研究』郁文堂、東京、一九七二年、八九頁参照。
（9）小栗、九〇頁参照。
（10）小栗、九〇頁参照。
（11）小栗、九二頁。

(12) 小栗、九二頁。
(13) 小栗、九二頁。
(14) 小栗、九二頁。
(15) Vgl. Burdach: S. 263ff.
(16) Vgl. Mommsen, Katharina: Goethe und Dietz. Akademie Verlag Berlin 1961. S. 114ff.
(17) 小栗、一〇五頁以下参照。
(18) 小栗、一〇七頁。
(19) 小栗、一〇九頁以下参照。
(20) 小栗、一一〇頁参照。
(21) Vgl. Fischer, Paul: Goethe — Wortschatz. Emil Rohmkopf Verlag Leipzig 1929. S. 553.
(22) GW. Bd. II. S. 615.
(23) a.a.O., S. 143.
(24) a.a.O., S. 145.
(25) Mommsen: S. 118f.
(26) Vgl. GW. Bd. II. S. 615.
(27) Staiger: S. 124.
(28) 小栗、一二七頁以下参照。Staiger: S. 125.
(29) Vgl. Staiger: S. 132.

ゲーテとオリエント（三）

——ゲーテの天上の愛

ゲーテがこれまで『ズライカの巻』でハーテムとズライカの間の相聞を歌い、『酌童の巻』において老人と少年の間の同性愛を歌って来たことはすでに見た通りであるが、そういう地上的な愛の讃歌を経て、彼はこの『楽園の巻』では、それを昇華した「楽園における愛」を歌うことによって、一連の愛の讃歌を完結させることになる。しかも、ここで言う「楽園」が、一応はマホメットによる回教的楽園という装いを見せながら、実は、特定の宗教の枠を脱した、はるかに自由で伸びやかなものとして捉えられていることは、「東方は神のもの！／西方は神のもの！／北や南の地は／神の御手に守られている」（「護符」I, 1–4）という詩句や、自身の次の言からも容易に見て取れる。

「マホメット的信仰というこの領域にもなお多くの霊妙な場が残されている。それは、そこで逍遥し、そこに移り住みたくなるような楽園中の楽園である。ここでは遊び心と真剣さがまことに好ましく結び合って、浄化された日常はわれわれにより高きところ、至高のところへ至り着くための翼を賦与してくれる。そもそも、マホメットの魔法の馬にうちまたがって、諸天を翔け巡ろうとする詩人の思いを阻むものがあるだろうか？　コーランが全き形で天空から預言者の許にもたらされたあの聖なる夜を、詩人が畏敬の思いを込めて歌い称えていけないわけがあろうか？　ここにはなおもたくさんの収穫があるはずだ。[1]」

つまり、「マホメットの魔法の馬にうちまたがって、諸天を翔け巡ろう」というのが、ゲーテという「詩人の思い」の核心なのである。これはまさに、「ペルシアの神秘主義的思想に対する作者の立場[2]」が如実に投影された、ゲーテならではの世界把握と言ってよいだろう。

しかるに、その一方で、ここにはいまなお、ハーテムとズライカの相聞の余韻が随所に響いているのも、否定し得ぬ事実である。逆に言えば、詩人が表向きは天上的世界を舞台にしながら、絶えず地上的世界へ回帰しようとしていることが、われわれにはこの巻の尽きせぬ魅力の源泉であるように見えるのである。

本章ではこのような視点から、ゲーテの天上の愛の特異性を考えてみることにしたい。

『楽園の巻』の構成

テキストの検討に先立って、ここではまず、この巻の構成を概観しておくことにしたい。というのも、ここに収められた個々の作品は、それぞれが密接に関連し合っているからである。

グンドルフは巻中の十一個の詩を三つのグループに大別し、それぞれの詩群の本質的な位置づけを簡潔明快に要約しているが(3)、ここではトゥルンツに従って、この巻の全体像をあらかじめ見ておけば、それはおよそ次の通りである(4)。

この巻に収められている長短十一個の詩は、それぞれが有機的に結び付いて一つの緊密なつながりを形成している。それぞれの詩が、それに先行する詩を前提として作られているのである。それによってわれわれは、楽園にいるのがどんな男たちであるのか、そして更に、(マホメットの教義によれば極めて稀なことだが)そこに到達するのはどんな女たちなのかを知ることになる。そして今度は「詩人」自らがその後に続くという構成になっている。彼は最初の詩において楽園への入場を切望し、それに続く詩群ではその門の内に身を置く。これと並行して、いかなる動物たちがそこへやって来たかが語られる。この形象は軽やかに、多彩に、遊戯的に提示され、「より高きものと至高のもの」(Höheres und Höchstes)という詩の終りで再び取り上げられるが、そこで問題となるのは、より高き領域への飛翔という主題である。それに先立って、『ズライカの巻』における場合と同様に、多くの対話が交わされる。

ここでは楽園は地上の生の継続として表れるが、但し、それは当然ながら、地上的生の制約から免れており、地上的な愛は事後に再び讃美されるのである。それを発する言葉は、明朗さと深刻さの中間を漂っている。「より高きものと至高のもの」のような作品でさえ、いまだにこうした文体が広く見られ、それが崇高な祝祭的気分に変じるのは、ようやく最後の数詩節においてのことである。しかし、この詩集はそれをもって終りとするわけにはいかず、物語の終章(「眠る七人」)は再び地上の生へと戻って行くが、但し、ここでの地上の生が、同時に神的な奇蹟を内包していることは言うまでもない。ここに至って「西東詩集的文体」、即ち、此岸と神的なものの交互作用が完結するのである。

この『楽園の巻』は他のすべての巻の上にいわばアーチを成して、それらの巻が放射するものを照射し返す形になっている。こうして、この巻はまた「詩人」の詩的自我（Ich）をも投影しているのである。言い換えれば、この詩集の諸々の壮大なモティーフが再度変容させられ、拡大されるのである。つまり、『歌びとの巻』における「詩作」というテーマ、『ズライカの巻』における「恋」というテーマは、この時点から新たな光を帯び、一群の連作が完成されることとなる。その時々にふさわしい韻律を駆使した言葉遣いは、軽やかで香り高く、荘厳な明澄さ、東方的な色彩の華やかさ、天上的な神秘を湛えて輝きわたるのである。

序曲

この詩の冒頭を飾る詩は「先触れ」（Vorschmack）と題されるが、この題名そのものがすでに軽いフモールとイロニーを湛えている。それというのも、「真の回教徒が楽園について語る／自らがそこにいたことがあるかのように」（I, 1f.）という歌い出しからして、「詩人」はこの詩においては未だあくまでも地上に身を置きながら、文字通り楽園について「先触れ」をしているに過ぎないことを自ら告白しているからである。その点でこれは、『ズライカの巻』の「愛し合いつつ　互いにさわやかになることは／楽園の歓喜であるだろう」、「いとしいきみを愛撫し　神にも紛うその声の響きを聞き分ける／そんなことがほんとに有り得るなんて！」という詩句に見られるモティーフと通い合っている。(5) つまり、「詩人」はここでは今なお、地上におけるズライカとの交歓の余韻を色濃く引きずっているのである。

その一方で、彼はまた、地上における愛の思い出にいつまでも纏綿としていることを潔しとせず、それを楽園という「永遠の空間」に解き放とうとしているように見える。ゲーテとマリアンネとの出会いと別れが一八一四年、この詩の成立が一八二〇年ということを考えれば、この間の時間の経過がこの詩人の心境に微妙な変化をもたらす一つの大きな要因になったであろうことは想像に難くない。つまり、この間にゲーテの彼女に対する愛情は純化され、昇華されたものと考えられる。その消息を物語るのが次の第Ⅲ詩節である。

Deshalb entsendet er den ewigen Räumen
Ein Jugendmuster, alles zu verjüngen;
Sie schwebt heran und fesselt ohne Säumen
Um meinen Hals die allerliebsten Schlingen.　(III, 9–12)

それゆえ彼（＝預言者）は万物を若返らせようとして
永遠の空間に青春の雛形を送り出す
彼女は漂い近づいて　ためらいもなく
この首に世にも愛らしい輪を括り付ける

一行目第五詩脚を除いてヤンブスを主調とし、交叉韻で歌われるこの詩節を見れば、彼がかつてあれほどの昂揚を見せて愛した相聞の相手ズライカを、いまや「青春の雛形」として自らの胸中に沈澱させ、しかもそれを「永遠の空間」に解き放とうとしていることが分る。それによって彼が彼女と絶縁しようとするものでないことは、「万物を若返らせようとして」という一句からも明らかである。つまり、ここでは彼の心の動きはすでに、地上における個別的な愛の世界を超えた、普遍的な「永遠の空間」の方に向けられているのである。このことは、上の詩節三行目の主語が、個別の存在を超えた女性一般を示す「彼女」という人称代名詞になっていることからも明らかである。しかも、そのことはまた自ずから、後述する天上の門を守る乙女「フーリ」の存在を暗示する働きをも果たしているのである。

そういう眼で捉えられた「彼女」の姿が、いまなおかつてのズライカの面影は残しつつも、それが一層純化され、浄化されたものとして彼の目に映って来るのである。つまり、作者はここであくまでも、「現世の恋人ズライカに相似ているにもかかわらず、フーリを天上の女性と見ている」[6]のである。後半二行の詩行は、まさにそういう彼の心情を投影したものであり、「彼女」がいまや何の「ためらいもなく／この首に世にも愛らしい輪を括り付ける」のは、「彼女」がいまや地上的な制約から解放され、ひたすら愛の真実を伝える天女的な存在となったことを物語っている。かくして、彼は最終詩節において、文字通り「天上の存在」（Himmelswesen）となった「彼女」を「わが膝　わが胸に抱き　その先を知ろうとも思わない／そして今こそ楽園のあることをひたすらに信じる」（IV, 13ff.）と声高らかに歌い上げるのである。ここで発せられる“gewaltig”という一語は、彼の信念の揺ぎなさと、同時に、その歌声の「力強さ」を表すものと言ってよいだろう。それもこれも、「とことわに　わたしは熱誠こめて　彼女に口づけをしていたい」（IV, 16）という彼の熱情に由来するものなのである。

このようにして、この巻の主たる舞台が「天上の楽園」であることを「先触れ」した「詩人」は、われわれをいよいよその「楽園」へと誘《いざな》うのである。

楽園への接近

実質的に『楽園の巻』の開始を告げる「嘉されし男たち」（Berechtigte Männer）と題する詩は十三詩節五十二行からなるが、それが次の「選り抜きの女たち」（Auserwählte Frauen）と対になって、有機的につながり合っていることは、すでに述べた通りである。

この詩は「ベードルの戦いの後、星空の下で」という副題が付けられている通り、六二四年のベードルでの戦いで戦死した男たちを、マホメットが「魔法の馬」にうちまたがって「七つの遊星」を隈なく翔け巡りながら、楽園に入場する「正当な資格がある」として「嘉する」という設定になっている。「嘉されし男たち」と題されるゆえんである。

さて、この詩の案内役を務めるマホメットはトロヘーウス、交叉韻の韻律に乗って、「敵方は死者を悼むがよい／かれらは蘇る手だてもなく転がっているのだから／だがきみたちはわれらがはらからたちを偲んで泣いてはならぬ／かれらはあの天圏を歩み行くのだから」と語り出す（I, 1-4）。題名を見、この詩節を読めば、上述したように、この「はらからたち」は信仰の大儀に殉じた名誉の戦士として、早くも天上への道を「歩いている」ことが分る。

果せるかな、「七つの遊星は一つ残らず／その金属の戸を大きく開い」て、いまや「変容せるいとし子たち」としてかれらを迎え入れるのである（II, 5–8）。そして、そこでかれらが目の当りにしたのは、「智慧の木が糸杉の高さを競って聳え立ち／黄金の飾りのりんごを高々と誇示し／生命の木は広々と影を広げて／花の座と咲き誇る薬草を蔽う」風景である（IV, 13–16）。これが不老長寿の楽園のイメージを形象化したものであることは言うまでもない。このような舞台装置を準備した上で、詩人はいよいよ「天上の乙女の群」を招じ入れるのである（V, 18）。

前の詩で名誉の戦士たちを天上へ迎え入れた詩人は、これと対を成す「選り抜きの女たち」の冒頭で「女たちも負けてはならぬ」と言って、「すでにかしこに至りつい」た者たちとして四人の女性たちの徳を次々に歌い上げていく（I, 1–4）。例えば、その先頭を切るズライカについては次の如くである。

Erst Suleika, Erdensonne,
Gegen Jussuph ganz Begierde,
Nun, des Paradieses Wonne,
Glänzt sie, der Entsagung Zierde.　(II, 5–8)

まずはズライカ　地上の日輪
ユスフにすっかり血道を上げていたが
今は楽園の喜び

前の詩と同じく、トロヘーウス、交叉韻で書かれたこの詩節は、簡明な措辞の中に「ズライカ」という女性の特性を見事に描き出している。とりわけ、二行目の詩句は『愛の巻』の冒頭の詩、「模範の像」に挙げられた「六組の恋人たち」のうちの一対、「知らざる二人が相い寄る／これぞユスフとズライカ」(5f.) のことも連想させて興味深いが、ここで再びかれらの名が挙げられたことは、かれらに対する作者の興味関心が、それだけ深かったことを物語るものに他ならない。

ちなみに、旧約聖書に見られるヨセフとポティファルの妻ズライカの物語は、オリエントにおいて拡大、変形されてイスラム教徒にも知られることになった。つまり、彼女はすでに遇い知る前に、夢の中でユスフの姿を見て激しい恋情に捉えられたが、その望みなきことを悟り、この美しき若者に対する恋を断念し、ひたすら美なるもの、遂には神への愛に目覚め、イスラム信徒となったという。[7]

ゲーテがここでこの物語と、自らのマリアンネ＝ズライカ体験の記憶とを重ね合わせているであろうことは、容易に想像がつく。この二つを結ぶ最大の共通項が「諦念」なのである。つまり、かつての“Begierde”がいまや“Entsagung”へと転じていることは、この詩人の人生知、即ち、肉体性を具えた女性像から神的な存在への希求という、意識の昇華を示すものである。そう見れば、「今は楽園の喜び／諦念の鑑となって光り輝く」という二行に込められた詩人の思いが殊のほかに重く、深いものであることが分るだろう。

こうして彼は、「十字架の上に失われた御子を仰ぐ／いと祝福されし女性」(III)、「マホメットの安寧と栄華の礎となったその妻」（IV）、そして更に、その二人の間に生まれた娘、「天使さながらの　清浄無垢の魂」の持ち主であるファーティマ（V）という具合に、四人の女性たちを簡潔に、深い思いを込めて次々と歌い称えてゆくのである。「この女性たちをわれらは天のかなたに見いだす」（VI）と歌われる通り、彼女たちはいまや揃って天上に上げられた存在とされるが、注目すべきことは、ここで「詩人」自らも、天上へ駆け上る資格があると断じていることである。即ち、最終詩節では次のように歌われる。

Diese finden wir alldorten;
Und wer Frauenlob gepriesen,
Der verdient an ewigen Orten
Lustzuwandeln wohl mit diesen.　(VI, 21–24)

この女性たちをわれらは天上のかなたに見いだす
しかるに女性への讃美を歌い称えた者は
自らも久遠の場にあって彼女らと
親しくそぞろ歩きする栄を得る

「女性への讃美を歌い称えた者」という一句は、これまで数え切れないほどの女性讃歌を歌って来た作者自身のことを念頭に置いて言われたものと思われる。その自負によって彼はここで遂に、「選り抜きの女たち」と共に「久遠の場」で、肩を並べて「そぞろ歩きする栄を得る」と断言することが出来たのである。ここにはまた、この詩集の冒頭を飾る「遁走」末尾において歌われていた、「知り給え　詩人の言葉は／楽園の門を／絶えずそっと叩きつつ／永遠の生を請い願う」（VII, 39–42）という、天上の楽園へ天翔けようという作者の一貫した熱望が息づいている。こうして「詩人」は自ら楽園の門へ近づいて行き、その見張りをしているフーリとの間で「入門の許し」をめぐって応答する仕儀となる。言い換えれば、ここでこれまでの前奏曲がひとまず終了し、いよいよ天上の楽の音が高らかに鳴り響くことになる。その劇的構成の妙は、まさにゲーテの独壇場と言えるだろう。

楽園の門

前節で見た通り、揺ぎない自負によって楽園の門前まで天翔けて来た「詩人」だが、そこには大きな関門が待ち構えていて、無条件に入場することは許されない(8)。折しも、その日の「楽園の門」を守っているのは、イスラム教で天国の美しい処女とされるフーリであり、彼女はその定めに従って次のように誰何する。

Ob du unsern Mosleminen
Auch recht eigentlich verwandt?
Ob dein Kämpfen, dein Verdienen

Dich ans Paradies gesandt?

Zählst du dich zu jenen Helden?
Zeige deine Wunden an,
Die mir Rühmliches vermelden,
Und ich führe dich heran.　(II, 5–III, 12)

あなたもわれら回教徒と
ほんとうに縁があるのでしょうか？
あなたの戦い振り　その手柄によって
あなたはこの楽園に送られて来たのでしょうか？

あなたはあの勇士たちの一人でしょうか？
誉れの証となる
手傷をお見せ下さい
そうすれば御案内も致しましょう

これを見れば、彼女が楽園への入場を許可する条件として要求しているのは、「信心深い回教徒」であること、「雄々しい勇士」であること、そして、その証明となる「名誉の負傷」をしていることの三つであることが分る。

対する「詩人」は彼女の要求に対して、「七面倒な御託はお止め下さい！／黙って入れて下さればいいのです」（IV, 13f.）と応じて、自分には楽園に入場する当然の権利があると言わんばかりの態度を取る。その自負の根拠となるのが、「わたしは一己の人間だった／それはつまり　立派な戦士ということです」という一句である（IV, 15f.）。この一句が、人間存在を脅かす最も本源的な危機としての「不信仰」との戦いに打ち勝ち、宗派を超えた「より高きもの、より包括的なもの」の意義を説いて来た、「神を信ずる人、神の告知者」としてのゲーテの自負を前提にして言われたものであることは、コルフの言う通りである。[9] その意味で彼は確かに、「一己の人間」として勇敢に戦った「戦士」なのである。いずれにしても、ここにはまさにゲーテのそういう「快活な自負」[10] が如実に投影されている。

そしてその「名誉の負傷」の証拠として、彼はさまざまな「悪意」によって受けた「人生の傷」と、「快楽」をほしいままにした結果としての「愛の傷」を見てくれと言う（V, 19f.）。彼がこういう言い方をするのも、イタリア脱出前後のヴァイマールの宮廷人士との心理的確執を初めとするゲーテの人生経験や、愛の快楽と痛みを自ら味わった数々の恋愛体験が前提となっているからだと思われる。彼がここで“schärfe”, “durchschaue”, “sieh”という命令表現を連発するのは、自らのそういう血のにじむ体験に発する強烈な自負を反映したものに他ならない。

しかも、彼はここで「それでもわたしは信篤く歌った」として、楽園への入場に不可欠の「信仰心」にも欠けてはいなかったと主張する。ただ、ここでも彼は信仰の問題を、「回教」という枠を超えた、より自由で伸びやかなものへと転換して次のように歌う。

Und doch sang ich gläubigerweise:
Daß mir die Geliebte treu,
Daß die Welt, wie sie auch kreise,
Liebevoll und dankbar sei.　(VI, 21–24)

それでもわたしは信篤く歌ったのだ
わが恋人の貞節を
その移ろいはいかにともあれ
世は愛と感謝に満ちている　と

これを見れば、この「詩人」の「信」の依って立つ所が「恋人の貞節」に尽きることは一目瞭然である。つまり、その前提に対する絶対的な「信」と帰依があって初めて、彼は「世は愛と感謝に満ちている」と歌うことが出来たのである。次節の「わが名が愛の炎に包まれて／いと美しき人々の胸から輝きわたる」（VII, 27f.）という一句も、そうした彼の揺ぎない自信から発せられたものなのである。

このようにして「詩人」は、フーリの要求する三つの条件を自分なりに拡大解釈しながら、その求めに応じ、自分の入場資格を堂々と主張して、独自の詩的世界を高らかに歌い上げる。トロヘーウス、交叉韻によって歌い上げられる最終詩節の簡潔ながら昂揚した調子は、この巻の白眉と言っても過言ではない。

Nein! Du wählst nicht den Geringern;
Gib die Hand! Daß Tag für Tag
Ich an deinen zarten Fingern
Ewigkeiten zählen mag.　(VIII, 29–32)

断じて否！　あなたの選ぶのは世に劣る男ではない
さあ　お手を！　日毎日毎にわたしは
たおやかなあなたの指を折って
久遠の月日を数え上げていきたい

この力強い「詩人」の歌声はフーリの心に届き、次の「想起」へとつながってゆくのである。

愛の想起

この詩中の「音の響きは小さく　とても小さく　消えていきました／けれどもそれは　あなたの歌と

思うばかりに響きました／そのことがまた思い出されます」（I, 9–11）というフーリの言葉は、先に引いた「遁走」の詩句と響き合って、彼女に「詩人の言葉」を「想起」させる契機となっている点で見逃し得ない一句である。それに勇気を得て発せられるのが、「詩人」の「永遠にいとしいひとよ！　きみはそんなにもやさしく／きみの恋人のことを思い出してくれるのですね！」（II, 12f.）以下の詩句である。とりわけ、「歌声の多くはあの下方で群をなして消えていきますが／別の歌声は精神の飛翔の赴くままに／預言者の翼持つ馬さながらに／天を目指して昇り来たり／あの門の外で鳴りさやぎます」（II, 17–21）という詩句は、小論の冒頭に引いた作者の言葉と相俟って、地と天をつなぐよすがとなるのは「詩人の言葉」に発する歌声の他にはないという、ゲーテの年来の信条を示すものとして、極めて重要な意義を持つものである。それが「歌びとが上って来る時は　彼の贈り物が／諸人に役立つように／心遣いして下さい／そうすれば二つの界の幸となるでしょう」（II, 26–30）と言う「詩人」の真意なのである。なお、この部分の重要な一語 “seine Gaben”（28）の訳語として「彼の天賦」が見られるのは、疑問なしとしない[11]。前後の文脈から見て、「詩人」は自らの真情に発する「歌声」こそ、天上へ入場するための唯一の「贈り物」と信じ込んでいるはずだからである。

ともあれ、このような応答を通して、二人はいよいよ、この巻の核心である地と天を貫く愛の讃歌を展開していく運びとなるのである。即ち、標題の付いていない巻中第六番目の詩は、「詩人」の次のような言葉で始まる。

Deine Liebe, dein Kuß mich entzückt!

Geheimnisse mag ich nicht erfragen;
Doch sag' mir, ob du an irdischen Tagen
Jemals teilgenommen?
Mir ist es oft so vorgekommen,
Ich wollt' es beschwören, ich wollt' es beweisen,
Du hast einmal Suleika geheißen.　(I, 1–7)

きみの愛　きみのくちづけはぼくを夢中にする！
くさぐさの秘密に立ち入ろうとは思わない
でも言ってくれ　きみはいつの日か
地上の生に与ったことはなかったろうか？
ぼくにはこう思われてならぬのだ
ぼくはそれを誓いたい　その証しをしたいのだ
きみがかつてズライカと名乗っていたことを

この詩は行数が七という奇数行からなり、一行目が孤韻で他が平行韻という押韻構成を持ち、各行の韻律構造も不定という点で、いささか特異な外形を見せているが、それも直前の一節から連続するこの「詩人」の心逸りに由来するものと取れば、さして異とするにも当らないだろう。

いずれにしても、ここには巻中の中心主題が凝縮していることは疑いようがない。とりわけ、「きみはいつの日か／地上の生に与ったことはなかったろうか?」という「詩人」の問いかけに対する、「きみがかつてズライカと名乗っていたこと」を「誓いたい　その証しをしたい」という自答こそ、天と地という広大な空間を貫く二人の愛の本質に関わる不可欠の一句なのである。コルフも言う通り、「この楽園の巻は本来ズライカの巻とは何の関わりもない」はずであるが[12]、しかるに、「詩人」はここでフーリを目の当りにして、かつて『ズライカの巻』で展開された現世におけるハーテムとズライカとの間の相愛を「想起」し、それをこの天上の「楽園」への入場手形と主張して、かつて果たそうとして果たせなかった二人の愛の凱歌を、永遠不壊のものとして歌い上げようとしているのである。「ぼくはそれを誓いたい　その証しをしたいのだ」という畳み掛けるような表現は、彼のそういう切なる願望の表れに他ならない。その点で、ここで「詩人」の脳裡に思い浮かべられている「天上」が、地上の人間の「願望の念が成就される」場として想定されているに過ぎないことは確かである[13]。

その証拠に、対するフーリはまず、「わたしたちは四大から創られたもの」(II, 1)、「地上の香りは／私達の本性とは全く相容れません」(II, 10f.) と言って、自らの存在の根拠を明確に提示する。これによって彼女は自らを「詩人」の言う地上の愛、その象徴としての「ズライカ」とは本来何らの縁もない、超越的存在であると誇示し、これまでの来歴を解き明かす。即ち、彼女は「預言者(＝マホメット)のねんごろな推挙を受けた／信篤き者たちが／天上に座を占め」たときには、自分たちも「天使たちさえわたしたちとは分らなかったほどに／愛らしく　魅力に満ちていた」こと (II, 15–20)、しかるにその男達がそれぞれ、かつて「自分たちとは比ぶべくもない醜女」を「愛人」に持っていて、自分たちの「魅力、冷静さ、快活さ」に見向きもせず、却って自分たちを「貶め」た挙げ句、「下界へ戻って行こうとした」ことなどを明かしていく（IV, 21–26）。

これが天上の門を守るという使命を担う天女たちの誇りを深く傷つけるものであることは言うまでもない。「天上に気高く生まれたわたしたちには／そのような振る舞いは許し難いものでした」という一言は（V, 27f.）、そういう彼女の心情を率直に表明したものである。その結果、彼女とその仲間は一計を案じ、「預言者が諸天を経めぐる時／その行く手に待ち伏せ」して、彼を「取り囲む」という挙に出る（V, 31f.）。

しかるに、その預言者がその「習わしに従っ」て彼女たちに「親しくも真率」に教え諭した内容は、彼女たちの「意に満たぬ」ものでしかなかった。というのも、彼女たちは彼の「意図を達するため」に、「一切を司り／地上の者たちの考える通りに考え／その恋人たちに似なければならない」というものだったからである（VI, 37–42）。その挙げ句に、彼女たちの「自愛の念が消え／困じ果て」たというのは、むしろ自然な成り行きだろう（VII, 43f.）。

ここに見た一連のフーリの言には、本人が真剣である分だけ、われわれにはむしろ微苦笑を誘わずにはおかぬ一種のおかし味が醸し出されている。この巧まざるフモールこそ、特定の教義や立場にとらわれることを忌む作者の本領なのである。それがこの詩集全体を貫く通奏低音となって、ここでとりわけ鮮やかにその劇的効果を発揮している。

ところで、フーリは八行目から六〇行目までの五十三行に及ぶその長広舌の最後に、次のような注目すべき言を発する。

Du aber bist von freiem Humor,
Ich komme dir paradiesisch vor;
Du gibst dem Blick, dem Kuß die Ehre,
Und wenn ich auch nicht Suleika wäre.
Doch da sie gar zu lieblich war,
So glich sie mir wohl auf ein Haar.　(IX, 55–60)

でもあなたはこだわりのないフモールの持ち主です
あなたの前でなら自分でも天女になったような気がします
わたしがズライカではないにしろ
あなたはこのまなざし　この口づけを敬って下さるのですもの
でもズライカはあんなに愛らしかったのですから
髪の毛一筋に至るまでわたしとそっくりだったと言っていいでしょう

これを見れば、彼女がここで、「ぼくはそれを誓いたい　その証しをしたいのだ／きみがかつてズライカと名乗っていたことを」という、先ほどの「詩人」の言葉に真正面から応えていることは明らかである。つまり、これによって「ズライカ」という一語で象徴される地上の愛と、それが天上的に昇華された「天女」によって象徴される天上の愛が一直線につながったのである。しかも、注目すべきことは、彼女がここで「あなたはこだわりのないフモールの持ち主です／あなたの前でなら自分でも天女になったような気がします」と言っていることである。つまり、これによって彼女は自らの「天女」としての本性をいわば再確認しているのであるが、その誘因となっているのが、他ならぬ「詩人」の「フモール」というわけである。これが、こだわりのない自由な発想、感覚こそよしとするゲーテそのひとの日頃の心情を投影したものであることは、前述もした通りである。

ここに至って、本来異質の存在であり、「極めて謎めいた関係[14]」にある二人は、ようやく同一線上に立って、互いの特性を讃美し合いつつ、互いの質的一体感を確認し合うことになる。「詩人」にとって、彼女を信ずるに足る相手として認める最大の根拠とは、「目をくらます」ばかりのその「天上の澄明さ」（X, 61）と、「本来の務めをなおざりにせず／ドイツ男の心に叶おうとして／フーリがクニッテルフェルスで語る」その才知である（X, 64ff.）。上に引いた一節を見ても、彼女が各行四ヘーブング、平行韻、他は自由というこの韻律形式を自家薬籠中のものとして駆使していることは明らかである。このオリエントの天上の門を守る処女が、典型的なドイツの押韻様式で語っていることは、一見、確かに驚くべきことだが[15]、まさにこの事実こそ、上述した両者の同質性を何よりも雄弁に物語るものとなっている。そういう彼女のまさに天女さながらの澄明さと才知を目の当りにして、「詩人」が「ぼくはきみを誰にもまして賛嘆する」（X, 63）と言うのは、むしろ当然な反応と言うべきだろう。

それに対して、フーリも「どうぞあなたも魂の底から沸き上がるままに／たゆみなく韻を踏んで下さい」と応じる（XI, 67f.）。これが「詩人」という存在の本質を踏まえて言われたものであることは言うまでもない。但し、ここで忘れてならないことは、彼女が「天上の仲間」の一人として「心惹かれる」

のは、「汚れなき思いから出た言葉と行為」であり、「心の底から発せられるもの」であり、「さわやかな泉から発するもの」であると繰り返し、それこそが「天上を流れることを許される」と強調していることである（XI, 69ff.）。この第Ⅵの歌における二人の応答には、まさに「青春と老成、無骨と繊細、真剣とフモール、最高度の詩文と散文の絶妙な弁証法的統合[16]」の実例として興趣尽きないものがあるが、これを要するに、心の真実から出た愛の言葉こそ、地上の枠を超えて天上の永遠の愛へ通じる唯一の道であるということである。そしてそれが、次の第Ⅶの歌における二人の交唱へとつながっていく呼び水ともなっているのである。

愛の交唱

前節で見た通り、天地を貫く「詩人」の愛の歌を聞き取り、その真実性を確信したフーリはここでもまた、次のような注目すべき言を発する。

Weißt du denn, wieviel Äonen
Wir vertraut schon zusammen wohnen?　(I, 2f.)

御存じでしょうか　わたしたちがこれまでにもう
幾億劫という時を睦みあって暮らしていることを？

彼女がここで、“wieviel Äonen” という文字通り無際限の時間を表す言葉遣いをしていることは、時空を超えた存在としてのフーリの立場からすれば、さして異とするにも当らないとも言えようが、それが未だ完全には天上の住人とはなっていない「詩人」に向って発せられ、しかもその間、互いに「睦みあって暮らし」て来ていると言っているのだから、その意味するところは甚だ重いはずである。即ち、彼女はこの言によって、「詩人」と自分とがここで完全に質を同じくする存在であることを明確に宣言し、「詩人」にもその自覚を促したのである。

これに対し、「詩人」も断固とした口調で次のように応じる。

Nein! — Will's auch nicht wissen. Nein!
Mannigfaltiger frischer Genuß,
Ewig bräutlich keuscher Kuß! —
Wenn jeder Augenblick mich durchschauert,
Was soll ich fragen, wie lang es gedauert!　(II, 4–8)

断じて否！——知ろうとも思わない　断じて！
千変万化する新たな楽しみ
新妻のとわに変らぬ貞潔な口づけ！——
一瞬一瞬がこの総身をわななかすとき

いくばくの時が持続したかを問うことがあろうか！

二度繰り返される否定詞の激しさ、四度強調される感嘆符の力強さを見れば、フーリを前にして一歩も引かぬ「詩人」の気概の程は、痛いほどにわれわれの胸に迫る。それはひとえに、「総身をわななか」す程の「一瞬一瞬」に生命を懸け、燃焼させる「詩人」としての誇りが言わせたものなのである。その意味で、この“jeder Augenblick”は、まさに先ほどの“wieviel Äonen”と全く等価の重みを持つ「時間を止揚」した言葉なのである。[17] そしてその「一瞬一瞬」とは、その折々に「とわに変らぬ貞潔な口づけ」を「新たな楽しみ」に、己の全存在を賭けて来たゲーテそのひとの愛の体験に基づくものであることは論を俟たない。

こうした「詩人」の意を体して、フーリもまた次のように応じて、いよいよこの巻の核心へと導いていくのである。

Abwesend bist denn doch auch einmal,
Ich merk' es wohl, ohne Maß und Zahl.
Hast in dem Weltall nicht verzagt,
An Gottes Tiefen dich gewagt;
Nun sei der Liebsten auch gewärtig!
Hast du nicht schon das Liedchen fertig?

Wie klang es draußen an dem Tor?
Wie klingt's? — Ich will nicht stärker in dich dringen,
Sing mir die Lieder an Suleika vor:
Denn weiter wirst du' s doch im Paradies nicht bringen.　(III, 9–18)

でもあなたはひところ放心の体でした
お見受けしたところ　際限もない程に
あなたは万有の中にあってもひるむことなく
身を賭して神の深みへ迫ろうとなさいました
でも今は最愛の人にも心を向けてください！
その歌はもう出来上がっていたのではないのですか？
それはこの門の外ではどんな響きを奏でたのでしょう？
そして今は？――これ以上無理強いはいたしませんが
わたしの前でズライカに捧げる歌の数々を歌ってください
天上でもそれ以上には歌えないでしょうから

先ほどの「詩人」の「ドイツ男の心に叶おうとして／フーリがクニッテルフェルスで語る」という言葉通り、フーリはここでまさにその韻律を駆使して、「詩人」の心の内奥に肉迫するのである。その眼目は「身を賭して神の深みへ迫ろう」とする「詩人」の高い志と勇気を十分に認めた上で、「でも今は最愛の人にも心を向けてください!」というところにある。その証しとなるのが、「詩人」が精根傾けて創った筈の「歌」であることは言うまでもない。「わたしの前でズライカに捧げる歌の数々を歌ってください」と迫る彼女の言葉には、自らとズライカとが殆ど一体化されたかのような激しさがある。察するに、これはかつて心ゆくまで相聞の歌を交わし合ったハーテム=ゲーテとズライカ=マリアンネとの間の愛の思い出が、今なお作者の胸に根強く息づいていたことから発せられた言ではないかと思われる。互いの深い愛と才知によってあれほどの魂の共鳴を奏でたことは、ゲーテの長い女性遍歴の中でも絶えてなかったことを思えば、得難い出会いとして、その余韻が老境に向いつつある作者の胸中にいつまでも熱く脈打っていたとしても何ら不思議ではない。そういう稀有な出会いは、この地上では無論のこと、天上でもそうざらには望めないことも想像に難くない。「天上でもそれ以上には歌えないでしょうから」という結びの一句は、作者のそういう自覚と認識がフーリの口を通して発せられたものなのである。ともあれ、ここでフーリの口を借りて、地上での愛を天上の高みへまで引き上げた作者は、あまりに昂揚した自らの熱い思いを覚ますかのように、今度は「恩寵を受けた動物たち」の方へ目を転ずるのである。その変幻自在なこの詩人の転換の妙はここでも健在である。

「四匹の動物たちにも/天国に入ることが約束された」(I, 1f.)と歌い出される第八番目に置かれた歌は、二番目の「嘉された男たち」、三番目の「選り抜きの女たち」と対応するかのように、「恩寵を受けた動物たち」と題される。この一事を見ても、ゲーテが天上の至福に与る者として、人間の男女は言うに及ばず、動物に至るまで、即ち、生きとし生けるものにまで、こだわりのない広やかなまなざしを注いでいることが分る。

ところで、彼がここで挙げるのは、「イエスを乗せて預言者の町へ導いたロバ」（II）、「貧しい者にはこの羊を残せ／富める者からは奪い取ってよい」という命を受けた「おおかみ」（III）、「あの七人の眠りを／あんなにも忠実に共にし」た「小犬」（IV）、そして、「あの預言者に愛撫された／神聖な生き物としての「アブヘリラの猫」（V）の四匹である。「詩人」はこの四匹の動物たちを「聖者や信仰篤き者たちと共に／天上で永遠の歳月を生きる」（I, 3f.）ことが出来るとして聖別した上で、われわれを「より高きもの」、「至高のもの」の領域へと導いていくのである。

地上から至高の領域へ

「この地上で啜ったような喜びを／ぼくは未来永劫にわたっても望みたいのだ」（II, 11f.）と歌われる通り、「この詩集最後の巻の頂点[18]」をなす「より高きものと至高のもの」と題される九番目の歌の眼目は、要するに、「彼岸のみならず此岸においても、固有の自我が救済される保証を得たいという人間的願望[19]」の表明に尽きる。だからこそ作者は、「地上のわれらの好み」となっていた「麗しい庭園」も「花」も「果実」も「かわいい子ら」もその全てが、天上において「若返った霊」にも、地上におけるのと「優るとも劣らぬ」くらいに気に入るはずだと断言するのである（IV, 13–16）。だからこそ彼は、「老若のはらからを／一堂に集め／ドイツの国語で天上の言葉を／口ずさみたくて仕方がない」と本音を吐露するのである（V, 17–20）。

これを見、また“So da droben wie hienieden”（II, 8）、“Freuden, wie ich hier sie schlürfte, / Wünscht' ich auch für ew'ge Zeiten”（III, 11f.）、“Die uns allen hier gefielen, / Auch verjüngtem Geist nicht minder”（IV, 15f.）という対比表現を見れば、作者がここに至ってすでに、自分がこの「地上」で味わった数々の「喜び」は、「天上」に入場を許されて「若返った霊」の目から見ても、「優るとも劣らない」ものと捉えていることは明らかである。その「喜び」を彼は「老若のはらからを／一堂に集め」て、その前であくまでも「ドイツの国語」によって語り伝えたい、と言うのである。彼がここで発する「天上の言葉」という一語は、まさにわれわれが先に見た天の祝福を受けた男女の人間たちや動物たちは言うに及ばず、ここで挙げられている「麗しい庭園」を彩る「花」や「果実」、そこで喜戯する「かわいい子ら」に至るまで、文字通り天地に生きる万物に向けられた歓喜溢れる言葉なのである。その点で、「この楽園に響くのは天上の言葉であってはならず、感覚的で具体的な、すでに個々に深い思いの込められた母国の言語でなくてはならず、これによって境界が取り払われ、楽園が此岸へ向ってうち開かれるのである」[20]というシュヴィーダーの言は至当なことであると思われる。

しかるに、注目すべきことは、作者がこれに続く三詩節において、「音と響きは　自明のことながら／言葉から逃れいく」（VIII, 29f.）として、言葉の限界を自覚した上で、「確かなことは　わたしが五官に代る／一つの感覚をかち得ることだ」（IX, 35f.）と断じていることである。これによって作者は、言語を超えた宇宙の神秘に全的に参入する、開かれた「一つの感覚」こそ、永遠の楽園に入場するための必須不可欠の条件であることを自他の前に宣言するのである。それによって彼は、結びの二詩節において高らかな魂の凱歌を挙げることが出来たのである。

Und nun dring' ich allerorten
Leichter durch die ewigen Kreise,
Die durchdrungen sind vom Worte
Gottes rein-lebendigerweise.

Ungehemmt mit heißem Triebe
Läßt sich da kein Ende finden,
Bis im Anschaun ewiger Liebe
Wir verschweben, wir verschwinden.　(X, 37–XI, 44)

さてかくしてわたしは　ひときわ軽やかに
久遠の圏内の隅々に渉り行く
そこには清らに生き生きと
神の言葉が沁み透っている

そこでは燃え立つこころは
止まるところを知らず　果てもない
とわの愛をまなかいに見て
われらが漂い　消え果てるまでは

ここにはその言々句々に至るまで、「詩人」の最終的に至りついた境地が鮮やかに歌い取られている。「詩人」の「燃え立つこころ」はまさに「止まるところを知らず　果てもない」ままに、「久遠の圏内の隅々」に至るまで「沁み透っている」ことには一点の疑問の余地もない。「詩人」のそういう心境を盛り上げる効果を発揮しているのが、“die ewigen Kreise”, “im Anschaun ewiger Liebe” を初めとした力強い、全肯定的な措辞の重用によるものであることは無論である。とりわけ、最終の二行には「とわの愛」と、「漂い　消え果て」る地上の生の無常とが対比され、「詩人」がいまや現世的な移ろい易い恋の呪縛を遥かに超えて、確固不壊の境をわが物にしたことが提示され、われわれに彼の窮極の愛の凱歌を印象づけずにはおかない。それはまさに、「ゲーテの大地とゲーテの天空は表裏一体のものであり、それらは同一の中心点を持ち、一つの球体の容積と広がりとの関係と同様に、互いに関連し合ってい」る境地と言ってよいだろう。(21) これによって彼は、「この詩集全体を貫く宗教的テーマの頂点」(22) に達し得たのである。それがまた、「より高きものと至高のもの」という「純化する表現」(23) に込められた「詩人」の真意であったことも、いまや多言を要しない。

こうして文字通り「至高の域」にまで達した「詩人」は、しばしその心の火照りを冷ますかのように、十番目の「眠る七人」という歌によってイスラム、キリスト両教に共通する伝説の世界に遊びながら、「さあ　いとしい歌の数々よ／いまはわが国民の胸に憩うがよい」と言って（“Gute Nacht” 1f.）、前に引いた「遁走」末尾の「……詩人の言葉は……永遠の生を請い願う」という年来の願望が成就されたことを、われわれの前に暗示しつつ、長大なこの詩集の筆を擱くのである。

ここに至ってようやく、「詩集第一の巻の最初の詩との間にアーチが架けられ」たのである。(24) それは当然、『ズライカの巻』、『酌童の巻』を経て至りついたゲーテの愛の遍歴に終止符を打つものであった。最後に置かれた詩が「おやすみ」と題されるゆえんである。

本章の冒頭にも触れたように、ゲーテはこの『楽園の巻』によってようやく、一連の愛の讃歌を完結させるに至ったが、それはまさに、「東方は神のもの！／西方は神のもの！／北や南の地は／神の御手に守られている」と歌った詩人の言葉を自ら実証するものであった。しかも、彼はこの最後の巻ではついに、そういう地上的制約をも軽々と乗り越えて、天上的世界へと天翔けた。ここで歌われる「天上の愛」が、濃密な地上的雰囲気に彩られたものであるところに、彼の愛の歌の独自性はある。その点で彼はあくまで、「人間的な、あまりに人間的」な詩人であった。

一方でまた、ここには絶えず「より高きもの」、「至高のもの」を目指そうとする精神の飛翔が、脈々と生動している。彼をその高みへと駆り立てる原動力となっているのが、特定の教義を超えた、自由な彼の宗教的心情であることについても、すでに再三触れた通りである。

この「人間的」な要素と「宗教的」な要素の絶妙な混和によって、彼は時空を超えた詩的世界をわれわれの前に現出してみせたが、それによって彼は、「永遠の生」を手中にすることが出来たと言ってよいだろう。われわれはそこに、彼に固有の宗教性をみたいと思うのである。

註

（1）GW: .Bd. II. S. 206.
（2）小栗浩『「西東詩集」研究』郁文堂、東京、一九七二年、二頁。
（3）Gundolf, Friedrich: Goethe. Wissenschaftliche Buchgesellschaft Darmstadt 1963. S. 661f.
（4）Trunz, Erich: Anmerkungen des Herausgebers. In: GW. Bd. II. S. 623f.
（5）Vgl. GW: Bd. II. S. 63f.
（6）Nicoletti, Antonella: Übersetzung als Auslegung in Goethes West-östlichem Divan. A. Francke Verlag Tübingen und Basel 2002. S.379.
（7）Vgl. GW: Bd. II. S. 568.
（8）小栗、七三頁参照。
（9）H. A. Korff: Die Liebesgedichte DES West-Östlichen Divans. 2. Aufl. S. Hitzel Verlag Stuttgart 1949. S. 179f.
（10）a.a.O., S. 180.
（11）『ゲーテ全集2』潮出版社、東京、一九九八年、一八一頁参照。
（12）Korff: S. 176.
（13）Korff: S. 186. なお、これに関しては小栗氏も、「地上の愛は天国における、より高い理想化を要求する。しかも天上の生活は地上の生活を止揚することによってのみ可能であった」と指摘されている。小栗、八二頁参照。
（14）Korff: S. 183.
（15）Vgl. Nicoletti: S. 384.
（16）Korff: S. 189.

（17）Vgl. Korff: S. 189.

（18）Nicoletti: S. 385.

（19）Schwieder, Gabriele: Goethes »West-östlicher Divan«. Böhlau Verlag Köln,Weimar, Wien. 2001. S. 89. なお、これについては、グンドルフにも同様な指摘がある。Vgl. Gundolf: S. 660.

（20）Schwieder: S. 89.

（21）Gundolf: S. 665.

（22）Trunz: In: GW. Bd. S. 628.

（23）Nicoletti: S. 376.

（24）a.a.O. S. 376.

ゲーテとインド

世界に向けられたゲーテのこだわりのない、柔軟な想像力は、ヨーロッパ文化の源泉たるギリシアやローマはもとより、オリエントを越えて、はるか東方のインドの古い伝説世界にまで及んでいる。本章で取り上げるバラード『神と遊女』は、その見事な詩的成果である。その直接の契機は、一七八三年にソヌラ（Sonnerat, Pierre, 1748 ou 1749–1814）の『東インドとシナへの旅』（Voyage aux Indes orientales et à la Chine, 1774–1781）のドイツ語訳がチューリッヒで出版されたことによるが、インドの伝説とゲーテの関わりについてフィエトルは次のように言う。

このインドの伝説は、久しい以前からゲーテの想像力をとりこにしていた。彼がそれにひとつの形姿を与えたことによって、善と真正を求める人間生得の欲求に対する信頼を、実例によって壮麗に歌い上げたものとなっている。神との合一は、この淪落の女性の胸に秘められた火花、真実の愛に至る能力を目覚めさせ、この貶められた女性の中に燃え立つ光は、赤々と強烈に輝きわたる。彼女が自由意志による犠牲の死によって、妻としての愛の誠を実証するのに応じて、神はこの浄化された女性を自らの許に引き上げるのである。〈改悛の罪びとは御心に叶う〉（テキスト IX, 97―筆者注）というわけである。ゲーテが韻文の中でこれほど美しく物語ったことは、これまで殆どなかった。われわれは詩としての名人技の見事さと人間観照の高さと、いずれに、より多く驚嘆すべきだろうか？　神と被造物、個と全との愛による合一が、ここにおいて、あらゆる偉大な救済宗教の核を成す神秘として褒め称えられているのである。(1)

これはまさにこの作品の核心を衝いた言だと思われるが、ゲーテのこの作に込めた思いは、ずばり、題名そのものの中に凝縮されている。即ち、彼はここで至高、絶対の「神」と、この世の最下層で春を鬻《ひさ》ぐ「遊女」という、両極に位置する存在を対置させ、両者の融和、合一を描き出して見せようとするのである。この取り合わせは、あのカースト制度さえ連想させて、一見、いささかならず奇異に見えるが、われわれはこれを単に奇をてらったものというよりも、身分の高下に関わらず、人間としての真実の感情に寄せる彼の深い共感の表れと受け取りたい。コメレルも言う通り(2)、これにはあのイエスとマグダラのマリアとの結びつきのことが背景にあり、それがこのインド伝説のモティーフに接して、作者の念頭に鮮やかに甦ったとも考えられるからである。これは彼のおおらかな感性に発する一大人間賛歌なのである。

そしてその人間賛歌は、変幻自在な形式美、独自の韻律図式によって、生き生きとした躍動感のうちに歌い上げられるのである。この詩の韻律構造の特質については、コメレルの指摘する通りであるが(3)、いずれにしても、「この風変わりで刺激的な韻律図式は、文体的に重要な意義を持つもの」であり、「リズムの変化がこの詩全般にわたる緊張感と力動感をもたらしている」ことだけは確かである[4]。

以下、われわれは極めてユニークなこの詩の形式的特徴を念頭に置きながら、人の意表をつくこの作品に見られるゲーテの詩世界の豊かな広がりを、テキストに即して見てゆくことにしよう。

神の下降

「思想においてモダン、モティーフにおいて古風、古典的なバラードとしての文体においてはモダン」[5]と評されるこの作品も、われわれが後に見る『コリントの花嫁』と同様、シラーの『一七九八年のための詩神年鑑』に発表されたものであるが、一七九七年六月六日、七日、九日の日記の記述から推して[6]、『コリントの花嫁』とほとんど時期を同じくして、やはりきわめて短時日のうちに書き上げられたものと思われる。これだけを見れば、この詩がいかにも一気呵成に書かれたかのような印象を受けるが、実は「インドの神話は一般の推測に反して、ゲーテにとって若い時から魅惑的なものだった[7]」のであり、前述のフィエトルの指摘や、作者自身の「わたしはそれらのバラード作品をすべて、すでに何年も前から念頭に置いていたが、それが優美な形象、浮かんでは消える美しい夢となってわたしの心をとりこにし、空想力をはばたかせてそれと戯れることが、わたしを幸せな気分にした。わたしは不十分で貧弱な言葉によって肉体を与えることで、長年親しんできた輝くばかりのこれらの現象にさよならを言うことを、不承不承決心した。それが紙の上に書かれた時、わたしはそれを一種悲哀の入り混じった思いで眺めた。まるで親しい友人と永久に別れなければならないかのような気分だった[8]」という発言からして、これは長い間作者の胸中に大切に温められ、熟成されていたモティーフが、ソヌラの旅行記に触れたことが契機となって、一挙に完成されたものと見る方が正しいだろう。
さて、各節九行、計十一詩節から成り、「インドの伝説」という副題を持つこのバラードは、次のように歌い始められる。

Mahadöh, der Herr der Erde,
Kommt herab zum sechsten Mal,
Daß er unsersgleichen werde,
Mit zu fühlen Freud' und Qual.
Er bequemt sich, hier zu wohnen,
Läßt sich alles selbst geschehn.
Soll er strafen oder schonen,
Muß er Menschen menschlich sehn.
Und hat er die Stadt sich als Wandrer betrachtet,
Die Großen belauert, auf Kleine geachtet,
Verläßt er sie abends, um weiter zu gehn.　(I, 1–11)

地上の主なるマハデエは

六たび人界に降りて来た
われらの仲間となり
苦も楽も共にしようとて
この世に住もうと意を決し
一切をあるがままに任せた
責めるにせよ赦すにせよ
人の心を心として人間を見ずにはおれなかった
かくして彼は旅人を装ってこの町を眺め
富貴の人々を窺い　卑賤の者に意を用いたが
日の暮れにはそこを去り　旅を続けた

この詩節は一見して、極めて特異な韻律構造を示していることが、われわれの眼を惹く。それを箇条的に整理すれば、以下の通りである。(一) 前八行の音節数がそれぞれ八—七—八—七—八—七—八—七となっているのに対し、後三行のそれが十二—十二—十一となっていて、際立った対照を見せている。(二) 全体の押韻形式がa—b—a—b—c—d—c—d とe—e—dという二部構造になっていて、八行目と一一行目のd部分が響き合って、詩節の統一感を保持している。(三) リズム的にも、前八行が各行四ヘーブングのトロヘーウスになっているのに対し、後三行はやはり各行四ヘーブングでありながら、アオフタクトを持つダクテュルスを基調とするものへと変調している。

しかも、この凝りに凝った表現技巧は、この詩節だけに止まるのではなく、第Ⅷ詩節の終盤一部を除いて、全篇にわたって殆ど一貫しているのであるから、先ほども引いたように、フィエトルが「ゲーテが韻文の中でこれほど美しく物語ったことは、これまで殆どなかった」と賛嘆を惜しまないのも当然であろう。いずれにしても、作者がこれほどまでに形式技巧に意を用いたのも、この物語詩の展開をより効果的に演出しようとする意図によるものであることは、容易に想像がつく。結論を先取りして言えば、八行部はリアルな動きを示す動の部分、三行部はその動きを補足的に説明する静の部分と言ってよいのではないかと思われる。われわれにはこの動と静の絶妙な和合によって、「神」と「遊女」という本来相容れないもの同士の和合が、この上ないハーモニーの中に具現されると見えるのである。

ともあれ、作者は開巻冒頭いきなり、「地上の主なるマハデエは／六たび人界に降りて来た」と言って、重大な内容を含んだ一句を、いとも易々とわれわれの前に提示して見せる。これは、この詩の生命に関わると言っても過言でない重さを持つ詩句だと思われる。というのも、そもそもこの「マハデエ」という語の原義が「偉大なる神」の意であり、シヴァ神の別名として用いられ、インドの三大神の一つとされることからして[9]、それを「地上の主」と断定するのは、一面、作者の甚だしい独断、あるいは独創と言うべきだろう。作者のこの独断、あるいは独創は、この神が「六たび人界に降りて来た」という詩句においても同様である。ちなみに、インドの最高神の一つであるヴィシュヌ神は十回、人の姿を取ると信じられている由であるが、トゥルンツも言う通り[10]、ゲーテの関心は神話的正確さというより、神が人の姿を取るという一事に向けられているものと思われる。従って、われわれもこの「六」という数字を字義通りではなく、神の人間界への下降は以前にもすでに数度にわたって見られたことだが、同様のことは今後も幾度となく繰り返されるだろうという意を、具体的な数字を通して暗示したものと解したい。

いずれにしても、作者のこのような独断、あるいは独創の由って来たるゆえんとは、ただ一つ、「神」と「人」との境界を取り払って、両者を直結させることにあるのは、この後の物語の展開から考えて、疑問の余地がない。その点で、彼は確かにギリシア的な神々の世界よりも、自在に変身するインド的な神々の「輪廻、転生」の世界に魅力を感じていたと言えるだろう。(11) それを端的に証明するのが、「われらの仲間となり／苦も楽も共にしようとて」という一句である。ここにはこの「マハデエ」神に対するゲーテの性格付けが明確に見て取れる。彼がこの神をそのように位置づける以上、その神が「人の心を心として人間を見ずにはおれなかった」というのは、当然の帰結である。

彼のこの独自の世界観は、前述した四へーブングのトロへーウスの韻律に乗って、力強く、簡潔に歌い上げられて、この神の熱い心中を伝えるに十分であるが、作者はその余熱を冷ますかのように、結びの三行の穏やかなリズムへの転調によって、この神の動向をわれわれに告げ知らせるのである。ここでとりわけわれわれの眼を惹くのは、彼がこの神を「旅人」と規定していることである。それによって、この神は貴賤にかかわりなく、こだわりのない目で、この町に住む人々の「あるがまま」の姿を眺めることが出来るのである。しかも、このことは自ずから、この神が一所不住の自由な行動が保証されている存在であることを示すと同時に、次の展開へとつながっていくという点で、重要な伏線ともなっているのである。

こうして、「日の暮れにはそこを去り　旅を続け」たこの神は、いよいよこの詩のもう一人の主役である女性と出会う仕儀とはなるのである。

神と遊女との出会い

Als er nun hinausgegangen,
Wo die letzten Häuser sind,
Sieht er mit gemalten Wangen
Ein verlornes schönes Kind.
“Grüß’ dich, Jungfrau!” — “Dank der Ehre!
Wart’, ich komme gleich hinaus.” —
“Und wer bist du?” — “Bajadere,
Und dies ist der Liebe Haus.”
Sie rührt sich, die Cymbeln zum Tanze zu schlagen;
Sie weiß sich so lieblich im Kreise zu tragen,
Sie neigt sich und biegt sich und reicht ihm den Strauß.　(II, 12–22)

かくて町のはずれまで来て
家並みの最後にさしかかると
頬に紅を染めた
淪落の美女が目に入った

「こんばんは　お姐さん！」――「あら　どうも！
ちょっと待ってちょうだいな　じきに行きますから。」
「さて　そなたは？」――「ただの遊び女よ
ここはお楽しみの宿なんですもの」
女ははやシンバルを叩いて踊ったが
輪を描く舞い振りの可憐さは言うかたなく
身を曲げ　くねらせて　おしまいに花束差し出した

旅を続けて、とある町の「はずれ」の「家並みの最後」にさしかかったこの「神」の目にしたのが、「淪落の美女」であったと歌われる通り、この時点で早くもこの詩の主役は出揃うのであるが、作者は簡潔な措辞の中に本来相容れないはずの二人を、ぞめき歩きの客と遊女のやり取りという明確なイメージを喚起しながら、いとも軽々と結びつけてみせる。それにつけても、作者が冒頭の二行において、“hinausgegangen”，“die letzten Häuser”という詩句を用いているのは、心憎い演出と言う他はない。これによってわれわれは、この女性の日常生きている生活空間が、町の中心部から遠く隔たった、場末というべき場所であることを知ることになるからである。

加えて、われわれはこの詩句によって、この空間が単に地理的な隔たりに止まらず、一般の市民的な生活空間から遠く離れた場でしか生きられないという、彼女の社会的位置づけまで暗示していることを悟らざるをえないのである。この女性と一般の善良な市民との物理的、心理的距離がそれほど遠いものであるとするならば、彼女と「神」との隔たりは、まさに天と地ほどの違いがあることになるはずであるが、作者は二人のやり取りを通じてそれをあっさり近づけてみせるのである。例えば、「さて　そなたは?」と問われて、「ただの遊び女よ」と応じる彼女の応答には、いささかの屈託もないかのようである。彼女には「お楽しみの宿」に生きる身の不運に対する疑念もなく、当然の習いとして、「シンバルを叩いて踊」り、「身を曲げ　くねらせ」るばかりである。その「舞い振りの可憐さ」を作者は「言うかたなく」と言わずにはおれないのである。この一語に込められた作者の思いは、しかし、われわれの想像以上に深く、この詩一篇を貫くキーワードと言っても過言でない重みを持つもののようであるが、結論を急ぐ前にわれわれはしばらく、ストーリーの展開の跡を追ってみることにしよう。

遊女の無償の奉仕

Schmeichelnd zieht sie ihn zur Schwelle,
Lebhaft ihn ins Haus hinein.
“Schöner Fremdling, lampenhelle
Soll sogleich die Hütte sein.
Bist du müd’, ich will dich laben,
Lindern deiner Füße Schmerz.
Was du willst, das sollst du haben,

Ruhe, Freuden oder Scherz."
Sie lindert geschäftig geheuchelte Leiden.
Der Göttliche lächelt; er siehet mit Freuden
Durch tiefes Verderben ein menschliches Herz.　(III, 23–33)

女は媚を含ませて男を敷居へと案内し
いそいそと家に迎え入れた
「男前の旅の方　すぐにも
部屋のランプを明るくいたします
お疲れなら　気付けをさしあげます
お足の痛みも　お揉みいたしましょう
お休みでも　お愉しみでも　戯れ事でも
お望みのままにいたします」
女は客の見せかけの愁訴にもまめまめしく応対した
神なるひとは微笑み　身は低く落しながら
人の心の真が表れているのを見て　悦んだ

ここにはこの「遊女」の生態、挙動が生き生きと活写されている。彼女の表情が「媚を含」み、初対面の客にいきなり親称の“du”で呼びかけているのは、遊女という身の上に自ずから備わった習性とも言えようが、彼女の一連の言動を見ていると、“schmeichelnd”という語から連想されがちな卑屈さは微塵も感じられない。それは一つには、“lebhaft”,“geschäftig”という副詞、“laben”,“lindern”という動詞の適切な斡旋による表現効果から来るものと思われる。つまり、彼女はひたすらこの遊客の「疲れ」を癒し、「足の痛み」を和らげて、相手の「望みのまま」に対応することしか念頭にないのである。それが計算づくの「媚」を売るためでないことは、「身は低く落しながら／人の心の真が表れているのを見て　悦んだ」という、「神なるひと」の反応を見れば一目瞭然である。

ところで、ここでわれわれの見逃し得ない重要なことは、作者が“göttlich”と“menschlich”という語を効果的に配置していることである。そもそも、この場の客の実体が「神」であることは、すでにこの詩の冒頭に示されているところであるが、作者はこの詩全篇を通じて、一神教的な意味合いを含む“Gott”という語を一度も使用してはいないのである。彼がそれを避けて、あくまで“göttlich”という形容詞形を用いていることは、当然ながら、一つの固定したドグマを排し、自由で伸びやかな普遍性こそよしとする彼の世界観を反映しているものと思われる。

つまり、われわれはこの語に込められた作者の真意を、「神としての本質はあくまで堅持しながら、とらわれのない人間性を体現した存在」と解したいと思うのである。というのも、彼はすでに第Ⅰ詩節において、「人の心を心として人間を見ずにはおれなかった」と明言しているからである。彼は自らの探し求める「人の心の真」が、この遊女の一挙手一投足の中に具体的に顕現しているのを目の当りに確認できたからこそ、「微笑み」を洩らし、「悦び」を実感したのである。そのことは、言い換えれば、作者は早くもここで、“göttlich” なるものと “menschlich” なるものの感応合一を暗示しているものと思われる。われわれが “der Göttliche” を「神なるひと」と訳してみたゆえんである。

しかるに、作者はここでは「神」と「人」との親近をこのように予告するだけで、両者の合一はにわかには実現させず、われわれの前に彩り豊かな愛の秘儀を展開して見せることになる。

奴隷の奉仕

Und er fordert Sklavendienste;
Immer heitrer wird sie nur,
Und des Mädchens frühe Künste
Werden nach und nach Natur.
Und so stellet auf die Blühte
Bald und bald die Frucht sich ein;
Ist Gehorsam im Gemüte,
Wird nicht fern die Liebe sein.
Aber sie schärfer und schärfer zu prüfen,
Wählet der Kenner der Höhen und Tiefen
Lust und Entsetzen und grimmige Pein.　(IV, 34–44)

客なる男は次々と奴隷の奉仕を求めたが
女の心は勇み立つ一方で
初めは習い覚えた手管であったものが
いつしか自然となっていった
花の盛りには　たちまち
実が結ぶためしの通り
心栄えの素直さは
真の愛までいくらの隔たりもなくなった
だがひとの心の高貴さも卑しさも知り尽したこの客は
いよいよ厳しく彼女の本然を試そうと
悦楽と驚愕とむごい苦痛を選ぶのだった

ここに描かれているのは、歓楽の部屋に上がりこんだ客が、相手を務める女性に無理難題を押し付ける図である。そのことは、「客なる男は次々と奴隷の奉仕を求めた」という一文に言い尽されている。しかるに、これに対する彼女の反応はといえば、相手の真意を知ってか知らずか、客の横暴をむしろ楽しむかのように、「心は勇みたつ一方で／初めは習い覚えた手管であったものが／いつしか自然となっていった」というのであるから、この客ならずとも、その「心栄えの素直さ」が、いささかならず常軌を逸したものと見えるのも無理からぬところである。ここで対置されている“Künste”（手練、手管）と

“Natur”（自然、本然）という語の配合の妙が、われわれにはとりわけ効果的に印象づけられるが、果せるかな、人情の機微に通じたこの客は、「いよいよ厳しく彼女の本然を試そう」として、意図的に「悦楽と驚愕とむごい苦痛」を課そうとするのである。しかも、この一見倒錯的な客の狂乱振りは止まるところを知らず、次の第V詩節に至って頂点に達するが、それもこれも、物語の劇的な興趣を高め、われわれの関心を後半の展開へとつなぐための、作者の意図的な演出なのである。

悦楽の祝祭

Und er küßt die bunten Wangen,
Und sie fühlt der Liebe Qual,
Und das Mädchen steht gefangen,
Und sie weint zum ersten Mal;
Sinkt zu seinen Füßen nieder,
Nicht um Wollust noch Gewinst,
Ach, und die gelenken Glieder,
Sie versagen allen Dienst.
Und so zu des Lagers vergnüglicher Feier
Bereiten den dunklen, behaglichen Schleier

Die nächtlichen Stunden, das schöne Gespinst. (V, 45–55)

そして　客は華やかに彩った女の頬に口づけした
すると　女は愛の痛みを覚え
茫然自失の態で立ち尽した
この時初めて涙を見せ
彼の足元に泣きくずれた
肉の歓びのためでも　金のためでもなく
あわれ　そのしなやかな肢体は
　一切の奉仕を拒んでいた
かくて　閨房の悦楽の祝祭を盛り上げようと
夜更けの時は　心くつろぐ闇の薄絹を
美しい帳として二人の上にうち広げた

作者はここで、「そして　客は華やかに彩った女の頬に口づけした」という冒頭の一文によって、前節の「奴隷の奉仕」の一端を具体的に描写して、われわれの前に密室で歓楽の限りを尽そうとする男女の狂態をリアルに現出して見せる。しかし、それにしては、そのリズムの運びが意外なほどに重苦しく感じられるのは何故だろうか？　それは一つには、前半四行の冒頭で繰り返される“Und”の重みによるものと思われる。韻律図式上、この語の上に強勢が置かれることは当然であるが、事はそれに止まらず、われわれにはこの語の直後に、思いのほかに長い時間の中断があるように思われるのである。そのことは、即ち、ここで展開される両者の行為に、無意識の逡巡がまとわりついていることを示すものと言ってよいだろう。そう見れば、単純明快な構文の積み重ねで進行するこの場における二人の愛の営みが、見かけの単純さとは裏腹に、われわれの想像以上の複雑な心理を内包していることも、自ずから納得できるように思われる。

この重苦しさは、一面また、この場における彼女の反応に由来している。それを端的に示すのが、「愛の痛み」という語句である。常識的に考えれば、こういう場における「手管」を心得た女性としては、「華やかに彩った頬」を悦び、それに「口づけ」する客に対して、たとえ義務的にしろ、それなりの対応をして見せるのがむしろ当然だと言えようが、彼女は「茫然自失の態で立ち尽」し、「初めて涙を見」せ、相手の「足元に泣きくずれ」た挙げ句、「しなやかな肢体」は全身で「一切の奉仕を拒む」というのであるから、この場に似つかわしくない彼女の言動は、いやでもわれわれの目を惹かずにはいない。それもこれも、真実の「愛の痛み」に目覚めた彼女の真情から来るものであることは、「肉の歓びのためでも金のためでもなく」という一句からも明らかである。その点で、「このインドの伝説は、全篇にわたってクリスティアーネの愛に対する極めて深い共感に貫かれていた」[12]というシュタイガーの指摘は、傾聴に値する言だと思われる。これについては、われわれもすでに『ローマ悲歌』に見られる官能性と聖性との絶妙な融合、調和を論じた際に確認した通りであり、ゲーテの女性賛歌の特質とは、単なる観念性を超えた具象性、肉体性に裏づけされていることは、すでに周知のところだからである。そのことはここでも同様で、作者は肉体を売り物にする女性をヒロインに設定しながら、その内に秘められた精神性、人間性を具象的に浮き彫りにしようとするのである。「あわれ　そのしなやかな肢体は／一切の奉仕を拒んでいた」という一文は、そのことを何よりも雄弁に物語っている。

　そういう彼女の心の真実はいかにともあれ、時刻の移ろいは容赦もなく進行し、この二人を「闇の薄絹」で包み込んでいく。そして、その「悦楽の祝祭」は、この詩の後半の展開にとって不可欠の契機となって、われわれをいよいよこの詩の核心へと導いていくのである。

事態の急転

Spät entschlummert unter Scherzen,
Früh erwacht nach kurzer Rast,
Findet sie an ihrem Herzen
Tot den vielgeliebten Gast.
Schreiend stürzt sie auf ihn nieder;
Aber nicht erweckt sie ihn,
Und man trägt die starren Glieder
Bald zur Flammengrube hin.
Sie höret die Priester, die Totengesänge,

Sie raset und rennet und teilet die Menge.
“Wer bist du? was drängt zu der Grube dich hin?”　(VI, 56–66)

戯れ事にうつつを抜かして夜を更かし
わずかにまどろんで　朝まだき目を覚まし
彼女がその胸元に見たのは
あれほどなじんだ客の骸だった
その上に泣きくずれても
死にびとが目を覚ますはずもなく
強ばったその四肢は
時を移さず火葬の場へ運び去られた
僧の説教　弔いの歌を聞くうちに
女は狂乱の態で駆け出して　人々を押し分けた
「そなたの身元は?　墓へ押しかけるのは何ゆえ?」

前節で予告されていた通り、二人はここで「戯れ事にうつつを抜かし」て、一夜の歓楽をほしいままにするが、それも束の間、朝の目覚めに彼女が「その胸元に見た」のが、「あれほどなじんだ客の骸だった」という点に、この詩の悲劇性は凝縮されている。思いもかけぬ事態の進展に驚き、とまどう彼女の心境は、客の骸の上に「泣きくずれ、「狂乱の態で駆け出して人々を押し分けた」という措辞の中に言い尽されている。彼女がこれほどの「狂乱」ぶりを見せるのは、前節においてすでに「肉の歓びのためでも金のためでもなく」という語句によって示されていた通り、彼女がこの夜も計算抜きの「奉仕」をしていたことが前提となっている。"vielgeliebten" という一語には、そういう彼女の無償の思いが込められているようである。

しかし、こういう彼女の深い胸の内も知らぬげに、事態の進行を描写する作者の筆致は、むしろ小気味よいと言っていいくらいに躍動的である。それが再三触れたこの詩の韻律に因るものであることは改めて断るまでもないが、ここではとりわけ "spät", "früh", "kurz", "bald" という、時間の推移に関わる副詞または形容詞の効果的な配置が、この世の無常迅速さを浮き彫りにするために、絶妙の働きをしている。彼女の身を襲ったこの運命の急転を活写することによって、作者は彼女に感傷に耽る暇も与えず、無理矢理弔いの場に引きずっていこうとするのである。冷酷無情とも見える作者の筆致は、悲嘆にくれる彼女に追い討ちをかける「そなたの身元は？　墓へ押しかけるのは何ゆえ？」と問いかける「人々」の誰何の声に凝縮されているが、実はこの一文も、終盤の劇的展開を生彩に富むものとし、緊迫感を高めるために不可欠の措置なのである。そして、その即物的な描写は、次の二詩節においても変らないままである。

遊女と僧侶の対比

Bei der Bahre stürzt sie nieder,
Ihr Geschrei durchdringt die Luft:
“Meinen Gatten will ich wieder!
Und ich such’ ihn in der Gruft.
Soll zur Asche mir zerfallen
Dieser Glieder Götterpracht?
Mein! Er war es, mein vor allen!
Ach, nur Eine süße Nacht!”
Es singen die Priester: “Wir tragen die Alten,
Nach langem Ermatten und spätem Erkalten,
Wir tragen die Jugend, noch eh’ sie’ s gedacht.

Höre deiner Priester Lehre:
Dieser war dein Gatte nicht.
Lebst du doch als Bajadere,
Und so hast du keine Pflicht.

Nur dem Körper folgt der Schatten
In das stille Totenreich;
Nur die Gattin folgt dem Gatten:
Das ist Pflicht und Ruhm zugleich.
Ertöne, Drommete, zu heiliger Klage!
O nehmet, ihr Götter! Die Zierde der Tage,
O nehmet den Jüngling in Flammen zu euch!”　(VII, 67–VIII, 88)

女は柩の傍にくずおれたが
その悲痛の叫びは天をつんざいた
「わが夫を帰してください！
墓の中までもお慕いするのです
神々の栄光を備えたこの手　この足を
むざむざ灰にしていいのでしょうか？
あの方こそわたしのもの！　誰にもましてわたしのものです！
ああ　たった一夜の契りではありましたが」
僧たちは歌った　「われらは送る　老いし者らを
久しく世に倦み　老いて儚くなりしを見届けて

われらは送る若者を　生死の際を見極めるひまもなく

聞くがいい　僧らの教えさとすところを
これは汝の夫ではなかった
浮かれ女として生きる身であれば
汝には何の務めも要らぬのだ
肉の骸について　音もせぬ死者の国に
赴くのは影だけでよいのだ
夫の後を追うのは妻だけで
それが務めであり誉れでもあるのだ
鳴りわたれ　ラッパの音　聖なる弔いのために！
いざ受けよ　神々よ　日々の飾りを
いざ召せ　御許に　火に焼けるこの若者を！」

この二詩節は、葬送の場という内容的連関、及び詩節にまたがる僧の説教という外形的つながりの点から、両者一体のものとして読むべきだと思われる。

「天をつんざ」くほどの彼女の「悲痛の叫び」が、愛する「夫」を亡くした彼女の身を嚙む真情から発するものであることは無論である。「たった一夜の契り」であったにしろ、その相手のことを再三にわたって「わが夫」と断言する彼女の心情は、これまでの彼女の真心こめた言動を見てきたわれわれには、さして不思議とも思えない。六行にわたって訴える彼女の言々句々には、まさに「墓の中までもお慕いする」という真実の叫びが満ち満ちている。一身かけたその叫びが切実なものであればあるだけ、この世の事理を説くことに終始する僧たちの歌声が、われわれの耳には冷え冷えと聞こえて来るのである。それが結尾の大団円を一層効果的に演出しようとする作者の意図によるものであることも、容易に推察されるところであるが、いずれにしても、かれらの言説には、それが世の常識に基づくものである以上、一点の非の打ち所もない。

その説くところは、要するに「老いし者ら」も「若者」も、生ある者はすべからく、いずれは「音もせぬ死者の国」に赴く他はないという冷厳なる事実である。そして更に、「夫の後を追うのは妻だけ」というこの世の道義である。かれらがこの事実と道義に立脚している以上、彼女に対して「浮かれ女として生きる身であれば／汝には何の務めも要らぬのだ」と説くのは、当然の帰結である。つまり、ここには生命をかけた彼女の真情のつけいるすきはいささかもないのである。

こうして、一己の女性としての魂の叫びと、僧たちの常識の域を一歩も出ようとしない固定観念との対比をドラマティックに生き生きと描写して見せた上で、作者はわれわれをいよいよ最後の大団円へと誘うのである。

大団円

So das Chor, das ohn' Erbarmen
Mehret ihres Herzens Not;
Und mit ausgestreckten Armen
Springt sie in den heißen Tod.
Doch der Götterjüngling hebet
Aus der Flamme sich empor,
Und in seinen Armen schwebet
Die Geliebte mit hervor.
Es freut sich die Gottheit der reuigen Sünder;
Unsterbliche heben verlorene Kinder
Mit feurigen Armen zum Himmel empor.　(IX, 89–99)

かくて合唱の歌声は　一片の哀れみもなく
彼女の胸の悲しみを深くするばかり
と　諸手を広げて彼女は
熱い死の只中に跳び込んだ

だが神々の愛子は　炎の中から
すっくと身を起し
その腕に抱かれて　愛を得た女は
　相共に天空高く昇って行った
改悛の罪びとは御心に叶い
不死の神々は迷える人の子を
火と燃える腕にしかと抱き取って　天の高みへ引き上げた

先ほどの僧たちの説教に続いて歌われる「合唱」は、彼女の一連の言動、その真情に対する「一片の哀れみもな」いまま、習い覚えた葬送の歌を高唱するばかりというのだから、それを耳にする「彼女の胸の悲しみ」はいや増す一方だというのも当然である。その結果、彼女は「熱い死の只中」に身を投ずるのであるが、ここで使われる“heiß”という形容詞の表現効果は極めて印象的である。それが直接には炎々と燃え盛る火葬の火を表すものであることは言うまでもないが、われわれはこれをその火の物理的熱さという以上に、むしろ、それを物ともしない彼女の心理的熱さを象徴するものとして受け取りたい。

そう言えば、この詩節には更に、“Flamme”、“feurig”という熱火に関わる語の重用が目につくが、これはいずれも、この場に欠かせぬ道具立てであるように思われる。つまり、作者はこの“Flamme”という一語によって、客の肉を焼き尽す熱火を具象化しているが、ここではむしろそれ以上に、それを通して、肉にまつわる一切の罪、穢れを消尽させる浄火という意味を込めているものと見えるのである。言い換えれば、作者がここで「改悛の罪びと」と言うのは、こういう火によって、地上的な一切の制約を焼き尽す浄火の恵みを受け、真実の愛によって結ばれた二人を祝福するためだったのである。それが天上の「不死の神々」の意に叶うものであったからこそ、かれらは二人を「(悦びに)火と燃える腕にしかと抱き取って　天の高みへ引き上げ」ることができたのである。こうしてこのバラードは、『ファウスト』の結びの場面を連想させる「神」と「人」との合一という祝福のうちに大団円を迎えることになるのである。それを可能にしたのが、リズムは賛美歌(Eins ist not, Luk. 10, 42)、素材もやはりルカ伝のマグダラのマリアの場面に拠りながら、作者自らの胸から溢れ出る、威厳に満ちつつも温和で、キリストの教えをも突き抜けた彼の道義性だったのである[13]。

以上見て来た通り、われわれがこれから見てゆくことになる『コリントの花嫁』では、宗教的ドグマから自由な、人と人との真の結び合いを歌い称えるゲーテは、この『神と遊女』では、バラードという表現形式を十全に活用することによって、人間同士の愛の世界を軽々と乗り越え、「神」と「人」との直接の交わりを見事に描き出すことが出来たのである。彼の天性の広やかな想像力がその原動力になっているのは当然だが、それにはインドの伝説世界が格好の舞台を提供してくれたのである。それによって彼は、その想像力を言語という器に盛るために、最適の表現形式を案出することになったと言ってよいだろう。

この自由な想像力と、それを盛るにふさわしい形式との幸福な融合を実現させたことによって、ゲーテは類い稀な人間賛歌を歌い得たのであるが、その点でわれわれはこのバラードを、ゲーテの固有の人間愛の集大成として受け取りたいと思うのである。これはまさに「このジャンルの到達し難い典型(14)」とされる一七九七年の一連のバラードの中でも出色のものと言えるだろう。

註

(1) Viëtor, Karl: Goethe. Dichtung・Wissenschaft・Weltbild. A. Francke AG. Verlag Bern 1949. S. 158.
(2) Vgl. Kommerell, Max: Gedanken über Gedichte. Vittorio Klostermann. Frankfurt am Main 1943. S. 367.
(3) Kommerell: S. 365.
(4) Trunz, Erich: in: GW. S. 627f.
(5) Kommerell: S. 364f.
(6) Goethes Leben von Tag zu Tag. Eine dokumentarische Chronik von Robert Steiger. Band III. 1789–1798. Artemis Verlag Zürich und München 1984. S. 589ff.
(7) Kommerell: S. 366.
(8) Eckermann, Johann Peter: Gespräche mit Goethe in den letzten Jahren seines Lebens. Herausgegeben von Heinz Schlaffer. In: Johann Wolfgang Goethe. Sämtliche Werke nach Epochen seines Schaffens. Münchner Ausgabe. Herausgegeben von Karl Richter in Zusammenarbeit mit Herbert G. Gepfört, Norbert Miller und Gerhard Sauder. Band 19. Carl Hanser Verlag München 1986. S. 653. 但し、『宝掘り』に関しては、そのモティーフの浮かんだのが一七九七年五月二十一日であることが知られているので、ここで触れられている一連のバラードからは除外される。Vgl. Staiger, Emil: Goethe. 1786–1814. Band II. Atlantis Verlag AG Zürich 1962. S. 308.

（9）Trunz: S. 628.
（10）a.a.O., S. 628.
（11）Vgl. Kommerell: S. 368f.
（12）Staiger: S. 308.
（13）Vgl. Heinemann, Karl: Goethe. Alfred Kröner Verlag in Stuttgart 1922. S. 132.
（14）a.a.O., S. 132.

ゲーテの異教性

「古典主義の最初の偉大なバラード[1]」の一つとされ、「一つの歴史的なバラード[2]」と評される『コリントの花嫁』について、シュタイガーは「アンチ・キリスト教的志向を露わにしたもの[3]」と見る。後に触れるように、「母親」の一連の行動に対する「むすめ」の批判ないし非難には、アンチ・キリスト教的と思える言辞が多々見られるのは、確かに否定できない事実である。これに対して、コメレルは「この詩をアンチ・キリスト教的なマニフェストと捉えることは許されない。これは(あくまでも)バラードなのである[4]」と言う。一見相反するこれらの見解は、われわれには同じ盾の両面を別の立場から評しているものと思われる。というのも、ゲーテが特定の宗教のドグマから離れて、自由で伸びやかな精神世界に想像の翼を飛翔させ、活力に満ちた人間性を歌い称えて来たことは、『ローマ悲歌』や『西東詩集』の諸篇について、われわれのすでに見て来た通りだからである。そこに見られる自由闊達な精神の躍動は、キリスト教を否定するものと言うよりも、その枠を超えた自由人ゲーテの普遍的な人間性の発露、と見るべきもののように思われる。われわれはその積極面を彼の生来の「異教性」と見て、その視点から『コリントの花嫁』を読み直してみることにしたい。

成立の背景

シラーの『一七九八年のための詩神年鑑』には、ゲーテの『宝掘り』、『コリントの花嫁』、『神と遊女』、『魔法使いの弟子』に加えて、シラーの『ポリュクラテスの指輪』、『手袋』、『騎士トッゲンブルク』、『潜水夫』、『イビュクスの鶴』などのバラードが収められたことから、この年鑑を「バラード年鑑」と呼び、これらの詩が相次いで作られたのが一七九七年であることから、この年が「バラードの年」と言われることは、すでに周知のところである。

これらのバラードについては、ゲーテとシラーの往復書簡の中で幾度となく論じられ[5]、両者それぞれにバラード制作に熱中していったが、その作風は、当然ながら、それぞれの気質を反映したものとなった。即ち、シラーのバラードの中心には大抵の場合、自由で道義的な決断があり、人間は自らの自発的意志に基づいて行動するのに対し、ゲーテの場合には、魔的なものの関わりが中心を占め、人間の限界を超えたより高き諸力が人間に影響を及ぼすものとなっている。言い換えれば、「シラーが普遍的なもの、理念から出発する」のに対して、「ゲーテは特殊なものから出て、帰納的に普遍的なものに上昇していく」のである。[6] とりわけ、ゲーテの『コリントの花嫁』や『神と遊女』はシラーのバラードとはまったく別の起源と本質を持つものであり、[7] ここにもシラーの言う「情感詩人」と「素朴詩人」の別は鮮やかで、「素朴詩人」としてのゲーテの本領は、これらのバラードにおいても健在であり、彼は自らの詩的想像力を遺憾なく発揮している。

ちなみに、ゲーテの時代には伝説やメールヒェンは、民衆の間でさまざまに語り伝えられていて、彼自身も幼少の頃から口伝えでそれになじんでいたが、そうした幼児体験が『ファウスト』同様、彼のバラード創作の伏流水となっているのである。[8] 加えて、ドイツ語の圏内、およびパーシ（Percy, Thomas, 1729–1811）にまで遡るバラード史については、自らの初期の創作のみならず、ヘルダーを通して彼にはつとになじみのものであった。[9] 彼は後年になって、自ら読んだり聞いたりしたこれらの話を基に、それを大幅に改変して、独自のモティーフを付け加えていくことがしばしばであり、『コリントの花嫁』はその好例である。ゲーテはすでにシュトゥルム・ウント・ドラングの時代から『野バラ』、『トゥーレの王』等、人口に膾炙した一連のバラードを作っていたが、これらの若年時のバラードと比べると、一七九七年以降のそれは、素材や出来事が格段に豊かになっていることが目に付く。つまり、ゲーテはいまや自覚的に、このジャンルにふさわしいテーマを選んでいるのである。

例えば、ここで取り上げる『コリントの花嫁』や、これと前後して作られた『神と遊女』を見ても、人間はより高き諸力の前に投げ出され、世界の魔力にからめ取られている。しかるにその一方で、これらの作品においては、前者における宗教の相違であれ、後者における救済の思想であれ、上のような枠を超えた一種の思想的浄化が際立ち、これが両作品の新機軸となっている。これに続く他のバラードには、このように豊かな世界の広がりは内包されておらず、これほどの深部に達したものは見られない。

更に、文体の性格もこの両作と他の物の間に変化が見られるが、これは、これらのバラードがさまざまな読者層に向けられていることと関連している。つまり、ゲーテはこの両作の制作にあたって、シラーと、自らの深遠な芸術的意図を理解してくれそうな読者層のことを念頭に置いていたものと思われる。その点でも、これは他の諸作と違って、求める所の大きい芸術バラードなのである。

ところで、一七九七年の五月十九日から六月十六日まで、ゲーテはイエーナに滞在して、殆ど毎晩のように、シラーを相手に芸術や文学について語り合い、それが二人のバラード競作の重要な契機となったもののようであるが、五月の終わりには『魔法使いの弟子』、六月四日から六日にかけて『コリントの花嫁』、六月六日から九日には『神と遊女』という具合に、続々とバラード作品が生み出されていったのは、その端的な例証の一つと言ってよいだろう。[10] 特に、当時のゲーテの日記に次のような記述のあるのが目に付く。

六月三日「夕方、シラーのところで新しいロマンツェ（バラード）について」
六月四日「吸血鬼の詩の開始」
六月五日「吸血鬼の詩完結」
六月六日「吸血鬼の詩を清書して、夕方、シラーに渡す[11]」

これから見れば、この二十八節百九十六行から成る『コリントの花嫁』は、わずか二日の間に一気呵成に仕上げられたということになる。このことは、上述した背景から考えて、この作品の構想が前々から彼の胸中で温められていたことを物語るものと言ってよいだろう。そのことは、彼が後にエッカーマンに語った次の言葉からも裏付けられる。

『コリントの花嫁』をきっかけとして、ゲーテは他のバラードについても語った。「私はその大部分をシラーのおかげで作ることが出来た。彼は自分の『ホーレン』のために常に新しいものを必要としていたので、私を急き立てたのだ。それはすでに何年も前から、私の頭の中で出来上がっていたのだが、それが優美な映像になり、浮かんだり消えたりする美しい夢となって、私の心をとりこにしたというわけなのだ。」(12)

素材はもともと古い怪奇物語で、紀元二世紀のハドリアヌス帝時代にフレゴン・フォン・トラルの『奇蹟の書』に書き留められていたもので、そこで語られているのは、ごくありふれた怪奇物語である。それによれば、青年マヒャテスがシリアの町トラレスの、両親の親しい友人夫妻の所にやって来る。夫妻の娘は六ヵ月前に死亡していたが、彼はそのことを知らない。夜更けに彼女は彼の所に姿を現して、彼に対する恋を打ち明け、二人はその夜を共にする。夜が明けて、彼女は姿を消すが、召使いたちが彼女の姿を見かけ、それを両親に告げる。次の夜、彼女が再び彼のもとに姿を現した時、両親もその場にやって来て、娘の姿を見て驚嘆する。しかるに、彼女はあえなく死んでしまう。その死体は、市門の外の野獣の前に放り出され、神殿は清められて、神々に犠牲が捧げられる。マヒャテスもその直後に亡くなってしまう、というものである。

ゲーテはこの素材を、死んだ後も舞い戻って来て、生きている女性の血を吸い取る吸血鬼の伝説モティーフと結び付けているが、そのことは例えば第XXVI詩節の詩句から見て取れる。要するに、この作品は、「これほどの完成度を持ち、これほどのデモーニッシュな静かさを湛えて、無比の喚起力を持つこれらの詩節の中に芸術作品として造型されるに至るまでに、何十年もの間、秘密として彼の胸中深く秘められてい」て、それが「夢から覚めた後も、殆ど正気を取り戻せないほどの不気味な悪夢さながらに、ゲーテの魂から抜け出して来た」というわけである。[13] 以下、テキストに即してその具体相を検討してみることにしよう。

巧みな導入部（I–II）

各節七行、それぞれがa—b—a—b—c—c—bという脚韻形式で一貫した、合計二十八詩節から成り、「豊かな節分けによる詩節構造」を持つ長大なこの詩の構成について、コメレルは、（一）無味乾燥な報告の三詩節、（二）ストーリーの刺激的な進展、（三）幽界へと急転する激しく、重苦しい緊張感を持つ恋の雰囲気、（四）魂の安息を得られずに、真夜中にさまよい歩く死者の霊と化した女性の口から発せられる、恋と肉体と血に対するキリスト教的冒瀆に対する厳かな呪文による怨みの言上に分け、最後の数節を「この詩人の最大の言語的達成に属するもの」と評価するが、[14] これについてわれわれは、作品全体のストーリーの展開という観点から、次のように整理して考えてみたい。即ち、われわれはこれを、（一）最初の二詩節による「巧みな導入部」、（二）第Ⅲ詩節から第Ⅴ詩節にわたる「序曲部」、（三）第Ⅵ詩節から第Ⅸ詩節の「むすめの名乗り」＝ストーリーの開始、（四）第Ⅹ詩節から第XIII詩節の「二人の愛の確認」、（五）第XIV詩節から第XVIII詩節の「二人の愛の昂揚」、（六）第XIX詩節から第XXII詩節の「母親の登場」による緊迫感の盛り上がり、（七）最終五詩節にわたる「火を吐くむすめの熱弁」という七部立て、と見たいと思うのである。

いずれにしても、われわれには「アテネからコリントへ／一人の若者が旅して来た　知る辺とてない土地に」（I, 1f.）という歌い出しからしてすでに、この詩の今後の波乱を予感せざるを得ない気にさせられる。というのも、われわれはこの二つの地名が「未だ異教の地から、使徒パウロによって早くから改宗を受け入れていた町への移行を意味する[15]」ものであり、そのこと自体がこの詩に不可欠の重大な対立図式を暗示するものであることを知っているからである。この若者がわざわざ、「知る辺とてない土地」に「旅して来た」のは、「父親同士が親類同然の付き合い」で、「早くから互いの娘　息子を／花嫁　花婿と定めていた」からに他ならない（I, 4ff.）。しかるに、この若い二人が夫婦として結ばれるには、避けて通れない難題が待ち構えている。その間の事情を歌うのが、次の第Ⅱ詩節である。

Aber wird er willkommen scheinen,
Wenn er teuer nicht die Gunst erkauft?
er ist noch ein Heide mit den Seinen,
Und sie sind schon Christen und getauft.
Keimt ein Glaube neu,
Wird oft Lieb' und Treu'
Wie ein böses Unkraut ausgerauft.　(II, 8–14)

だが高い代価も払わぬままで

快く迎えられ　もてなされるだろうか
若者は一族ともにまだ異教徒なのに
こちらはすでに洗礼も済ませたキリスト教徒
新たな信仰が芽生えると
愛も誠も　雑草同然に
むしり取られるのは世によくあること

ここには早くも、第Ⅰ詩節で「コリント」と「アテネ」という地名を通して暗示されていた「異教徒」と「キリスト教徒」という重大な対立図式が明確に提示されている。この二つのものの宥和が容易ならざるものであることは、「高い代価も払わぬままで」という一句を見ても明らかである。とりわけわれわれの目を惹くのは、詩人が「新たな信仰が芽生えると／愛も誠も　雑草同然に／むしり取られるのは世によくあること」と断じていることである。この一句には、まさに「敬虔な信仰心ゆえの狂熱に対するゲーテの古くからの告発」[16]が凝縮されていると言ってよいだろう。これを見れば、われわれも双方の父親たちによって、早くからいずれは「花嫁　花婿にと定め」られていたこの若い男女の「愛も誠」も、「新たな信仰」の犠牲となって、「雑草同然に／むしり取られ」る定めを担っていることに慄然とし、その後の二人の運命の行方に不安を覚えざるを得なくなる。これが「生きた人間の血の中で脈動する生まれながらの愛の性向と、それに対する当然の権利[17]」を甚だしく阻害するものであることは言うまでもない。そうだとすれば、これは「無味乾燥な報告」どころではなく、読む者の手に汗を握らせるこの巧みな導入部によって、われわれも否応なく物語世界の中に引きずり込まれていく仕儀となるのである。まさにバラード作者としてのゲーテの面目躍如である。われわれはこの二詩節をこのバラードの導入部と見て、以下の展開の跡を追ってゆくことにしよう。

序曲部（III–V）

「一家ははや寝静まっ」た頃に、「ただひとり目覚めて」いた母親は、この遠来の旅人を「心を尽し」て迎え、「贅をこらした部屋」に案内し、「極上の酒肴」でもてなすが、これほどの「珍味佳肴」を目の前にしても、若者の「口腹の慾」は一向に起らない。「酒食を忘れる」ほどに「疲れきって」いるからである。その結果、彼は「着の身着のままベッドに倒れ込む」ことになる（III, 15–IV, 25）。

ここまでの状況描写は、実は、今後の展開を効果的に盛り上げるために不可欠の伏線となっているのである。果せるかな、彼が「まどろみに入ろうかとする時に／見慣れぬ客がひとり／開いた戸口から入って来る」のである（IV, 26–28）。その入場の様子は、次のような詩句によって描き出される。

Denn er sieht, bei seiner Lampe Schimmer
Tritt, mit weißem Schleier und Gewand,
Sittsam still ein Mädchen in das Zimmer,
Um die Stirn ein schwarz- und goldnes Band.

Wie sie ihn erblickt,
Hebt sie, die erschrickt,
Mit Erstaunen eine weiße Hand.（V, 29–35）

若者の見たのは　ランプの仄明りに照らされ
白いヴェールに薄衣をまとい
額には黒と金のリボンを巻いた
おとめがひとり　慎ましく無言のまま歩み入る姿だった
若者を見るより早く
おとめははっと驚いて
白い片手を挙げるのだった

三三、三四行目の三ヘーブングを除き、五ヘーブングを基調とし、交叉韻と平行韻を混用した韻律は、足音もなく、無言のまま、若者の寝室に歩み入って来たひとりの「おとめ」の微妙、不可思議な雰囲気を写して余すところがない。

それは一つには、「白」（weiß）、「黒」（schwarz）、「金」（golden）という色彩に関わる語の多用によるところが大である。“mit weißem Schleier und Gewand”，“eine weiße Hand” に見られる如く、「白い」という形容詞の重用が、ここではとりわけ大きな効果を発揮している。これによって、この「おとめ」が現世的な肉感を超越した、汚れなき存在であることが示唆される。彼女のそういう聖性は、額に巻かれた「黒と金のリボン」という、尼僧の風姿を連想させる小道具の配置によって、一層鮮やかに強調される。この「天上の花嫁の衣装[18]」は、しかし、同時に、彼女が若い少女の持つ健康的な血の色を、もはや喪失していることをも暗示している。そういう少女が「ランプの仄明り」に浮かび上がり、「無言のまま」歩み入って来るというのだから、この場面の緊張感はいやが上にも高まって来ざるを得ない。それに追い討ちをかけるかのように、“erschrickt”, “mit Erstaunen” という「驚愕」の意を示す語句が畳み掛けられる。これによって、この彼女の「驚き」が何に由来するのか、われわれはいやでも次の筋の展開へと興味を掻き立てられるのである。

むすめの名乗り＝ストーリーの開始（VI–IX）

第Ⅵ詩節から第Ⅸ詩節における四詩節は、「むすめ」と「若者」の対話によって進行し、それを通して「むすめ」の境涯が明らかにされ、今後の展開へとつながっていく仕組みとなっている。

対話の口火を切る「むすめ」の、「わたしはこの家でこんなにも余所者になったのか／客ある由も聞かされぬほどに」（VI, 36f.）という詩句こそ、このバラード一篇に関わる重さを内包した言葉なのである。その痛切さは、“so fremd im Hause” という一句に尽されている。彼女のそういう現実認識は、「いまここに来て恥ずかしさに襲われる」（VI, 39）という言葉となって表現される。即ち、彼女はここで、対等な立場でこの「若者」に対面することが許されぬ、われとわが身の宿命を瞬時のうちに自覚して、

「入って来た時のように／すぐさま退散いたします」と言わざるを得ないのである（VI, 42）。

対する「若者」が「ふしどからがばと跳ね起き」て、「行ってはいけません　美しきひとよ！」と叫ぶのは（VII, 43f.）、自然な反応と言うべきであろう。彼女を引き止める手立てとして、彼は「これはツェーレスの　こちらはバッカスの贈り物」と言って（VII, 45）、いずれもローマ神話にちなむ豊穣の女神と酒神の名を挙げる。これがそれぞれパンと葡萄酒、即ち、キリストの肉体と血の表象として用いられていることは、ヘルダーリンの『パンと葡萄酒』を挙げるまでもなく、われわれの容易に察し得られるところである。作者がここでこの二つの固有名詞を持ち出したのは、この「むすめ」と「若者」の肉体性、現実的存在を強調するためであったことも、想像に難くない。と同時に、この二つのローマ神話上の名前は、次の「それにあなたはアモールを連れて来たのだから　いとしいひとよ」（VII, 46）という、この詩の核である「愛」というモティーフを導き出すための伏線ともなっているのである。自然な話の流れに乗りながら、さりげなく主題を提示して来るゲーテの手練の技は、ここでも健在である。

更に、われわれの見逃し得ないのは、作者がここで専らローマ神話の世界に遊んでいると見えることである。そのことは、上に見た通り、「ツェーレス」、「バッカス」、「アモール」、そしてそれらを総称した「神々」（VII, 49）という言葉に端的に言い表されている。そのことがまた、次の二詩節において「むすめ」の口から告白されるキリスト教世界への批判を一層際立たせることともなっている。つまり、「むすめ」は「こころ優しき母が病の妄念から／ああ　取り返しのつかぬことを仕出かしたのです／癒えての後　母は誓いを立てました／若い盛りのこのわたくしを／いつか在天の神に捧げます　と」と言って（VIII, 52–56）、尋常ならざるわが身の不運を打ち明け、次のように訴えるのである。

Und der alten Götter bunt Gewimmel
Hat sogleich das stille Haus geleert.
Unsichtbar wird Einer nur im Himmel,
Und ein Heiland wird am Kreuz verehrt;
Opfer fallen hier,
Weder Lamm noch Stier,
Aber Menschenopfer unerhört. (IX, 57–63)

古き神々の群れ集う賑わしさは
たちまちわが家を去ってひっそりとなりました
在天の唯一の神は隠れてしまい
十字架の救い主が崇められています
ここでは仔羊や雄牛は
犠牲にはされず　法外にも
代りに人身御供が捧げられるというわけです

この詩句の言々句々を見れば、「古き神々」と「唯一の神」、即ち、古代ローマ的多神教世界とキリスト教的一神教的世界の対比は一目瞭然である。とりわけ注目すべきことは、作者がここで、「仔羊や雄牛」の身代りに「人身御供」が捧げられるという、「法外」なことが行われていると断じていることである。

これによって彼は、この「むすめ」の身に起った理不尽を嘆き、キリスト教的愛の矛盾をさりげなく告発しているのである。「在天の唯一の神は隠れてしまい／十字架の救い主が崇められています」という一句は、作者のそういう心情を投影したものと言ってよいだろう。

いずれにしても、この一節によってこの「若者」と「むすめ」の間が容易には結ばれ得ないことを明らかにした作者は、われわれの関心を以後の二人の運命の成り行きへと向わせるのである。

二人の愛の確認（X－XIII）

第X詩節から第XIII詩節にわたる四詩節は、二人の交唱を軸にして、互いの愛を確認し合い、そのことが以後の悲劇をひときわ際立たせるための伏線となっている点で、前半のヤマ場と言ってよい緊迫感をはらんでいる。

「むすめの語る言の葉は一語たりとも／念頭を去ら」ず、その意味するところを「問いただしつぶさに思い量」る「若者」の心情は、察するに余りがある（X, 64f.）。「目の前に佇む花嫁」に向って、「さあ　わが妻となるのです／われらが父の切なる誓いによって／二人には天の祝福が恵まれたのです」と説く彼の言葉には、いかにも「若者」らしい真率さが端的な形で表明されている（X, 68–70）。

これに対する「むすめ」の応答は、先ほどの第VIII詩節から第IX詩節にかけて暗示されていた身の不幸を、具体的にリアルに明らかにして、読む者をして慄然とさせずにはおかない。

Mich erhältst du nicht, du gute Seele!
Meiner zweiten Schwester gönnt man dich.
Wenn ich mich in stiller Klause quäle,
Ach! in ihren Armen denk' an mich,
Die an dich nur denkt,
Die sich liebend kränkt;
In die Erde bald verbirgt sie sich.　(XI, 71–77)

良きひとよ　わたしはあなたのものにはなれぬのです！
わが妹こそあなたの妻となる定め
人気ない庵でわたしがひとり悩むとき
ああ！　妹の腕の中にいてもお偲びください
一途にあなたを慕い
恋ゆえにこころ傷つき
ほどなく土に埋もれるこのわたしのことを

ここには、「人身御供に捧げられる」という「法外」な仕打ちに加えて、自らの血肉を分けた「妹」に「花嫁」の座を譲らざるを得ない「むすめ」の切々たる思いが、余す所なく活写されている。その切実さは何よりも、彼女が「一途にあなたを慕」っているという真情に由来する。その慕情が「一途」なものであればあるほど、彼女が「恋ゆえにこころ傷つ」くのは当然すぎることである。しかも、彼女が「ほどなく土に埋もれる」定めになっているというのであるから、“Ach!”という一語に込められたその悲痛の程は、まさに痛いほどわれわれの胸に迫って来ざるを得ない。彼女が自らに定められた身の不運を決して納得してはいないことは、「ああ！　妹の腕の中にいてもお偲びください」という一文からも明らかである。

血を吐くような彼女のこの必死の訴えに対して、「若者」が発する“Nein!”という一語は（XII, 78）、先ほどの「むすめ」の“Ach!”にぴったり呼応して、両者の愛の真率さと揺ぎない結び付きを浮き彫りにする見事な効果を発揮している。加えて、「若者」のこの一言は、「むすめ」の宿命を断固として拒否することを示すに止まらず、彼の彼女に対する恋の「炎」に点火する契機ともなっているのである。果せるかな、彼は「この炎にかけて誓おう／この火はヒューメンがわれらへの好意のしるしに点じてくれたのだ」と言って（XII, 78f.）、二人の愛の不滅を断言するのである。この「ヒューメン」（Hymen）が「結びの神」であり、この「炎」が「婚礼のたいまつ」を暗示するものであることを考えれば、彼のこの断定の意味するところは、自ずから明らかである。

こうして彼女との永遠の結び付きを確認した彼は、彼女を「さあ手に手を取ってわが父の家へ行きましょう」と誘《いざな》い（XII, 81）、二人は「早くも誠のしるしを交わし合う」ことになる（XIII, 85）。具体的には、彼女が彼に「金の鎖」を差し出す返礼に、彼は彼女に「世に二つとない銀の巧みの／盃を贈ろう」とする（XIII, 86–88）。この「金」と「銀」の対照の妙によって、二人のまばゆいばかりの婚約の儀式も滞りなく完了するかと思わせながら、作者は「むすめ」の次の応答を通して、われわれに事態の容易ならざることを悟らせずにはおかない。まさに心憎いばかりの演出の冴えと言う他はない。

Und schon wechseln sie der Treue Zeichen:
Golden reicht sie ihm die Kette dar,
Und er will ihr eine Schale reichen,
Silbern, künstlich, wie nicht eine war.
"Die ist nicht für mich;
Doch, ich bitte dich,
Eine Locke gib von deinem Haar."　(XIII, 85–91)

かくて早くも二人は誠のしるしを交わし合う
むすめが金の鎖を差し出せば
若者は世に二つとない
銀の巧みの盃を贈ろうとする
「それを頂くわけにはまいりません
わたしが是非に所望したいのは
あなたの巻き毛のひと房」

彼女は彼の差し出す盃を拒絶し、セミコロンの絶妙な使用によって示される通り、しばしのためらいを見せた後、意を決したかのように、相手の「巻き毛のひと房」を所望するのである。三、三、五へーブングのトロへーウスの韻律に乗せて発せられる彼女の言は、その息遣いまで聞こえてきそうな緊迫感に満ちている。それというのも、これは、自らが死者の国の存在であることを自覚すると同時に、「巻き毛のひと房」をわずかなよすがとして、あくまでも「若者」とのつながりを失うまいとする彼女の痛切な真情を表すものと思われるからである。つまり、これによって彼女は、愛する「若者」との現世における契りを断念する一方で、冥界での婚礼を切望する娘心を吐露しているのである。そして、彼女のこの言が契機となって、場面はいよいよ後半の核心へ向って大きく展開していくのである。

二人の愛の昂揚（XIV–XVIII）

「折しも魔の刻を告げる鐘は陰々と鳴り」（Eben schlug die dumpfe Geisterstunde）と歌い始められる第XIV詩節は、読む者に不気味な雰囲気を印象づけるに十分なものがある。それは一つには、“schlug”, “dumpfe”, “Geisterstunde” という語に見られる通り、一行中に三つのu音が用いられているという音響効果から来るものである。そのことが文字通り、われわれを「陰々」（dumpf）とした気分に誘うのである。しかるに、この瞬間を待ちかねていたかのように、「この時ぞとばかり　むすめはこころ安らぐ模様」というのだから、この「むすめ」の異様さはいよいよ際立つばかりである。案の定、彼女は「蒼白い唇でむさぼるように／どす黒い血の色したぶどう酒を啜り込む」（Gierig schlürfte sie mit blassem Munde / Nun den dunkel blutgefärbten Wein.）ことになる。ここでも “blass”, “dunkel”, “blutgefärbt”

という色彩に関わる形容詞が畳み掛けられて、一場の重苦しさと彼女の狂乱ぶりを浮き彫りにしている。ところが、このぶどう酒を啜り込む貪欲さ（gierig）とは裏腹に、彼女は「若者がねんごろに差し出す／小麦のパンだけは／ただのひとかけらも口にしようとしない」のである。この「パン」がキリストの肉を象徴するものであり、生きた人間の生命を支える糧である以上、神の聖別を受けぬまま（Vgl. IX）、死者の国の存在となった彼女にとって、それを受け入れるわけにいかぬというのは、自明の道理である（以上、XIV）。

こうしてこの二人は、互いの肉体性を確認し合えぬまま、契りの盃だけは交わすという、「無言の宴」に臨むのである。「彼女の差し出す盃」を「待ちかねて　一息に飲み干す」という「若者」の反応に、彼の心急く思いは見紛いようもない（Und dem Jüngling reichte sie die Schale, / Der, wie sie, nun hastig lüstern trank.）。“hastig”，“lüstern”という副詞の斡旋は、その何よりの証左である。あのトリスタンとイゾルデの愛の媚薬の一場さえ連想させるこの場面において、「若者」の恋情は最高潮に達し、「あわれその胸は恋の虜」となってしまう。しかるに、「むすめ」の方は、彼が「どれほどかき口説い」ても、いっかな「聞き入れようとしない」というのであるから、「若者」としては「ベッドに泣き伏」す他に術がなくなるのである（以上、XV）。

それを見ては、彼女も心を動かされざるを得ず、「その傍らに身を投げ出し」て、「これまで秘め隠していたこと」を告白する仕儀となる。「ああ　あなたの苦しむのを見るのは　わたしにとってどんなにつらいことでしょう！」という一言には、相手の期待に応えようにも応えられない、彼女の痛切極まりない思いが込められている。それもこれも、「雪のように白く／氷のように冷たい／それがあなたの選ばれた恋人なのです」とある通り、彼女がもはや血の通わぬ存在となってしまったことから来るものである(以上、XVI)。
彼女のこの告白は、肉体の「冷たさ」とは裏腹に、そういう境遇に置かれた彼女なりの、彼に対する熱い思いを告げるものと解すべきだろう。それを瞬時のうちに感じ取ったからこそ、「若者」も激しい反応を見せるのである。

Heftig faßt er sie mit starken Armen,
Von der Liebe Jugendkraft durchmannt:
"Hoffe doch bei mir noch zu erwarmen,
Wärst du selbst mir aus dem Grab gesandt!
Wechselhauch und Kuß!
Liebesüberfluß!
Brennst du nicht und fühlest mich entbrannt?" (XVII, 113–119)

男子の気力に満ち　若々しい恋の魔力に駆られて
若者はたくましい腕にむすめを激しく抱きしめた
「きみが墓穴から送り出されたものであろうと
この身をかけて　温めてあげよう!
吐息を交わし　口づけを重ねよう!

愛の思いは満ち満ちる！
きみは燃えぬのか　燃え立つこの火も感じないのか？」

ここには、「若者」の抑え難い恋の激情がまさに「満ち満ち」ている。そのことは、冒頭の“heftig”, “stark”という形容詞を初め、“der Liebe Jugendkraft”, “Wechselhauch und Kuß”, “Liebesüberfluß”という名詞群、“fassen”, “durchmannen”, “erwarmen”, “entbrennen”などの動詞群の集中的な使用によるものであることは、言うまでもない（以上、XVII）。

このなりふり構わぬ彼の愛の告白が、異界から来た「むすめ」の心さえ動かすに足るものであったことは、「愛はいやましに二人を堅く結び付け」て、彼女は「物狂おしく彼の口の炎を吸う」に至る。こうして二人は、「互いに相手の中にだけ自らの生の証しを感じる」のである。しかし、彼のこの恋の激情も、「凝《こご》ったむすめの血を温める」までが精いっぱいで、「彼女の胸の心臓が脈打つ」ところまでは叶わないというところに、この詩の悲劇性は依然として解消されないままであることが見て取れる（以上、XVIII）。

母親の登場（XIX–XXII）

第XIX詩節から第XXII詩節にかけての四詩節は、「むすめ」の「母親」の登場によって、場面は一気に緊張の度を増し、それが第XXIII詩節以下、最終詩節に至るまでの六詩節にわたる「むすめ」の絶叫を誘発して、一篇の核心に迫るという劇的展開にとって、不可欠の呼び水となっている。

即ち、この「母親」は「夜の更け」に、「一家の主婦の務め」としての戸締まりをしようと、「足音を忍ばせて廊下を渡」る折も折、中から洩れて来る「何ともあやしい物音」に聞き耳を立て、「戸口でいつまでも耳を凝《こ》ら」すこととなる。それが「花婿と新妻の／愛の言葉ももどかしい狂乱」の声であることは、これまでの二人の言動を見てきたわれわれの想像に難くないが、そういう場面が現実に繰り広げられようとは夢想だにしていない「母親」からすれば、「嘆きと歓喜のこもごもこもる」この物音の由って来たる実態を未だ悟るには至らぬのも、無理からぬところである(以上、XIX)。

こうして彼女は「身じろぎもせず戸口に立ち尽」して、事の真相を確かめようとするが、やがて、それが「無上の愛の誓い」を交わす若き男女の「睦《むつ》び　媚び合う言葉」であることを「得心せ」ざるを得なくなるのである。その場面を簡潔明快に描写するのが次の一節である。

Unbeweglich bleibt sie an der Türe,
Weil sie erst sich überzeugen muß,
Und sie hört die höchsten Liebesschwüre,
Lieb- und Schmeichelworte mit Verdruß:　(XX, 134–137)

ともかくも得心せずばなるまいと
彼女は身じろぎもせず戸口に立ち尽す

これは何としたこと　耳にうとましく聞こえて来るのは
無上の愛の誓い　睦び　媚び合う言葉

なお、この“mit Verdruß”を「うとましくも睦びあい　媚びあうことば」として、“Lieb- und Schmeichelworte”に結び付けて取る訳文が見られるのは[19]、いささかならず疑問である。それはおおよそ次の五点による。即ち、(一) 常識的に考えて、若い男女の「睦びあい　媚びあうことば」と「うとましさ」を結び付けるのは、極めて不自然なことと思われるからである。(二) 文脈の流れからして、二人の愛の言葉をたまたま耳にせざるを得ない羽目になった「母親」の心理こそ、この「うとましさ」の本質のはずだからである。(三) この“mit Verdruß”という語がここに置かれたのは、前にも触れた韻律上の要請に由るものだからである。即ち、この語は二行上の“muß”という語と交叉韻を踏み、かつ、この行のトロヘーウスを形成しているのである。(四) この語は次節の「母親」の「怒り」(Zürnen) を誘発するために不可欠の契機となっているからである。(五) この語は直前の“höchsten”という形容詞との対照によって、「母親」と「むすめ」との間の越え難い落差を一層際立たせる働きをしているからである。

果せるかな、この二人の「狂乱」振りは止まるところを知らず、

「静かに！　一番鶏のお目覚めよ！」
「でも明日の夜には

また来てくれるだろう?」——そして重ねられる口と口

という有様なのである(以上、XX)。

それを知っては、「母親はこれ以上怒りを抑え切れず/勝手知ったる錠を手早く開く」というのも、彼女の立場からして当然すぎる反応である。その彼女の「怒り」の程は、「気易くも余所者の言いなりに身を任す/売女がこのわが家にいようとは」という一語に言い尽されている。“Dirne”という、女性に対する最大の侮蔑を意味する語を発しながら、それが血肉を分けた「わが子」の身にはね返って来ることになろうとは、夢にも思っていなかっただけに、「何たること! そこに見たのは紛れもないわが子だった」という一文に込められた「母親」の驚嘆ぶりは察するに余りがある(以上、XXI)。

「不意の驚き」に打たれて、「むすめの薄衣 身に敷いたしとね」で必死に「恋人の体を包もう」と慌てふためく「若者」とは対照的に、「むすめ」は「おもむろにベッドに立ちはだか」る。“Lang und langsam”という同義語の重用によって言い表される「むすめ」の落ち着き払った態度は、時が時だけに、一見、異様な感さえあるが、それもこれも、「魔の力に憑かれたように」という一句を見れば、さこそと肯かれる(以上、XXII)。

まさに「魔の力」に駆られて、「むすめ」は以下六詩節四十二行にわたって、「母親」に向って日頃から胸中にわだかまっていた怨みの言葉をぶつけることになるのである。

火を吐くむすめの熱弁（XXIV–XXVII）

最後の場面を独占する「むすめ」の長広舌は、積もり積もった無念の思いを一気に爆発させて、その一語一語がまさに火を吐く激しさに満ちている。中でも、次の第XXIV詩節は、この詩全体の主題に関わる重みを持つものと言ってよいだろう。

Aber aus der schwerbedeckten Enge
Treibet mich ein eigenes Gericht.
Eurer Priester summende Gesänge
Und ihr Segen haben kein Gewicht;
Salz und Wasser kühlt
Nicht, wo Jugend fühlt;
Ach, die Erde kühlt die Liebe nicht!　(XXIV, 162–168)

でもあの重く押しふさがれた狭い穴から
わたしを駆り立てたのは　本然の掟によるものです
あなたの崇める司祭らの口ずさむ歌も
その祝福も何の重石になるでしょう

若い力の脈打つところでは
塩も真水もその熱を冷ませはしません
ああ　土に埋められても愛は冷ませはしないのです！

これらの詩句の中で、とりわけ注目すべきと思われるのは、彼女が「本然の掟」という一語を発していることである。それが何を意味して言われたものであるのか、にわかには断定し難いが、私見によれば、それはあらゆる宗教的ドグマを超えた、人間に本来備わっている「固有の」(eigen)、天然自然の心の動きを指しているものと見える。

その根拠として考えられるのは、主として次の二点である。即ち、(一)この言葉の直後に「むすめ」は、「母親」の崇め奉る「司祭らの口ずさむ歌」も、かれらの勿体ぶった「祝福」も「何の重石」にもならぬとして、一刀両断の下に切り捨てている。それに追い討ちをかけるかのように、彼女は「塩も真水も(若い力の脈打つ)熱を冷ませはしません」と断じるのである。この「塩」と「真水」が、死者に祝福を与えることを象徴するものであることを考えれば、それを拒否することは、彼女が自らの死を受け容れていないことを意味する。上の「司祭」に対する批判と相まって、ここには「若さ」から発散される自然の本性を抑圧する者に対する、「むすめ」の抑え難い怒りが込められているものと思われる。(二)次に注目すべきことは、「むすめ」は次の第XXV詩節で、「この若者がわたしの花婿と定められたとき／ヴェヌスの神殿はまだ晴れやかにそびえておりました」と言っていることである。この「ヴェヌス」がローマ神話における「美と愛の女神」であることを考えれば、ここで彼女が言わんとすることは、自ずから明らかであろう。つまり、二人が互いに未来の伴侶と定められた時点では、二人はまさに若々しい「美」を湛え、溢れる「愛」の喜びに満ちていた、というのである。それが無残にも、「異国の神への間違った誓い」（ein fremd, ein falsch Gelübd'）に身を縛られた「母親」が、「約束を破った」というのだから、「むすめ」の無念の思いは察するに余りがある。とりわけ、ここで畳み掛けられている「異国の」（fremd）、「間違った」（falsch）という形容詞には、「母親」に対する「むすめ」の非難が集約されていると言ってよいだろう。その怒りの凄まじさは、次の第XXVI詩節を見れば一目瞭然である。

Aus dem Grabe werd' ich ausgetrieben,
Noch zu suchen das vermißte Gut,
Noch den schon verlornen Mann zu lieben
Und zu saugen seines Herzens Blut.
Ist's um den geschehn,
Muß nach andern gehn,
Und das junge Volk erliegt der Wut.　(XXVI, 176–182)

わたしが墓穴から追い立てられたのも
今もなお　失われた幸を求め
今もなお　失くした男を愛し
その胸の血を吸おうがため

このひとが　ことされるなら
別の男たちを求めずにはおきません
そうなれば　若者はみなわが憤怒のいけにえとなるのです

彼女のこの「憤怒」の激しさが、ひとたびは死者の国へ葬り去られた後までも、決して鎮められないほどに根深いものであることは、彼女が「今もなお」（noch）という副詞を繰り返していることから端的に見て取れる。それもこれも、すべて「失われた幸」、「失くした男」に対する彼女の切なる思いに発するものであることは、言うまでもない。だからこそ、彼女はおめおめと「墓穴」に安住することが出来ず、そこから「追い立てられ」て来たのである。即ち、これは「生身の人間として満たされなかったものが、デーモンの形を取って満たされる[20]」という事の次第を物語るものなのである。

彼女のこの「本然の掟」から発する激情は、何が何でも愛する「若者」と結ばれずにはおかぬという心情につながっていくのもまた、自然な心の動きと言うべきであろう。そのようすがとなるのが、すでに第XIII詩節において彼女が「若者」に所望していた「巻き毛のひと房」なのである。「わたしは肌身離さず　あなたの巻き毛をたずさえています／これをとくと御覧ください！／あすはあなたも白頭の翁／黄泉の国でこそ　あなたは鳶色の若者に還るのです」（XXVII, 186–189）という彼女の言は、その間の事情を物語るものである。

更に、われわれが見過ごし得ないのは、彼女が最後の詩節で「母親」に向って、文字通り「最後のお願い」として、「火葬の薪を山積みにし」て、「愛し合う二人を炎の中に投げ入れて憩わせて下さい！」

と絶叫していることである。彼女がここで「火葬」を要求することは、キリスト教を拒否して、異教による弔いを求めていることに他ならない。彼女がここで敢えてこのような要求をすることは、先ほどの“fremd”，“falsch”という語に見られた通り、「母親」の後生大事に信奉する信仰を根底から覆そうという欲求と軌を一にするものである。それほどに深い彼女の「憤怒」を晴らすことは、もはやこの現世では果たせないことを自覚しているからこそ、彼女は「火の粉が爆ぜ散り／灰が赤々と燃え立つとき／二人は古き神々のもとへ急ぎます」と言って、この長広舌を締めくくるのである（以上、XXVIII）。これによって、「むすめ」は「恐怖に打ち勝つ新たな自由」[21]を手中にし、愛する「若者」と手に手を取って、「古き神々」の喜戯する魂の原郷へと帰りゆくのである。

以上見てきた通り、ゲーテはこの作品で一種の幽界談を語ると見せながら、その域を遥かに超えた、人間の「本然の掟」に導かれた愛の讃歌を高らかに歌い上げているように思われる。それが自ずから「死者の世界に対する人間の償いようのない罪科」への告発となり、「死者の求める愛の権利」につながっていくのは当然至極なことである[22]。

この一篇の物語詩は、作者の年来の人間観はもとより、何よりも、バラード作者としてのゲーテの構成の妙によって、ドラマティックなストーリーの展開を盛り上げ、人間の普遍的な生のありようを問いかける深みを持つものになり得ている。そしてその構成の妙が、「巧みな導入部」、「序曲部」、「むすめの名乗り＝ストーリーの開始」、「二人の愛の確認」、「二人の愛の昂揚」、「母親の登場」、「火を吐くむすめの熱弁」という七部立てによって示されることについても、すでに触れたところである。それが長短さまざまの詩行を巧みに織り交ぜた作者の年来の詩的技巧を前提にしたものであること言うまでもない。と同時に、われわれは作者が開巻冒頭で「コリント」と「アテネ」という地名を特定していることが、この作品に生彩あるリアリティを保証していることも見逃すわけにはいかない。この固有名詞の提示こそ、この物語が単なる幽界談に堕することから救い、普遍的な人間讃歌にまで高められるための不可欠の舞台装置となっているのである。その舞台上で迫真の演技を見せてくれるのが、「母親」と、その血肉を分けた「むすめ」であることは言うまでもないが、これが単に「母と娘」の間に繰り広げられる世代間の争いどころではなく、人間の「生」そのもののあるべき姿を、自由闊達な想像の翼を存分に広げながら描き出しているところにこそ、この作品の醍醐味はある。

ハイネマンも言う通り、それが人間としての自然な欲求の発現を阻害する原理主義的なキリスト教的世界への反撥となり[23]、大らかな人間性の原点としての「古き神々」の支配する世界への憧憬へとつながってゆくのは、天性の自由人ゲーテにとって、自然な成り行きと言ってよい。そしてそれが、彼の生来の異教性に発するものであることも、いまや多言を要しないだろう。

註

（1）Trunz, Erich: GW. S. 623.
（2）Kommerell, Max: Gedanken über Gedichte. Vittorio Klostermann Frankfurt am Main 1943. S. 361.
（3）Staiger, Emil: Einführumg. In: Johann Wolfgang Goethe. Gedenkausgabe der Werke, Briefe und Gespräche. 28. August 1949. Erster Teil: Ausgabe letzter Hand. Artemis-Verlag Zürich. S. 741.（以

下、Ef と略記)

(4) Kommerell: S. 364.

(5) 両者がこの年に交わした書簡の中で、直接バラードについて触れているものの日付を挙げれば、以下の通りである。

Briefe von Goethe an Schiller: 21. Juni, 22. Juni, 29. Juli, 12. Aug., 24. Nov. In: Goethes Briefe. 1786–1805. Band II. Christian Wegner Verlag Hamburg. 2. Aufl. 1968.

Briefe von Schiller an Goethe: 2. Mai, 5. Mai, 18. Juni, 23. Juni, 26. Juni, 21. Juli, 7. Aug., 17. Aug., 30. Aug., 7. u. 8. Sept., 15. Sept., 22. Sept. In: Friedrich Schiller Briefe II. 1795–1805. Deutscher Klassiker Verlag Frankfurt am Main 2002.

(6) Heinemann, Karl: Goethe. Alfred Kröner Verlag in Stuttgart 1922. S. 131.

(7) Staiger, Emil: Goethe. Band II. Atlantis Verlag Zürich 1962.(以下、Bd. II と略記) S. 301f.

(8) Trunz: S. 623.

(9) Staiger: Bd. II. S. 302.

(10) Staiger: a.a.O., S. 301.

(11) Goethes Leben von Tag zu Tag. Eine dokumentarische Chronik von Robert Steiger. Band III. 1789–1798. Artemis Verlag Zürich und München 1984. S. 587ff.

(12) Eckermann, Johann Peter: Gespräche mit Goethe.Deutscher Klassiker Verlag. Frankfurt am Main 1999. S. 703.

(13) Staiger: Ef. S. 741.

(14) Kommerell: S. 361f.

(15) Staiger: Bd. II. S. 309.

(16) Kommerell: S. 362.

(17) a.a.O., S. 362.
(18) Staiger: Bd. II. S. 309.
(19)『ゲーテ全集　第一巻　詩集』人文書院、京都、一九七〇年、二三六頁。
(20) Kommerell: S. 362f.
(21) Staiger: Bd. II. S. 311.
(22) Kommerell: S. 362.
(23) Vgl. Heinemann: S. 132f.

あとがき

ここまで「異文化」をひとつのキーワードとして、それがゲーテの文学創造にどのように関わり合ってきたのか、いくつかのテキストに即して見てきたが、われわれの予期した通り、ゲーテがいかにこの「異文化」を虚心に受容し、それを自家薬籠中のものとして自らの血肉と化し、その詩嚢を豊かにして、「世界文学」の覇者となったたか、及ばずながらその具体相の一端が明らかになったように思われる。これに関して、手塚氏は次のように強調されている。

「ゲーテのいった世界文学ということは、要約すれば、世界の各国がそれぞれ自分自身の文学をもった上で、それらが世界的に接触しあい交流し、そのことによって相互に生産的に刺激しあう状態の成立を望んでいったものである。それによれば、世界の諸文学との交渉は、けっして静的な受容だけにとどまらず、動的な参与と協力ということになるのである。つまり、他国の文学に触れることによって、われわれの文学は、おのれをいよいよゆたかに生気あるものに育て、自分が育ってしっかりしたものになることによって、ふたたび他に貢献しようとするのである。つまり、そこでは他と交渉する際の主体的な立場が重んじられる。このような態度を自覚的にとるならば、われわれは、他国のどんな文学に接しても、そこにわれわれ自身のはたらきによる、われわれ自身のための価値を発見し、さらには創り出すことができ、それによってつねに、自分と他とのかかわりあう場において生産行為にたずさわっていることになるだろう。」（手塚富雄・神品芳夫『増補　ドイツ文学案内』岩波文庫、一六頁以下）

長々と引用したが、これは「世界文学」、われわれの言い方に従えば、「異文化と自国文学」との関わりを考える際に、極めて示唆に富む言だと言ってよいだろう。このような視点からゲーテの詩世界の特質を眺めてみれば、われわれは改めてその豊かな広がりに驚嘆を禁じ得ない。その豊かな広がりは、何よりもまず、彼の柔軟な感性に発する受容力の大きさから来るものと思われる。

われわれが本書において見た限りにおいても、彼は例えば、抒情詩の分野における祖国の先導者クロプシュトックの詩業に接して自らの詩心を触発され、また、同時代の良きライバル、シラーの呼びかけに応じたのみならず、その興味関心は、ヨーロッパ文化の源流としてのギリシア、ローマはもとより、遠くオリエントやインドにまで向けられた。文字通り古今東西にわたって開かれたまなざしを通して、彼はその文物から無限の滋養を汲み取ることによって、それを他の追随を許さぬ独自の、豊穣なゲーテ・ワールドへと化すことが出来たのである。まさに、「静的な受容だけにとどまらず、動的な参与と協力」によって、彼は「世界文学」の生きた典型と成り得たのである。その点で彼は、事あるごとに「グローバル化」というスローガンが口にされる現今にあって、ますますその輝きを増し、われわれに尽きせぬ示唆を与え続けてくれるように思われる。

ところで、ここでわれわれの忘れてならないことは、ゲーテの作品は常に自らの「体験」に裏打ちされていることである。「自分自身の体験を詩的形象に化しながら、それを彼の内面でより深くもう一度体験して、感情の危機をのりこえ、彼のもつ内的エネルギーによりしっかりした方向を与えることが出来たのである」（前掲書、八一頁以下）というのは、直接には『若いヴェルテルの悩み』について言われたものではあるが、この「体験」の裏づけは、多かれ少なかれ彼のすべての作品に通じるものである。彼の物した一言一句、その登場人物たちの一挙手一投足が、比類のないリアリティをもってわれわれに迫ってくるのは、まさにそこに由来する。それによって、彼の作物に接するわれわれ自身が、その融通無碍な筆致に乗せられて、いつしか彼の描き出す古今、東西、天地の広がりの中を旅して行くことになるのである。われわれがゲーテの文学に尽きせぬ魅力を感じ、事あるたびにゲーテに帰って行くのも、どこから入っても受け入れて、われわれを導いてくれる彼のそういう広くて深いポエジーに他ならない。ボーダレスの名前にふさわしい詩人こそ、他ならぬ世界市民ゲーテなのである。

最後に、藤木雅幸編集長を初めとする九州大学出版会のみなさんの御理解と御支援によって、本書がこのような形で世に出ることが出来たことに対して、心より感謝申し上げます。とりわけ、キメ細かく校正のお手伝いをしていただいた編集部の尾石理恵さんには、改めてお礼申し上げます。

平成十七年八月

坂田正治

著者紹介

坂田正治（さかた　まさじ）

熊本大学文学部教授
昭和 17 年 6 月 17 日　熊本県生まれ
昭和 42 年 3 月　東京大学文学部独文学科卒業
昭和 44 年 3 月　同大学院修士課程修了
昭和 44 年 4 月　熊本大学法文学部（当時）着任
現在に至る

著書
『クロプシュトックの抒情詩研究』（近代文芸社）
『エロースへの招待』（石風社）
訳書
『詩とリズム―ドイツ近代韻律論』（九州大学出版会）

ゲーテと異文化《いぶんか》

2005 年 9 月 20 日　初版発行

著　者　坂　田　正　治
発行者　谷　　隆　一　郎
発行所　（財）九州大学出版会
〒812–0053　福岡市東区箱崎 7–1–146
九州大学構内
電話　092–641–0515（直通）
振替　01710–6–3677
印刷・製本　研究社印刷株式会社

ISBN 4–87378–879–X